ヴィルヘルム・イェンゼン［作］
Wilhelm Jensen

グラディーヴァ ポンペイ空想物語

Gradiva Ein pompejanisches Phantasiestück

精神分析的解釈と表象分析の試み

山本淳［訳＋著］
Jun Yamamoto

松柏社

グラディーヴァ　ポンペイ空想物語

精神分析的解釈と表象分析の試み

まえがき

本書は三部構成をなしている。

第一部はヴィルヘルム・イエンゼン作の小説『グラディーヴァ　ポンペイ空想物語』。これは Gradiva Ein Pompejanisches Phantasiestück の訳で、原典には一九〇三年にドイツのカール・ライスナー出版社から刊行された初版本を使った。この中編小説は何と言ってもジクムント・フロイトが彼の創設した精神分析を個体心理以外に応用し、文学というものがどのような深みを持ったものなのかを、はじめて分析的に示した一九〇七年の『W・イエンゼンの〈グラディーヴァ〉における妄想と夢』で有名になった。

第二部は、「『グラディーヴァ』をめぐる書簡」。イェンゼンの『グラディーヴァ』に関連して、作家とジクムント・フロイト周辺の人物たちが書いた合計十五通の手紙を翻訳し、それにコメントを加えたものである。この手紙の中には、二〇一二年にクラウス・シュラークマンによって公表された、フロイトのイェンゼンに宛てた手紙三通が含まれている。

第三部の「『グラディーヴァ』とフロイト」は筆者自身が書き下ろしたグラディーヴァ解説であり、またフロイトのグラディーヴァ論『W・イェンゼンの〈グラディーヴァ〉における妄想と夢』の検証である。

その際第一部では必要と思われた訳註を頁末尾に、第二部と三部では脚注をそれぞれの文末につけた。


『グラディーヴァ』の訳に関しては、読者にあらかじめ知っておいていただいた方がよいかもしれないことがあるので、それを記しておく。

原典にはあきらかに誤植と思われる個所がいくつかある。それはことわりなく改め、訳出した。

誤植より少数だが、作者の誤解もしくは記憶違いと思われる間違った表記が、特にイタリア語に見られる。これも訂正した上で訳した。

作者は物語の主舞台であるイタリアの雰囲気をかもしだそうと、イタリア語の表記を多用している。今日の日本にはイタリアを旅行したことのある人も多いと思い、なるべくイタリア語表記を残しておいた。そして通例とは逆に日本語訳をルビに附した。少数だが、ルビの代わりに（）内に訳を記した個所もある。

上記と類似のことは特に建築用語にも言える。原典ではローマ時代の建築用語がそのままラテン語で書かれているが、本書では一般的な訳語を採用し、ラテン名をルビに記した。

ギリシア・ローマに関係する固有名詞については、簡単な訳注を文末に添えた。

『グラディーヴァ』本文の行下に付された数字は原典の頁番号である。読者がジクムント・フロイトの『妄想と夢』を合わせて読むことを考え、参照しやすいように配慮したものである。

目次

『グラディーヴァ　ポンペイ空想物語』

ヴィルヘルム・イェンゼン 作
山本淳 訳

ドレースデン・ライプツィヒ
カール・ライスナー出版社 1903年

物語の舞台となるポンペイ遺跡とその周辺の地図

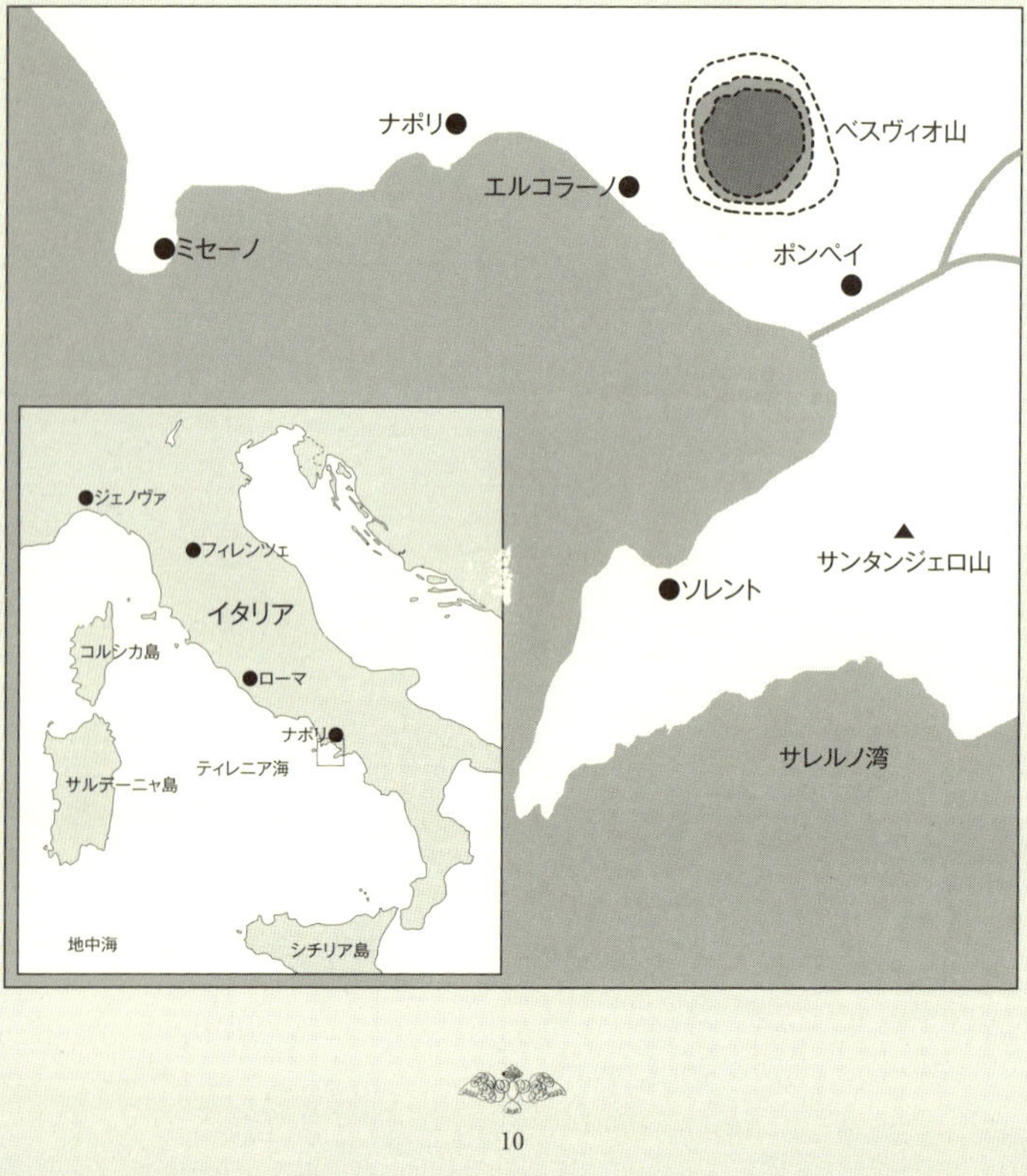

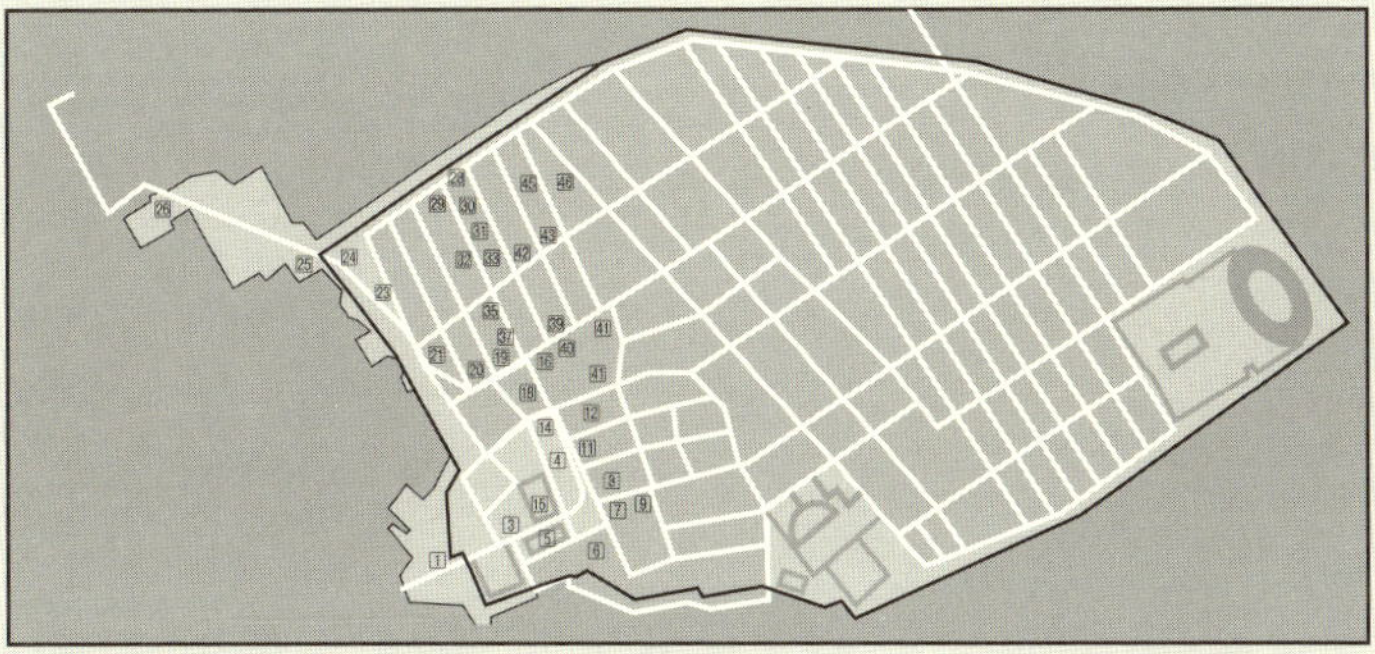

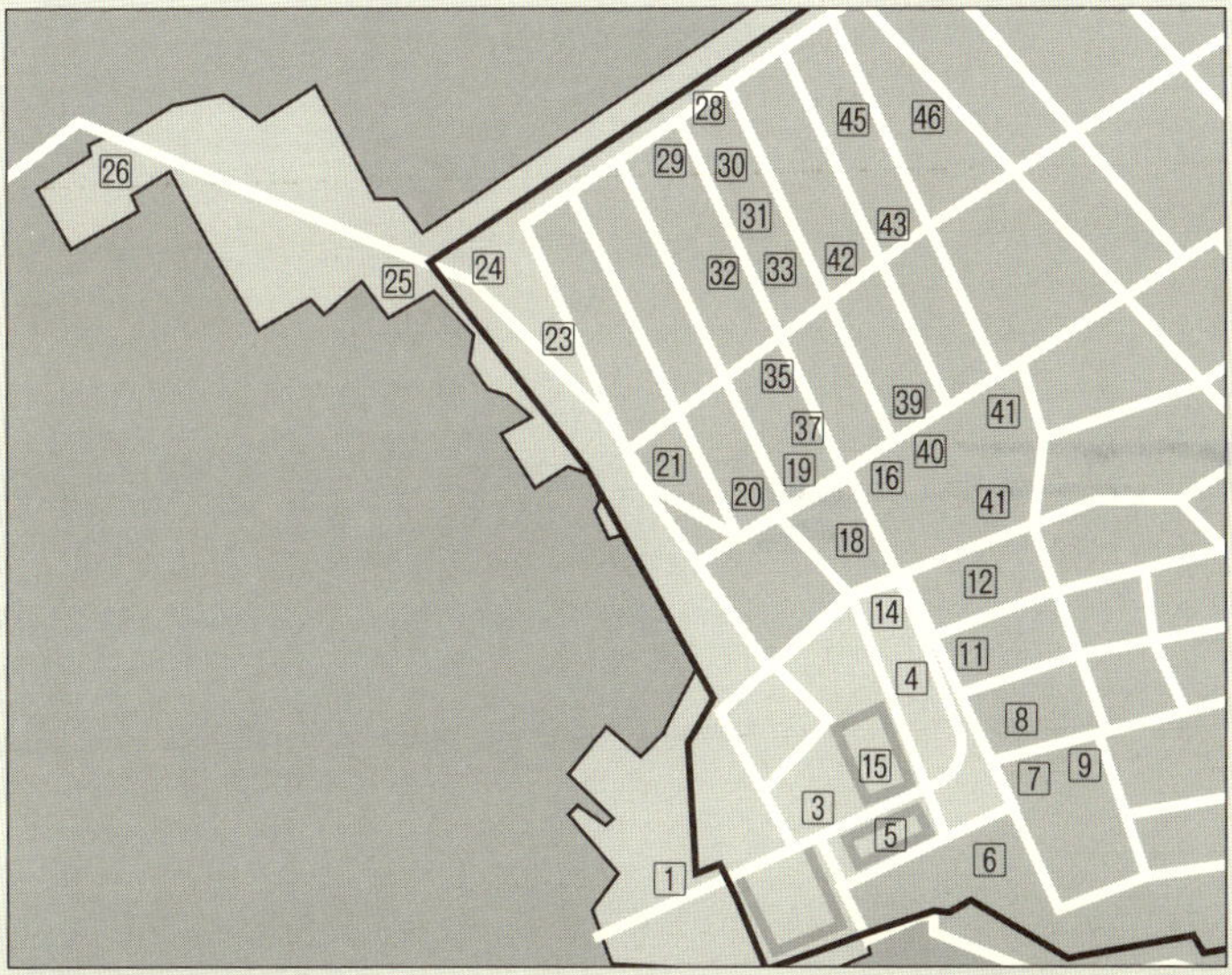

ポンペイ遺跡中心部

1. マリーナ門 (Porta Marina)
4. 公共広場 (Foro)
14. ユピテル神殿
15. アポロ神殿
24. エルコラーノ門 (Porta Ercolano)
25. 墓地通り (Via dei Sepolcri)
26. ディオメデス荘 (Villa di Diomede)
30. メレアグロスの家 (Casa di Meleagro)
39. ファウヌスの家 (Casa di Fauno)

29 ～ 37. メルクーリオ通り (Via di Mercurio)

21 ～ 43. メルクーリオ横町 (Vicolo di Mercurio)

主人公がグラディーヴァと名づけた浮き彫り像。実物は三人の人物の輪舞像。

†

ローマの大古典コレクションの一つを訪れたとき、ノルベルト・ハーノルトは他のどれにもまして彼の気を引く浮き彫り像を発見した。そのためドイツに帰国したのち、見事な石膏コピーを手に入れることができてたいへんな喜びようだった。その複製は今では、それを除けばほとんど本棚だけに取り囲まれた書斎の壁のお気に入りの一角、昼の日差しが当たり短時間ではあるが夕日にも照らされる面に、すでに数年前から掛かっている。実際の高さを1／3ほどに縮小したその像は、歩き出そうとしている女性の全身像だが、年の頃はまだ若い。それでも子供の年齢ではもはやない。そうかといって成熟した女でないことは明白で、二十代の初めにさしかかったくらいのローマ時代の未婚の娘といったところだ。彼女にはいかなる点においても、ふんだんに伝承されているウェヌスやディアナ、あるいはそれ以外のオリンピアの女神の浮き彫り像を思わせるところはないし、プシュケー[2]やニンフ[※]像とも縁遠い。その風情には卑俗な意味とは違う人間的で日常的な何かが、いわば「今日的な」何かが、物体的に再現されている。今日ならば鉛筆で紙にスケッチを粗描するところを、芸術家が街路を通りすがる彼女を生き写しで素早く粘土の塑像にとらえてみせたかのようだ。その姿はすっくと背が伸び、細身で心もち波うつ髪は襞をなすスカーフにほとんどすっぽり包まれている。かなり細長の顔つきには、眩惑的な効果が意図されているところなど微塵もない。そもそも彼女の顔がそのような効果ねらいと無縁なことは、見誤りようがなかった。端正な容姿には周囲で起こっていることに対するある種の恬淡な無関心が顔をのぞかせていて、穏やかに前を見やる目は何ものにも曇らされることのない本物の眼力と、泰然と内にこもった思念とを語っていた。だからこの娘は、彫刻的形態美によって人を魅了することはまったくなかったが、反面、古典の石像物にはめったにない何かを有していた。自然そのままで、素朴で、若い娘らしい優美さがそれで、それが石像に命を吹き込んでいるという印象を生んでいたのである。こうした印象が生まれるのは何よりも造形された動きによるものだと思われる。ただほんのわずか頭を前にかしげて、彼女は左手で、幾重にも幾重にも襞をなしながら首から踝まで流れくだるトゥニカをほんの少しつまみ上げており、そのためサンダルを履いた両足が見えていたのである。左足は前に出ており、右足はいましもその後を追おうと、かすかに爪先で地面に触れ、足裏と踵がほぼ垂直になるほど持ち上がっていた。こうした動きが、この歩み出す娘の何とも軽やかな敏捷さと、それと同時に確固とした落ち着きとが混じる二重の感情を呼び起こしたのである。飛翔するかのごとくの浮遊感と確固たる足取りとが結びつくことで、この二重の感

3

情が彼女の動きに一種独特の優美さを添えていたのだった。

彼女がこのように歩いていた場所はどこだろう。どこへ行こうとしていたのだろう。考古学科の講師であるノルベルト・ハーノルト博士は、学問的な価値という点ではこの浮き彫り像にことさら注目すべきものを何も見いだせなかった。それは古代の偉大な彫刻作品などではなく、基本的にはローマ時代の風俗物の一つだった。そのためこの作品の何が注意をひくのか彼には説明がつかなかったが、彼が何かに心ひかれていること、そしてはじめて見てからこのかた、変わることなく同じ力の作用が存続していることだけはわかっていた。この彫刻に命名するにあたって、彼が自分だけのためにえらんだ名前は、「グラディーヴァ」だった。「歩みゆく女」という意味である。この名前は古代の詩人たちが戦いに征く軍神マルスにだけ授けて、マルス・グラディーウスと呼んだ添え名ではあるけれども、ノルベルトにはこの像の若い娘の、あるいは今日ふうに言うならばヤング・レディーの、身のこなしや動きを見事に言い表しているように思えた。レディーだというのは、彼女が下層階級の人間でないことは一目瞭然で、どこかの貴族の娘か、いずれにしてもその土地の

※プシュケーとニンフ…プシュケーはギリシアの物語に登場する王女。アモール神との愛は古代から頻繁に造形美術のテーマとして取り上げられている。ニンフはギリシア神話のフィギュア。女神に近い存在だが、不死ではない、単に長寿であるとされる場合もある。泉や森など特定の場所との繋がりが強く水の精、森の精などとされる。プシュケー同様、美術のテーマによく取り上げられた。

4

名家の娘であるからである。ひょっとしたら彼女の出自は都市名門貴族で、ケレス神の名において公職に就いている貴族なのかも知れないという彼の想像は、その姿形から自然とかきたてられたのだった。何かある勤めを果たすために、彼女はケレス神殿※に向かう途中だったのだ。

　けれども彼女をローマという喧噪溢れる大都市の枠にはめてしまうのは、この若い考古学者の感情にそぐうものではなかった。その在りよう、その落ち着いて泰然とした物腰は、彼には雑踏に明け暮れ他人のことなど気にもとめないローマではなく、もっと小さな町でこそ、しっくりきた。そこでは誰もが彼女のことを知っていて、立ち止まって彼女の後ろ姿を見送りながら連れの者に、「グラディーヴァよ」と言うのだった。それに代わる本当の 5
名前をノルベルトは知りようがなかった。人々はこうも言っただろう、「××さんのところのお嬢さん。この町の娘たちのなかで、あのお嬢さんの歩き方が一番きれい」と。

　こうした言葉をじかに耳にしたかのように、それは彼の頭にこびりつき、そこからもう一つ別の推測が生まれ、ほとんど確信となるまでになった。イタリア旅行の途上でのことだ。彼は数週間にわたり古代の遺物を研究するためにポンペイに逗留したのだが、ドイツに戻ってからのちのある日、突然、彫像の女性はポンペイのどこかを、発掘された特徴的な踏み石を渡りながら歩いているのだとひらめいた。その踏み石のおかげで雨天でも道路の一方からもう一方の側へ濡れずに横断することができたし、馬車の車輪の通りぬけも容易だったのである。こうして彼の目には、一方の足が二つの石のあいだの隙間をまたぎ、向こうの石に着くやいなや、もう一方の足がその後を追う姿で彼女が目に映るようになっていたし、この歩みゆく娘を思い浮かべていると、彼女を取り囲む身近の世界も遠巻きの世界も、ありありと彼の想像力の前に立ち現れてくるのだった。古代学の知識にたすけられて、この想像力は長々と延びる街路の様子を、その両側でそこここに神殿やら柱廊やらが[6]入りまじりながら列をなす家々を、彼の眼前に出現させた。タベルナ、オフィキア、カウポーナ、つまり商店、工房、飲食店など、商いや工業にたずさわる者たちもあちこちに姿を見せていた。パン屋はパンを広げて置いていたし、大理石製の陳列用カウンターにはめ込んである陶器の壺では、家事台所に必要なものなら何でも提供されていた。交差点では女がひとり座って籠の野菜や果実類を商っていた。大粒のクルミは半ダースほど殻をむき、買い手の気をそそろうと、その中味が新鮮で文句なしの物であることが見てわかるようにしてあった。どちらを向いても目に入るのは生き生きとした色彩、色とりどりに塗装された壁面、赤や黄色の柱頭を頂く円柱。あらゆるものが真昼の陽光を浴びて輝き、照り返し

※ケレス神殿…ケレスはローマ神話の大地神であり、豊饒の女神。ギリシア神話のデメーテルと同一視される。また大地神であるので、死者の行く冥界の女神でもある。

ていた。道路をずっと下ったところには、高い台座の上に白くきらめく彫像が聳え立っており、さらにその向こうには熱した空気の陽炎がゆらゆらと戯れる中で、なかばヴェールがかかった状態のヴェスヴィオ山が遠望された。山容はまだ今日のような円錐形でもなければ、山肌は茶色く殺風景に焼けてもいなかった。荒れた山襞にえぐられて切り立った山頂近くまで、そよそよと揺らめく植物の緑の葉が覆っていた。この街路はあちこち動く人[7]の影もまばらで、それも日陰を求めているようだったし、夏の真昼時の灼熱が、朝夕なら立ち働いている人々の賑わいを麻痺させていた。その合間にグラディーヴァは踏み石を渡って、どこかへと歩んでゆく。それに驚いて玉虫色にきらめく緑色のトカゲが一匹、踏み石のあいだから逃げていった。

　このように生き生きと、彼女のいる町の様子がノルベルト・ハーノルトには目の前に見えるようだった。だがこの女像の頭部を毎日のように眺めていると、次第にもう一つの新たな推測が形をなしてきた。彼女の顔だちの彫りからすると、見れば見るほどローマやラティウム系ではなくギリシア系のように思えてきて、彼女が植民ギリシア人の血を引いているという想像が日を追って確信にまで高まっていった。イタリア南部の全域がギリシア本土からの移住者により昔から植民されてきたことが、こうした想像の十分な根拠を提供していたし、この事実に足がかりを求めて心地よい気持ちになっていた彼が、さらに想像を逞しくしたときもその源は同じだった。そのとおりだとすると、若き「貴婦人《ドミナ》」は家ではギリシア語を話していただろうし、ギリシア的教養に培われて育っただろう。この想像も、彼女の顔だちをよくよく見てみるとその表情によって承認されていて、控えめな顔つきの下に聡明さと繊細な知性の浸潤が隠れていることは確かだった。[8]

　そうは言っても、こうした推測や発見は当の小像への関心が実際に考古学的なものであるという証拠になり得なかったし、この像について何度も繰り返し思いをめぐらすようにし向けているのは、彼の学問と重なるところがあるとしても、何か違ったものだという意識はノルベルトにもあった。気になっていたのは、芸術家がグラディーヴァを彫るに当たり彼女の歩み方を生身の人間に倣って再現したのかどうか、それについて学問的に判断を下すことだった。このことに関してははっきりさせることができなかったし、彼の豊富な古代彫刻作品の写真コレクションも役に立たなかった。というのも右足は踵の上がり具合がほとんど垂直で、それがノルベルトには誇張しすぎに思えたのである。自分自身で試した実験では、いつもかならず後ろ足がついてくる動きの場合、足はずっと傾斜の緩やかな格好になるのだった。数学風の定式化した言い方をすれば、後ろ足が地面に残っているわずかな瞬間、その角度は地面に対し直角の二分の一以内にとどまり、それがまた歩行のメカニズムにとってもっとも目的に適っているがゆえに自然に即していると、彼には思

えたのだった。ノルベルトはあるとき親しくしている若い解剖学者と会ったのを機に、彼 9
にこの件をたずねてみたが、こうしたたぐいの観察はおこなったことがないとのことで、こ
の解剖学者も確実な判定を下すにたる知識を持ち合わせなかった。この友人が自分を観察
して得た知見は、自身のそれと一致することをノルベルトは確認したが、女性だと歩行の
仕方が男性とは異なるかもしれないということについては明言できず、つまるところ問題
は解明されるにいたらなかった。
それにもかかわらず彼らの話し合いは無駄ではなかった。というのもそれによりノルベ
ルト・ハーノルトは、事象解明のために自ら生態観察をおこなうという、それまで思いつ
きもしなかったことに思いいたったからである。とは言っても、それで彼は自分とまった
く縁のなかった行為をする仕儀となったのである。女性なるものは、これまでの彼には大
理石か青銅からできている物という概念しかなく、彼は同時代の女性なるものの代表者た
ちに一度たりとも注意を払ったためしがなかった。しかし認識衝動が彼を学問的な追究へ
と夢中にさせ、それで彼はなんとしても必要だとみなした風変わりな調査に没頭した。こ
の調査はやってみると大都市の人混みの中では何かと難しいところがあって、妨げられる 10
ことがあきらかで、成果はもっと人通りの少ない街路を見つけたときにしか期待できなかっ
た。ところがそのような街路でも、裾長の服がほとんどで、歩き方を知ることはとうてい

できなかった。丈の短いスカートをはいているといえば、だいたい小間使の娘たちだけなのだが、ところが彼女たちはほんの少数の例外を除きごつい履物を履いているため、問題の解明には不向きだった。それでも彼は辛抱強く、晴れの日も雨の日も探求を続けた。そこでわかったことは、雨の日の方がむしろ女性たちは服の裾をたくし上げるので成功する期待が持てる、ということだった。彼女たちのうち幾人かが足許に向けられた探るような彼の視線に気づかないわけがなく、それは避けようがなかった。見られている側は不愉快そうな顔つきをして、彼の振るまいを厚かましいとか、不作法だと思っていることを露わにすることもまれではなかった。ときには反対に、気を強くしたような表情が彼女たちの目つきに表れることがあったのは、彼がとても魅力的な青年だったからなのだが、これら正反対の反応のどちらも彼には意味が不明だった。一方彼の方では忍耐が実を結び、千差万別の歩き方のオンパレードとなった相当数の観察経験を徐々に積んでいった。ゆっくり[11]した歩みの人がいるかと思えば、すたすたと歩く人もいるし、鈍重な歩みの人がいる一方で、もっと軽やかな素早い歩みの人もいる。かなりの数の人たちが足裏を地面すれすれに滑らせて歩く一方で、もっと優美な格好で踵をあげ足裏を斜めにして歩く人は、多くはないがいるにはいた。だがしかしグラディーヴァの歩き方を見せる女性は一人としていなかった。彼はそのことに満足感を覚えた。例の浮き彫りについての彼の考古学的な判断に、誤りはなかったのである。ところがその一方で、歩み方の多様さを目にすればするほど腹立たしさも募ってきた。というのも、彼はかすかに地面に触れている足が垂直に立っている様を美しいと思っていたので、それが彫刻家の空想や気ままによる創作にすぎず、生身の人間の現実と対応していないことが残念だったのである。

歩行探索でこうした認識を得てから間もないある夜、彼は夢を見て不安に恐れおののいた。彼がいたのは古代のポンペイ、それもまさに紀元七九年のあの八月二十四日、ヴェスヴィオ山の恐ろしい爆発があった日なのである。天はこの都市を破滅の町に指名し、真っ黒な噴煙で

ポンペイのアポロ神殿跡

すっぽりと包みこんだ。火口から炎の塊が吹き上がっているため、所々にすぎないが、煙 12
の切れ目から血のように赤く光る流れがあたりを覆いつくしているのが垣間見えた。市民たちは誰も彼もが単独でか、あるいはバラバラに群をなして、未曾有の恐怖に茫然自失の体で避難しようと逃げまどった。ノルベルトにも火山礫や灰の雨が降りかかったが、そうなのだ、夢では得てして奇妙なことが起こるように、彼は怪我することもなく、また空中に立ちこめた死の危険のある硫黄ガスを嗅いでも呼吸困難に陥らなかった。そうしてユピテル神殿※に隣接する公共広場《フォールム》の端に立っていると、突然正面のさほど遠くないところにグラディーヴァの姿が目に入った。この時まで彼女がここにいようなどとはつゆ考えなかったが、彼女はポンペイ出身なのだから生地に住んでいるのだということがいっぺんに腑に落ちたし、当然なことに思えてきた。それでも彼と同じ時に生きていたなど、想像だにしなかった。彼が一目でグラディーヴァであることに気づいたのも、彼女の石彫りの肖像がディテールにいたるまで見事な出来だったからで、彼女の歩き方も石像とそっくりだった。思うともなく彼はその動きを「ゆっくり急いで《レンテ・フエスティナンス》」と形容した。そんなふうに彼女は落ち着

※ユピテル神殿…ユピテルはギリシアのゼウスのラテン名。オリュンポスの神々の第一神。ユピテルを祀る神殿はポンペイのフォールム（公共広場）の正面に位置する。

きと機敏さとを合わせ持った歩き方で、タイル床の公共広場《フォールム》を横切りアポロ神殿※へと、彼女に特有な周囲に無関心で目もくれない様子で向かっていった。この都市に降りかかる宿[13]命に何も気づくことなく、考えにふけるばかりのように見えた。その様子に気をとられて、彼も恐ろしい出来事のことを少なくともほんのしばらくのあいだ忘れていた。今ここにいる生身の彼女が、たちまち彼の前から消え失せてしまうのではないかという気がして、隅々まで正確に脳裏に刻みつけようとした。とその時、不意を突かれたように、早く逃げないときっと彼女も全滅の犠牲になってしまうことに気づいた。とたんに激しい恐怖にかられて避難を呼びかける声が口を突いてでた。その叫び声は確かに彼女の耳に届いた。彼女の顔が彼の方に向けられたのだ。そのため彼女の顔つきの全容が、この時ほんのわずかのあいだ彼の目撃するところとなった。呼び声の意味がまったくわからないかのような表情で、それ以上気にもとめず、彼女はそれまでと同様、目指すところへと進んでいった。ところが先にゆくにつれ顔色は血の気が失せて青ざめ、白色の大理石と化してゆくかのようだった。どうにか神殿の前廊《ポルティクス》にたどり着くと、彼女は列柱のあいだの階段に腰を下ろし、ゆっくりと頭を段の上に横たえた。火山礫が大量に降り始め密度が増して緞帳となり、まったく視界が遮られた。彼はあわてて後を追い、彼女が視界から消えた場所へと続く道を見つ[14]けると、彼女はそこに横たわっていた。張り出した屋根の軒に守られ、眠るように幅広の段に身体を伸ばしていたが、硫黄のガスで窒息したことはあきらかで、もはや呼吸していなかった。ヴェスヴィオ山から出る赤い輝きがきらきらと照らす彼女の顔は、瞼が閉じていて美しい石像の顔でしかなかった。その表情には不安や苦悶といったものはちっとも表れておらず、変えようのない出来事に静かに身を委ねようとする、ある種の奇妙な落ち着きがのぞいていた。しかしそれも急速にぼやけていった。降り注ぐ火山灰が風で彼女の方に吹きつけられ、最初のうちは彼女の上にかけられた灰色のヴェールのように広がっていき、その後に顔の最後の輝きを消し去ってしまった。まもなくすると北欧の冬の粉吹雪さながら、彼女の姿をすっぽりと埋めつくし、平らに覆ってしまった。灰の覆いからアポロ神殿の円柱が突き出ていたが、それももう半分ほどの高さでしかなかった。円柱の周りでも、灰色の灰がまたたく間に降り積もったのだ。

ノルベルト・ハーノルトが目覚めたとき、助けを求めるポンペイ市民の声ともいえない叫び声や、大荒れの海の鈍い唸りをとどろかせて寄せくる大波の音が、まだ彼の耳の奥に残っていた。しばらくして意識が澄んできた。太陽が金色の光の帯をベッドの上に投げかけていた。四月のある朝であった。外からは物売りたちの呼び声や馬車の車輪が軋む音な

15

※アポロ神殿…アポロはギリシアのアポロンのラテン名。ゼウス／ユピテルに勝るとも劣らない大神。ポンペイのフォールム（公共広場）ではユピテル神殿に向かって左側の中央に建っている。

ど、大都会の種々雑多な物音が彼の住む上の階まで響いてきた。それでも夢の像はまだあらゆる細部にいたるまで、まざまざと開いた目の前にあった。こうした半ば幻視の状態から抜け出て、その夜、実際には二千年も過去にさかのぼってナポリ湾での壊滅事件に立ちあったわけではないとわかるまで、しばらく時間がかかった。服に着替えるときになってやっと夢の像から次第に解き放たれてきたものの、批判的な姿勢で思考をめぐらせても、グラディーヴァがポンペイに住んでいて、その地で紀元七九年に町の人々もろとも灰の下に埋もれたのだという想念を、振り払うことができなかった。むしろ彼女はポンペイ人だという推測が確信にまで強まったし、その確信には、噴火で死に灰に埋もれたという第二の推測も加わった。居間で彼はしんみりとした気持ちで、新たな意味を帯びるようになった当の古代の浮き彫りを眺めた。それはいわば墓碑であり、それを作って芸術家は、早すぎる死を迎え世を去った乙女の像を後世に残そうとしたのだ。だが事の次第がわかって彼女を見てみると、その人となり全体が表しているものからして、彼が夢で見たように、彼女があの運命の夜に安らかな気持ちで横になり死んでいったことは、疑う余地がなかった。古代人の言葉にこうある。花の盛りの若さにてこの地上より奪われし人は、神々の愛でる人なるを、と。

ノルベルトは襟首にカラーをつけて締めることもせず、軽装の室内用朝着をつけ、足に

16

は室内履きといった格好で、開けた窓に身をもたせながら外を眺めていた。ようやく北国にも訪れた春が外にはあった。都市という巨大な石の窪地では、そのことは空の青さと心地よい大気でしかわからないが、大気から流れる予感は五感をくすぐり、陽の光の燦々と降り注ぐ遠くの土地へと、木の葉の緑、花の香り、鳥の歌声を求める気持ちを呼び覚ますのだ。その息吹はノルベルトのところにまで届いた。街路を行く物売り女たちは持っていた籠に色とりどりの野の花を数本さしていたし、開け放たれた窓の縁では籠の中のカナリアがさえずっていた。かわいそうな鳥がノルベルトには哀れだった。さえずりは明るく響く歓びの声であっても、ノルベルトはその陰に、遠くへという自由への憧れを聞き取ったのだった。

若き考古学者がそうした思いにひたっていた時間は束の間で、別の事柄がそれを押しのけてしまった。この時になってようやく意識に上ってきたことがあった。夢を見たとき、夢の中で生き返ったグラディーヴァも本当に彫像に描かれているのと同じような、いずれにしても現代の女性たちとは違う歩き方で歩いていたか、注意深く見届けなかったことだ。この浮き彫り像に対する学問的な関心が歩き方にあったのを思えば、この不注意は奇妙なことだった。他方でそれはもちろん、彼女の生命の危険がもたらした緊張によって説明がつくものではあった。彼は彼女の歩き方を記憶によみがえらせようとしたけれど、無駄であっ

17

た。

　とその時、突然、衝撃を受けたような、えも言われぬ感覚が彼の身内を走った。最初の一瞬は、それがどこから来たのか言いがたかった。だがすぐにわかった。下の街路を、彼には背中を向けて、一人の女性が、スタイルと服装からしてきっとどこかのヤング・レディーが、軽やかで伸びやかな足取りで歩を進めていた。左手でほんの少したくし上げた服の裾は踝に届かない長さでしかなかった。そればかりか、歩行の際あとから出る華奢な足の裏側が一瞬つま先立ちになって、地面から垂直に立ち上がるかのような印象を受け、彼は目をみはった。彼女までの距離と上から見下ろす眺めのため正確に見定められなかったとはいえ、そのように見えたのだ。

　気がつくとノルベルト・ハーノルトは街頭に出ていた。どうやってこんなところに紛れ込んだのか、すぐにはっきりとはわからなかった。階段の手すりを伝って滑り降りる少年のごとく、電光石火、階段を飛ぶように下り、地上では馬車、荷車、人々のあいだをくぐり抜けていたのだった。いぶかしげな目つきが彼に向けられ、幾人かの口もとからは笑いと半ば嘲りの声が上がった。それが彼に向けられていたことに彼は気づかなかった。視線は先ほどの令嬢を探してさまよった。そして実際、数十歩先に彼女の服装が見分けられたようにも思えた。だが見えたのは上半身の部分だけで、下半分と足許は人波が押し寄せる

歩道の混雑に隠れ、まったく何もわからなかった。その時、肥えた野菜売りの老女が手を 19
伸ばしてきて彼の袖口をつかみ、半ばにやにやしながら言い放った。「ねえあんた、お母さん子のお坊ちゃま、昨晩はちょっくらお酒《ささ》を頭ん中にかっくらいすぎて、こんな道なかで寝床探しかい。それよりやお家にお帰りな、で、鏡で自分を見てご覧な」。周囲であがった哄笑が、彼が公の場にふさわしくない身なりで人前に出てしまったことを教えていたし、今この時、前後のみさかいなく部屋を飛び出してきたことに気づかされたのだった。彼は外見上の礼儀正しさを重んじていただけに、狼狽した。しようとしたことを取りやめて、はや足で住まいへと引き返した。あの夢の影響でどこか感覚が混乱していて、幻影に眩惑されているのはあきらかだった。そう思ったのも、笑い声や大声があがった時ヤング・レディーが一瞬振り返ったのが、ちらっと見えたからだ。見知らぬ顔ではなく、グラディーヴァの顔が向こう側からこちらの方を見ているように思えた。

†

ノルベルト・ハーノルト博士は相当な財産があったので、何をするにもなすにもすべて 20
一人で決めればよかったし、何かをしたくなった時、自分の決断の目付役が下す裁定を待つなどということのない、気楽な境遇にいた。その点でカナリアが、籠から陽の当たる広い世界に飛び出そうとする生来の本能をいくらさえずりの声にしても、ただ空しいだけだったのとは違い、これ以上はない有利な立場にあった。しかしこの点を除けば若き考古学者には、このカナリアといくらかの類似点があった。彼は自由な身で生まれ育ったわけではなかった。実のところ生まれついた時もうすでに、教育上の家の伝統と代々の決まり事という彼の周囲にめぐらされた柵棒の内側に、囲い込まれていたのである。幼年期の頃から彼の家庭では、大学教授で古代学者の一人息子であるがゆえに、古代研究の仕事に就いて家名の栄光を継承し、叶うものならいっそう高めるのが彼の使命だということが疑われたことなどなかった。そのため古代学の継承は、彼には早くから生活の将来像のわかりきった課題に思えていた。事実、両親に早くに先立たれ独りとり残されても、彼は律儀にその課題に取り組み、古典学の国家試験に優秀な成績で合格すると、それに続いて修了要件となっているイタリア旅行を実行し、その途上、それまでは模刻でしかお目にかかれなかった古代の彫刻作品の実物をふんだんに見てまわった。フィレンツェ、ローマ、ナポリのコレクションから教えられた以上のものは、他のどこであれ得られそうになかったし、彼は学識を豊かにするために、かの地に逗留した時間を最良の仕方で使ったと自認さえしていたので、大満足で帰国するや、新たな収穫をたずさえて自分の学問に没頭した。彼は遠い

21

過去に由来する考古学の対象以外に、現在というものが自分の周りにあることを感じてはいても、ごくおぼろげにでしかなかった。彼の感覚にとっては大理石やブロンズは死した鉱物などではなく、むしろそれこそが唯一本当に生き生きしたもの、人間の命の目的と価値を表現しているものであった。そのようなわけで彼は四面の壁、書物、絵画に囲まれて[22]座っていられれば他の付き合いは必要なく、むしろどんな人付き合いも時間の無駄づかいに思えて、できるだけ回避していた。生家の旧交という義理で出かけて行かざるを得ない時など、そうした避けて通ることのできない社交の会の苦痛は仕方なしに甘受していた。だがそのような集まりに出席しても目と耳は他所にあったし、昼食なり夕食なりが終わるといつも頃合を見計らって何らかの口実をつけ暇を請うし、また、会食で同席した人と外で出会っても誰にも挨拶しないということは、世間の知るところだった。こうした態度は特に妙齢の令嬢たちのあいだで、彼の評判に翳りが差す誘因となった。会食のとき例外的にひとことふたこと言葉を交わした若い女性にさえ、どこかで出会っても挨拶するでもなく、見ず知らずの人の顔を見る目線であった。

　考古学それ自体が珍奇な学問だということもあり得るし、あるいは考古学とノルベルト・ハーノルトの人となりとの合成が、特殊なアマルガムをここにこのような姿で現出せしめたのかも知れない。いずれにせよこの学問は、どうやら他の人を引きつける力がそれほどないようであり、また彼自身には青年なら求めて当然の生の喜びが縁遠いものになってし[23]まった。しかし自然はおそらくは好意のつもりで、いわばおまけとして、彼にまったく非科学的な部類の調整器を血の中に植えつけたのだった。きわめて活発な空想癖がそれであるが、彼は自分ではその天分を知るよしもなかったのである。空想は彼の場合、夢の中でばかりか目覚めていても働いたので、本来彼の頭は、情緒とは無縁の厳密な方法に従った研究活動に向いているわけでは到底なかった。この天賦の才ゆえに、ノルベルトとカナリアの類似がまたしても感知された。カナリアは囚われの身で生まれてきて、閉じ込められている狭い籠のほか何も知らないのに、それでも自分には何かが欠けているという感触を覚え、この未知のものへの思慕を声を限りにと歌い上げていた。そうノルベルト・ハーノルトはとったし、だから部屋に戻り、先ほどと同じように窓から身を乗り出すと、またカナリアが憐れに思えた。それに今日は、それが何なのかわからないが、彼にも何かが欠けているという感覚に気持ちが揺さぶられるのだった。そのためそれは、熟考すれば何かの役にたつというようなものではまったくなかった。いわく言いがたい感情の高ぶりが、心地よい春の空気、日差し、薫風を送り込む遠方から湧き起こり、彼ももとをただせばカナ[24]リアと同じように、柵に囲まれた籠の中にいるようなものだという気持ちにさせた。しかしその考えにはすぐに別の考えが合わさって、心が慰められた。彼には翼があって、外のどこへなりと飛びたつのを遮るものは何もないのだから、彼の立場はカナリアより比較にならないほど恵まれているように思えたのである。

ここまでは想像の産物にすぎなかった。そこから先へは熟考を経て進むことになった。ノルベルトはしばらく考えをめぐらすことに没頭していたが、春の旅をしようという意志が彼の中で固まるまで、さして時間はかからなかった。それを彼はさっそくその日のうちに実行に移し、小型トランクに荷物を詰め、夕暮れ時、その日の最後の陽光を浴びているグラディーヴァに、名残惜しげに別れを告げるまなざしを送った。グラディーヴァはこれまでになく足早で、石像では見えない足許の踏み石を渡って歩みを進めているようだった。こうしてノルベルトは夜行列車で南に向けて旅たった。旅へと駆りたてるものが名状しがたい感覚から生じてきたにしても、その先の考えは自明の結論であって、この旅行は研究目的でなければならなかった。ローマにいた時、いくつかの彫像について二、三の重要な考古学的問題点の確認を怠ったことが思い出され、それゆえ途中で寄り道をせずに、一日半の列車旅行でローマへと向かったのだった。

†

25

若くて、金持ちで、誰にも気兼ねすることなく、春、ドイツのどこかからイタリアに旅に出る。こんなすばらしいことはないが、そのすばらしさを身をもって経験する人はそういない。というのもこうした三つの属性がそなわっている人でさえ、このすばらしさを感得できるとは限らないからである。そうした恵まれた境遇の人たちが、結婚式後の数日間なり数週間なり二人きりとなった時などが特にそうで、これが残念ながら大多数を占めている。彼らは次々に目に入ってくるものすべてに、大袈裟に最大級の形容をふんだんに使ってうっとりしてみせ、そのあげくドイツにいる間にまったく同じように見つけ、感じ、楽しめたと思われる物を掘り出し物だと思って持ち帰ってくる。この種の二人きり族は、春になると渡り鳥とは反対の南方に向かい、アルプス越えの峠という峠を越えてゆくのが習わしである。ノルベルト・ハーノルトは列車の旅のあいだずっと、線路を走る鳩小屋の中にでもいるかのように、これら二人きり族の羽ばたきとさえずりに取り囲まれた。それにより彼はそもそも人生ではじめて、自分の周りにいる人々をこれまでになくはっきりと、耳目で知覚せざるを得ない状態に追い込まれた。この種族はその言語からしてすべて国を同じくするドイツ人だったが、彼らと仲間であることが内に呼び覚ましたのは誇らしい感情などではまったくなく、むしろその逆に近い感情であって、リンネの分類でいうところの「ホモ・サピエンス」の生体例とこれまでできるかぎり関わらないでいたのは、理性の視点からして良いことだったのだという思いだった。主としてこの種族の半数を占める女性に関して言えることなのだが、交尾衝動に駆られてこんな風につがいになった人間を間近で見るのもはじめてのことで、何が男女をお互いにそうさせたのか、彼の理解の範囲を超えていた。なぜ女性たちがこれらの男を選んだのか彼にはわからないままだったし、それよりもっと謎だったのは、なぜ男たちの選択がこのような女たちに下ったのかだった。顔を上げるたびに、彼の視線はこれら女性たちの誰かの顔に突き当たらないわけにいかなかった。ところが外見上の好ましい体つきゆえに目をひいたり、あるいは内面の精神的情緒的な中味を示唆する顔つきは皆無だった。とは言うものの、彼には顔つきで彼女たちを計る尺度がなかった。今日の女性を古代の芸術作品の崇高な美と比較するなど、もちろん世間が許すはずもなかったが、それでも彼はそのような不公平な手法を採るのは自分のせいではない、顔の特徴のすべてにおいて何かが足りない、その何かを付与するのも日常生活が負うべき義務なのではないか、というぼんやりとした感覚を抱いていた。こんな風に彼は何時間ものあいだ人間の奇妙な行動について思いをめぐらし、たどり着いた結論は、人々のあらゆる愚行の中でも、結婚というものはいずれにしても最上位を占める最大で不可解きわまりない愚行であり、無意味なイタリア行きの新婚旅行はいわばこの阿呆さの戴冠式だ、というものだった。

しかしまたしても、囚われの身で置き去りにしてきたカナリアのことが思い出された。彼
もこの列車の中では、籠の中にいるようなものだったからである。舞い上がって有頂天だ
が、中味の何もない若い新婚夫婦の顔に周囲を囲まれ、目をそらそうとしても視線が車窓 28
の外に及ぶのは、ほんのたまにしかなかった。目の前をかすめてゆく車外の風物が数年前
に見たのと違う印象をあたえたのは、おそらくこのことから説明がついた。オリーブの木
の葉が銀色の輝きを増してきらめいていたし、ところどころにぽつんと空に向かってそび
えている糸杉や松は、そのきわだった輪郭がより美しく、より特徴的だった。山の上に陣
取った町々は、一つ一つがいわば多種多様な表情をもった一個人であるかのように思えた
し、トラジメーノ湖※はいまだかつてどんな水面にも見たことのない、やわらかな青さをた
たえているように見えた。彼には軌道の左右を、見たことのない自然が取り巻いているよ
うに感じられた。以前はいつまでも続く薄明の中か雨に煙っている中を通過したにちがい
ないとしか思えず、今はじめて、日差しを浴びて金色の輝きが加わった色とりどりの自然
を見ているかのようだった。下車したらどうだろう、そうすればそこやあそこに歩いて行
く道を探せるのではないだろうかと、これまで抱いたことのない願望に彼は何度か襲われ
た。と言うのも、どの場所も一種独特な謎めいたものを内に秘めているかのように、彼に 29
は映ったからである。しかしそんな無分別な気まぐれに惑わされることなく、彼はイタリ

アで「ディレッティッシモ」とよばれる急行列車で、まっしぐらにローマに運ばれていった。ローマではミネルヴァ・メディカ神殿※※の廃墟が古代世界を代表して、すでに列車が中央駅に入る前に彼を出迎えてくれた。不離のカップルでいっぱいの籠から解放されると、彼はひとまず旧知のホテルに宿泊することにし、そこを起点に、あせらず希望に沿ったアパートメントを探すことにした。

　翌日いっぱいかけてもこれというアパートメントが見つからなかったので、晩にはまた同じアルベルゴ（宿）に戻り泊ることにした。不慣れなイ

※トラジメーノ湖…フィレンツェとローマのほぼ中間に位置する湖。ローマ史においては、ローマが紀元前3世紀末のカルタゴ将軍ハンニバルとの戦いに敗れ、滅亡の危機に陥った戦場として知られる。

※※ミネルヴァ・メディカ神殿…医女神ミネルヴァの意味。ローマのミネルヴァはギリシア神話のアテナにあたる。この神殿は列車でローマに入るとき最初に車窓から見える巨大な古代遺跡である。しかしミネルヴァ・メディカを祀る神殿とされたのは間違いで、現在は泉のニンフ（妖精）の神殿だとされる。

ローマのミネルヴァ・メディカ神殿跡。手前にはローマの市電、背後にはローマの中央駅であるテルミニ駅の四角い建物が見える。

タリアの空気や強い日ざし、あちこち歩き回ったことや街中の喧噪のせいでずいぶん疲労を覚えたのだ。さして時を置かず意識はまどろみ始めたが、寝入る間際にまた起こされる羽目となった。ノルベルトの部屋は、戸棚でドアをふさいだだけの隣室との続き部屋だったのだ。向こう側の部屋をその日の朝にとった二人連れの客が、中に入ったのである。薄[30]い間仕切り壁越しに聞こえてくる彼らの声からして、それは男女の二人連れで、まぎれもなく昨日フィレンツェからここまで同道したドイツの春の渡り鳥族の仲間だった。彼らの上機嫌さは、ホテルの厨房に文句なく好意的な点数をつけている証のように思えたし、カステッリ・ロマーニ産ワインの品質の良さのおかげなのか、きわめてはっきりと聞き取れる北ドイツ訛りの高い声で、思っていること感じていることを語り合っていた。

「わたしの大事なアウグスト」

「僕のかわいいグレーテ」

「ようやく抱き合っていられるわ」

「そうだね、やっとまた二人きりになれたね」

「明日もっと見なきゃいけないの」

「まだ見なきゃいけないものがあるか、朝食の時にベデカー※のガイドブックで調べてみようね」

「わたしの大事なアウグスト、あなたの方がベルヴェデーレのアポロ※※より、ずっとすばらしいわ」
「何度も思ったのだけど、僕のかわいいグレーテ、君はカピトリーニのヴェーヌス※※※より[31]ずっときれいだよ」
「私たちが登ろうとしている火を噴くお山って、この近くなの」
「違うよ、そこまでは列車で、さらに数時間行かないといけないんじゃないかな」
「その時ちょうど、そのお山が火を吹き始めたら、そしてその真ん中に行きあわせてしまったら、あなたはどうするのかしら」
「その時には、どうやって君を救ったらいいかってことしか、そしてこうして君を腕で抱き上げることしか考えてないだろうな」

左がヴァチカン博物館のベルヴェデーレのアポロン。右はカピトリーニ美術館のヴェーヌス。

「ブローチのピンに刺されないように気をつけて！」

「君のために血を流すことより、もっとすてきなことなんて想像できない」

「わたしの大事なアウグスト――」

「僕のかわいいグレーテ――」

これでとりあえず会話は終わった。ノルベルトは一度椅子がカタカタゴトゴトときしむ音を聞いたが、そのあと静かになると前のようにうとうとし始めた。うたた寝の中で、彼はヴェスヴィオ山がまた噴火したちょうどその時のポンペイに身を置いていた。逃げまどう人々の雑多な群れが彼の周りにうごめいていた。すると突然、群衆の中にベルヴェデーレのアポロがいるのに気づいた。アポロはカピトリーニのヴェーヌスを抱えて運び出し、影になった暗い場所に行って何かある物の上にしっかりと横たえた。どうやらそれはヴェーヌスを運ぶ馬車か荷車のようで、ガタゴトという音がそこから響いてきた。この神話的な出来事で若き考古学者が気になったのはここまでで、あとはアポロとヴェーヌスの二人がお互いに話しをしていたことぐらいが奇妙で気になった。なぜなら、しばらくして彼らがギリシア語ではなくドイツ語で、それで目が覚めかけたのだが、こう言っているのが聞こえたからだった。

「僕のかわいいグレーテ――」

「わたしの大事なアウグスト――」

しかしその後、彼のぐるりに広がる夢の像は一変した。物音ひとつしない静寂がぼやけた響きと入れ替わり、噴煙と閃光ではなく明るく熱い陽光が、灰に埋もれた町の廃墟に降り注いでいた。その町もまた次第しだいに姿を変え、ベッドになった。真っ白なリンネル地の寝具の上では金色に輝く光線がちらついていて、もう目に届きそうだった。こうしてノルベルト・ハーノルトは、ローマの早朝の日ざしを浴びて目を覚ました。

しかし夢の像ばかりか、彼自身の中でも何かが変化した。何によるものか言い表せなかったが、彼はまたしても、今度はローマという名の籠に閉じ込められているという、奇妙に重苦しい気持ちに捕らわれた。窓を開けると街路から束になった物売りたちの呼び声が、ドイツの故郷で聞くよりずっと鋭くキンキンと耳に響いた。彼は喧噪渦巻くある石室から、別

※ベデカー…ドイツ人出版者カール・ベデカーが１８２７年に創設した赤い表紙の旅行ガイドブックのシリーズ名。１８３２年の『ライン川旅行』（フランス語版）でスタートし、それ以降ドイツだけでなく広くガイドブックの代名詞的存在になる。

※※ベルヴェデーレのアポロ…ヴァチカン美術館内の中庭ベルヴェデーレにあるアポロ神の大理石像。18世紀のヴィンケルマンの評価以降、古代美術の最高傑作とされる。

※※※カピトリーニのヴェーヌス…ローマ・カンピドリオの丘のカピトリーニ美術館にある女神ウェヌスの大理石像。ラテン語が意識されている場合はウェーヌスとラテン語の表記にした。ヴェーヌスはギリシア神話のアフロディテにあたる。

の石室に入り込んだにすぎなかった。と彼は、件《くだん》の古代の収集品に対し、つまりベルヴェデーレのアポロやカピトリーニのヴェーヌスと、それぞれのところで相まみえることに妙に不気味な恐怖に襲われ、怖じ気づいた。こうして彼は少し考えてからアパートメントを探す計画を捨て、急いでまたトランクを詰めると鉄道でさらに南へ向かった。この南下行を三等車ですることにしたのは不離のカップルを避けるためだったが、それと同時に、この車両なら古代の芸術作品のかつてのモデルであるイタリア民族のいろいろなタイプにあいまみえるという、興味深くもあり学問的に有益でもある環境が期待できたからだ。ところが目にしたものといえば、この地ではどこにでもある汚らしさであり、とてつもなく臭い専売公社の葉巻であり、チビではすっぱで手足をばたつかせる男どもや女性の代表者である以外、何もなかった。その女たちと比較したら、記憶に残っているつがいとなった同郷の女性たちさえ、オリュンポスの女神ではないかと思われるほどだった。

†

二日後にノルベルト・ハーノルトは、ユーカリの木々が見守るポンペイ遺跡入り口「イングレッソ」横の「ホテル・ディオメデ」に、カーメラ《客室》と呼べるかどうかかなり怪しい部屋をとった。彼はナポリにしばらくいて、国立博物館の彫刻や壁画をまた詳細に研究するつもりだったが、そこでもローマの時と同じような目にあったのだった。ポンペイ発掘の家財道具コレクション室では、最新のファッションの旅行用婦人服の、雲のような群がりに包みこまれてしまった。それらの服は疑いもなく、どれもこれも、処女らしさを表す光沢のアトラス織物や薄絹織物、平織物のウェディングドレスから着替えてきたものだった。どの服も袖を連結点にして、これまた文句なしにダンディに着こなしているまだ若そうな連れや、やや歳のいった連れの腕にぶら下がっていた。これまでノルベルトに無縁だった知識の領域ではあっても、習得されたばかりの洞察は彼らの誰もがアウグストでありグレーテであると、一見しただけでわかるほどに進歩していた。ただ違いは、それが公衆の耳を意識して口調が変わり、おだやかでやわらかな話し方で現れることだった。

「ねえ、見て。便利だったのねえ。わたしたちもこんな料理の保温器を買いましょうよ」

「そうだね。でもわが妻が作る料理のためには、銀製でなければ駄目だね」

「わたしの料理がそんなに美味しいと、もうわかってらっしゃるのかしら」

この問いかけにはいたずらっぽい目つきがともない、つや出しラッカーが塗られたような目つきがそれを肯定した。「君が僕のために出してくれる料理なら、なんだって絶品にきまってるさ」

「やだ、これ指ぬきじゃない。当時の人って、もう縫い針を持っていたのかしら」

「そんなふうに見えても不思議はないね。でもこの指ぬきは君には何の役にも立たないよ、マイ・ハート、親指にはめたとしても、まだとんでもなく太すぎるもの」

「本当にそうお思いなの。じゃあ、太い指より細い指の方が好きだってことなのね」

「君の指は見るまでもないさ。真っ暗闇でも、触ればこの世の指という指の中から君のだとわかると思うよ」

「ここにあるものはどれも凄く面白いわ。ここだけでなく、本当なら実際にポンペイにも行かなきゃいけないわよね」

「いや、その甲斐はないね。ポンペイにあるのは石ころと瓦礫だけさ。ベデカーのガイドブックに出ていたけれど、価値のありそうな物は全部ここに持ってこられたんだ。それにポンペイでは、太陽が君の柔肌にはきっと暑すぎて心配だ。そんなこと赦せるものか」

「突然奥さんが、黒人になってしまったら」

「いや、僕の空想も幸せなことに、そこまでは行かないさ。でも君のかわいい鼻にそばかすの一つでもできたら、僕はもう悲しくなってしまう。で思ったのだけれど、君さえよければ明日はカプリ島に行かないかい、マイ・ラブ。カプリでは何もかもが快適に整備されているらしいし、青の洞窟のすてきな照明を浴びたら、僕が宝くじでどんな大当たりを引

36

き当てたか、今以上に完璧にわかると思うんだ」

「ねえ、他の人に聞こえるわ。何だか恥ずかしい。でもあなたが連れて行ってくださるのなら、わたしはどこにでも行くわ、どこでもいいの。あなたが傍にいるんですもの」

目にも耳にも少しおだやかでやわらかであったけれど、どこもかしこもアウグストとグレーテだった。

ノルベルト・ハーノルトはまるで四方八方から蜂蜜湯を注がれ、それを一口づつ咽に流し込むしかないような気分だった。不快感がこみ上げてきて、国立博物館を出ると近くのオステリア《飲み屋》に場所を移し、ヴェルモット酒を一杯飲んだ。ヴェルモットが十倍もの強さになって体に浸みた。何であの数百組もの二人きり族は、フィレンツェやローマやナポリの博物館を埋めつくしているのだろう。なんで勝手の知れたドイツのどこかで、仲良しこよしに精を出さないのだろう。だが、これらのおしゃべりやいちゃつき話をさんざん聞いて、わかったことがあった。少なくとも彼ら渡り鳥の大半は、ポンペイの瓦礫の間に巣を作る気はなく、寄り道はカプリへと飛ぶ方が目的に適っているとみているのだ。そのことに気づくとたちまち、彼らがしないことをするに限るという思いが湧いて気がせいた。ここと比べればポンペイなら、いずれにしてもこれら移動する山鴫《やましぎ》の本隊から逃れ、古代人がヘスペリアと呼んだこの国で空しく探し廻っているものが見つかる見通しは、まだ一番高かった。探していたのは彼の場合も二つ一組のものであったが、新婚夫婦のペアではなく、くちばしをいつまでもクウクウ鳴らすことなどない、ある種の兄弟姉妹関係のペアだった。静寂と学[38]問という落ち着いた姉妹がそれで、彼女たちのところで過ごせたら満ち足りた気持ちになれるだろうという期待があった。この姉妹を求める彼の欲求は、それ自体現実には矛盾だとしても、それに「情熱的な」という形容辞を添えることもできたかも知れないほどで、何か未知のものを含んでいた。そして一時間もすると彼はもう、辻馬車の「カッロッツェッラ」に座っていて、延々と続くポルティチやレシーナといった町を抜けて、急ぎ逃げ出していた。馬車の旅はまるで古代ローマの凱旋将軍を迎えようと、きらびやかに飾られた道を通って行くかのようだった。

パスタ専門店で見かけた色とりどりのパスタ

右も左も、黄色がかった絨毯の掛け物がかかっているかのように、ほとんどの家でも、天日干しのためにおびただしい種類の「ナポリ産パスタ」を広げていた。この国最高の美味、千差万別な太さのマカロニ、ヴェルミチェッリ、スパゲッティ、カンネッローニ、フェデリーニなどだった。それらに小料理屋からもれてくる油っぽい湯気、埃の渦、蠅やノミ、宙にひらひら舞っている魚の鱗、煙突の煙、その他の昼のかくし味、夜のかくし味が、旨味という秘密の味わいを授けていた。すると焦げ茶色の溶岩礫原を見はるかすように、ヴェスヴィオ山の山頂が間近で見下ろしていた。右手にはナポリ湾が、液化したマラカイトやラピスラズリの混ざったかのような、きらめく青さをたたえて広がっていた。車輪のついた小さなクルミの殻に似た馬車は、猛り狂う嵐に翻弄されるかのように、まるで一瞬一瞬が最後の瞬間だとでもいうかのごとく、トッレ・デル・グレーコではひどい舗石の上を飛ぶように突っ走り、トッレ・デル・アッヌンチアータをガタピシと通り抜け、並び立つ「ホテル・スイス」と「ホテル・ディオメデ」に到着した。この二軒のホテルは、いつまでも黙りこくったまま怒りをこめて四つに組み、どちらの方が客を引きつけるか力比べをして

※ディオスクーロイ兄弟…ギリシア神話の双子兄弟。名前はカストールとポリュデウケス。主神ゼウスの子とされるのはポリュデウケスだが、二人ともそう呼ばれたりもする。カストールは従兄弟と争い殺されるが、ポリュデウケスが復讐をするなど、不離の仲の兄弟とされる。

いる双子のホテルで、いわば神話のディオスクーロイ兄弟※だった。馬車はホテル・ディオメデの前で停まった。この古典的な名前はディオメデス※のイタリア語名であり、若き考古学者には初回のポンペイ探訪のときと同じく、宿選びの決め手となった。その宿選びの一部始終を、少なくともはた目にはたいそう鷹揚に、現代スイス風の競争相手が自分のホテルのドアの前で、じっと眺めていた。この男は古めかしい隣のホテルの厨房でも、彼のところと違った水で煮炊きしているわけではないし、向こう側で購買欲をくすぐるように陳列されている古代の逸品とやらも、二千年を経て灰の下から陽の目を見ることになった彼のところの品同様、その数が少ないことに安心していた。

　このようにしてノルベルト・ハーノルトは、意に反してほんの数日で北のドイツからポンペイにやってきてしまった。そして見つけたディオメデスはそれほど客で一杯というわけではなかったが、人間ならぬ腹立たしい家蠅が、言いかえれば学会でムスカ・ドメスティカ・コンムニスと呼ばれている客が、すでに十分すぎるほどに住みついていた。彼は自分には情緒的に激しいところがあると知ることになった経験を、一度もしたことがなかったが、この双翅類の虫には憎悪が燃え上がった。彼の目に蠅は、自然が生んだ悪意のこもった発明品の中でも最も卑劣なたぐいであり、蠅ゆえに夏よりも冬を、人間らしい過ごし方ができる唯一の時節だという理由で優れているとし、理性的な世界秩序の存在を打ち消す覆しがたい証拠は、蝿に認められると思った。ドイツで奴らの下劣さの餌食になるよりすでに数ヶ月も早く、蝿どもはここで彼を出迎えたわけで、たちまち待ちに待った獲物を襲おうとわんさと彼に飛びかかり、目をめがけてヒューッと飛んでくるわ、耳元ではブンブン飛び回るわ、髪の毛にからみつくわ、鼻や額や手の上を這い回ってくすぐるわ、という有様だった。そんなとき何匹もが新婚旅行のペアを思い出させた。思うに蝿どももこいつらの言葉で、「わたしの大事なアウグスト」、「僕のかわいいグレーテ」と呼び合っていたのだ。拷問にかけられて、彼の記憶には「スキアッチャモスケ」が、あれがあったらなと思い浮かんだ。それは蝿叩きのことで、墓標ステーレー※※から掘り出されたすばらしい出来栄えのものを、ボローニャのエトルスク博物館で見たことがあった。ということは古代においても、この下劣な出来そこないはすでにもう人類の災厄であったのであり、それと比べればサソリや毒蛇や虎や鮫などの狙いは、襲った相手の体に傷を負わせたり、ちぎったり飲み込むことぐらいであるし、それればかりか慎重に振る舞えば、彼らから身を守ることは

※ディオメデス…ホメロスの叙事詩『イーリアス』ではアキレウスに次ぐギリシアの英雄。そのイタリア名がディオメデ。後に登場するポンペイ遺跡内のディオメデス荘は、もちろんこの英雄とは無関係。
※※ステーレー…古代ギリシア・ローマの石柱。死者の名を残し功績を顕彰するためや、記念碑、奉納の碑などのオベリスク型石柱。

41

できるのである。ところが腹立たしい家蝿どもに対しては何の防御策もなく、ついには人間の精神的本性が、つまり思考能力や仕事力、いっそうの高みを目指すどんな活力やどんな美的感覚も、麻痺させ、混乱させ、崩壊させてしまう。蝿どもにこうさせるのは飢餓感でもなければ嗜血癖でもなく、ただ責め苛んでやろうという悪魔的欲望にすぎない。蝿は、絶対的悪意がおのれの表現と化身を見いだした時の、その「物自体」なのだ。エトルスク人のスキアッチャモスケが、あの細い革紐を束ねて先端に固定した木製の棒が、その証拠だ。だから蝿どもはきっと、アイスキュロス※の脳裡に浮かんだ最も崇高な詩想だって壊しただろうし、だからフェイディアス※※の振るう鑿《のみ》に修正不可能な彫り損じだってさせただろう。ゼウスの額に、アフロディーテーの乳房に、オリュンポスの神々※※※や女神たちの頭のてっぺんから爪先まで、溢れていただろう。こんなわけでノルベルトが心の奥底で感じていたのは、ひとりの人間の功業は、何はさておき、生前に太古以来の全人類の復讐として家蝿どもを打ち殺し、串刺しにし、焼き殺し、毎日百匹単位で屠《ほふ》り、生け贄にした数で評価されるべきだということだった。

　だがそうした武勲を立てるのに必要な武器が、ここにはなかった。最強でありながら孤立してしまった古代の英雄戦士が、やはりそうするしかなかったように、彼は百倍も優勢な腹立たしい敵を前にして、戦場ならぬ部屋を明け渡すしかなかった。外に出ると、明日にはもっと広いところで繰り返さなければならないことを、今日はこうして狭い場所でやったにすぎない、ということがおぼろげながらわかってきた。ポンペイも、あきらかに彼が望んでいる心静かな満ち足りた滞在を、提供してはくれはしなかった。ところでこの認識には漠然とではあったが、不満はおそらく彼をぐるっと取り囲んでいるものだけに原因しているのではなく、何やら彼自身が源泉となって生じているのだという、もう一つ別の認識がともなっていた。そうは言うものの、蠅どもに煩わされるのはいつでもとても不快だった。それにしても今回のような癇癪を起こさせるほどのことは、これまでまだなかったことである。彼の神経は間違いなくこの旅行がきっかけで過敏な興奮状態になったにしても、その先駆けはすでに自宅にいる時に、ひと冬こもりっぱなしだった書斎の空気と過労によって始まっていた。何なのかはっきりしないのだが、彼は何か足りないものがあって、気分が晴れないのだと感じていた。そのようなわけで、この不機嫌は彼の行くところ、どこで

※アイスキュロス…古代ギリシアのいわゆる三大悲劇詩人の一人。最年長で紀元前5世紀前半に活躍した。

※※フェイディアス…古代ギリシアの彫刻家。紀元前5世紀半ばに再建されたアテネのアクロポリスに立つパルテノン神殿の彫刻装飾が有名。

※※※オリュンポスの神々…古代ギリシアの神々で、オリュンポス山に住んでいたとされる。神々の王的存在がゼウス。ラテン名ではユピテル。アフロディーテーは女神で、ラテン語ではウェーヌス。日本ではヴィーナスと英語読みでよく知られている。

もついてきた。大群をなして飛び回る家蠅や新婚夫婦たちが、どこであれ、生活に寛ぎをあたえるのにふさわしくないことは確かだった。ではあるが、気取りという隠れ蓑に隠れるつもりがなければ、彼だって目的も意味もなく彼らと同じようにやみくもに、イタリアをあちこちと、それも楽しみを知る能力では彼らよりはるかに劣った状態で旅していたのであり、それを隠しおおせるはずもなかった。なぜなら彼の旅の同伴者である学問は老トラピスト修道女的性格がふんだんにあって、声をかけられなければ口を開かず、そのためこの老修道女とそもそも言葉を交わすのにどんな言葉でしたらいいのか、記憶から消えてしまいかねないと彼には思われた。

　イングレッソ《入り口》を抜けてこれからポンペイの遺跡に入り込むにはもう遅すぎた。ノルベルトは以前、古代の市壁の上をぐるっと散歩したことを思い出し、雑多な灌木の茂みや生え放題の雑草を抜け、壁の上に出る登り口を探した。そうして、動くものひとつとしてなく静まりかえったこの墓場都市を少し高いところから右手に見やりながら、ちょっとした距離をぶらぶらと歩いた。すでにその大部分は、夕日が西に傾きティレニア海の水平線すれすれのところにあったので、影に覆われて死した瓦礫の原のように見えた。町の周囲ではそれとは反対に、この時間でもなお、山々の頂や山麓全体が夕日を浴びて蠱惑《こわく》的な生の輝きに溢れていたし、ヴェスヴィオ山の火口上空にたち昇った噴煙の傘は金色をおび、サンタンジェロ山の鋸形の山頂は緋色に染まっていた。青色の雫と化して光輝く粒をまき散らす海に、イスキア島のエポメオ山は高く孤独に聳え立ち、暗色で縁取りされたミセーノ岬は、ティタン族※の謎に満ちた建造物であるかのように際立っていた。どこに目がいっても、えも言われぬ光景が広がり、崇高さと優雅さと、遠い過去と歓びに満ちた現代とが、兄弟姉妹の契りを交わしていた。ノルベルト・ハーノルトはこの地で、漠然と求めている当のものが見つかるだろうと思うようになっていた。しかし人気のない市壁の上には、煩わしさの種である新婚夫婦も蠅もいないにもかかわらず、その思いにひたる気分ではなかった。自然もまた、周りや内に見つけられないでいるものを差し出してはくれなかった。無関心と紙一重のゆったりした気持ちで漫々たる美の充溢にみとれながらも、それが日没とともに色あせ消え失せてゆく様を、少しも残念だとは思わなかった。そしてこの場所に来た時と同じように、充たされぬ気持ちでディオメデスへと帰って行った。

†

※ティタン族…ギリシア神話でオリュンポスの神々に支配権を奪われる一代前の神々で、ゼウスの父クロノスを長とする。

学芸の女神ミネルヴァの誘いもなきにしもあらずだったが、軽はずみがもとでここまでやって来てしまった以上、犯してしまった愚行を転じて、せめて一日は学問のためになることをしようと彼は一夜にして決心し、翌朝イングレッソ《入り口》が開くとすぐ公に決められた入場路を通って、ポンペイ遺跡の中に入った。彼の前にも後ろにも、少人数のグループが強制的にあてがわれるガイドにあれこれと指図されながら、赤表紙のガイドブックのベデカーや外国の類似本で脇を固めて歩いていた。密かに自前の発掘を狙う虎視眈々の彼らは、現在両方のホテルに滞在している面々だった。さわやかな朝の空気を満たしたのは、ほとんどがイギリス系かアングロアメリカ系英語のわいわいがやがやだった。ドイツ人の新婚夫婦たちはあちらのサンタンジェロ山の向こうにあるカプリ島で、パガーノ・ホテル本館の朝食のテーブルにつき、仲良くゲルマン風にいちゃつき心ときめかせながら、喜びを分かち合っていた。ノルベルトはうまく言葉を選びつつ、当地で「マンチャ」と呼ばれるチップと組み合わせて話をつければ、「グイダ」なる案内人の煩わしさから解放され邪魔されずに、ひとりで自分の目的を遂げられることを以前から知っていた。彼は自分が申し分のない記憶力の持ち主であることに気づいて、いささか満足だった。目がどこに向いても、すべてがまるで昨日専門家の目で眺め頭にたたき込んだばかりであるかのように、自分の中でイメージされているものが、そっくりそのままあったのである。ところがもう一方で、このような知覚のくり返しが続いたことから、そもそもここにいることがぜんぜん必要のないことに思え、市壁の上にいた昨晩のように、まったくの無関心が次第しだいに目や精神的な感性にとって代ることともなった。空を見上げるとたいていはヴェスヴィオ山の噴煙[47]の傘が、青空に立ち向かうように視線の先にあった。ところがそれにもかかわらず、少し前に一度、夢で紀元七九年の火口の爆発によるポンペイ埋没の現場に居あわせたのに、奇妙にもそのことを一度たりとも思い出さなかった。何時間もあちこち歩き回り疲れていたし、少し眠気もあった。それでも夢想的なものの気配など、少しも感じていなかった。彼を取り巻いていたのは古い門のアーチや円柱や壁などの雑多な残骸でしかなく、考古学にとってみれば貴重であることこの上ないが、考古学という秘教の助けを借りずに眺めると、大きな、すっきりと整理されてはいるがまったく無味乾燥な、瓦礫の山とたいして違わなかった。学問と夢想とはお互い同士、通常、相対立する立場の関係にあることに慣れているが、この日ここでは協定を結んで、ノルベルトにどちらの側にも片棒を担がなくてもいいようにし、完全にあてもなく歩き回ったり立ち止まったりするにまかせた。

　こうして彼は公共広場から円形闘技場まで、スタビア門からヴェスヴィオ門まで、墓地[48]の道や他のいろいろな道をあちこち逍遙した。同じく太陽も、その間にいつもながらの午前の天道歩きを終え、山の背からの昇りが転じて、以後はもっとゆったりと海側に下ってゆくのが常である点まで到達した。この動きで太陽が、教養旅行の義務でここまでやってきたイギリス人やアメリカ人男女に、ディオスクーロイ張りの双子のホテルの昼食テーブルに座ってもっと寛ぐこともお忘れなきようにと合図すると、彼らにわかってもらえないまま声を嗄《か》らして案内をしていたガイドも大喜びだった。そればかりか、大西洋の向こうやドーヴァー海峡の向こうでするお茶飲み話《カンヴァゼーション》に必要と思われる物なら、彼らは全部実見してしまった。そのため過去の世界を満喫したグループが三々五々撤退しはじめると、潮が引くようにいっせいに、二つの兄弟ホテルで、外交辞令のきらいはあるが、ルクルス※の食卓の現代版で舌鼓を打つのに貧乏くじを引くまいと、マリーナ通りを抜けて引き揚げていった。内的および外的状況のすべてを勘案すると、これは取り得る行動の中で疑いもなく一番利口でもあった。なぜなら五月の真昼の太陽は、トカゲや蝶、広々とした廃墟を住処や縄張りにしているその他の有翅類《ゆうし》にとってまぎれもなくとてもありがたくても、反対に北方の風土に慣れたご婦人方の肌にとってみれば、真上から照りつける太陽の厚かましさは、説明の必要のないほど好まざるものとなり始めていたからだ。おそらくそれと因果関係があって、「チャーミング」だとされたものは午前中の最後の一時間にすでにいちじるしく減り、その分「ショッキング」なものが増えた。男たちの方は、朝のうちよりもっと大きく開けられた上下の歯の間から「アーア」という声が連発するようになり、憂慮すべきあくびへの移行が始まった。

しかし奇妙なことに、このようにひと気がなくなると、それと同時にかつてポンペイの町そのものだったものが、まったく異なる様相を呈するようになった。生き生きしているというようなものではなく、むしろこの時はじめて石化が始まり、完全に死の硬直にいたるように思えた。ところがこの硬直ゆえに、死が言葉を話し始めそうな感覚が生じた。とは言ってもそれは、人間の耳には聞き取れない話し方ではあった。それでも、そこやあそこでは、石の塊からつぶやき声が漏れてくるかのように聞こえた。死したものの目を昔アタブールスと呼ばれた南風が、静かにささやく声でさまそうとしていたのだ。アタブールスは二千年前にもこんなふうに、神殿や柱廊や家々の周りでサワサワと声を上げ、背の低い市壁の残骸の上でチラチラそよいでいる麦草とたわむれあっていた。胸一杯に吸った息を荒々しくヒューと吹き出しては、アフリカの岸辺からこちら側に強風を送ってくることも頻繁だった。アタブールスは今日はそんなことをせず、また日の光の下に戻ってきた旧い知人たちを、ただそよそよとやさしく風で包んだ。だからといって、生まれながらの砂漠の流儀はなおざりにできず、さほど音をたてはしないものの、それが何であれ、行く手

※ルクルス…古代ローマ共和制時代の軍人で執政官。美食家として有名で、現代語でも豪華な食卓を「ルクルス的」（engl.: lucullan）という。

50

を遮るものには灼熱の息吹を吹きかけた。

それには、アタブールスの永遠の若さを保つ母なる太陽が加勢していた。太陽はアタブールスが吹く灼熱の息吹を強め、さらに息子ができなかったことを成しとげて、ありとあらゆるものにチラチラとまたたき、白く光って目がくらむばかりの輝きを降り注いだ。昔の人がセミタエとかクレピディネス・ウィアルムと呼んだ歩道に沿って建つ家々の縁にできた細長い日陰さえ、太陽はどれも金色の字消しナイフを使ったかのように消し去り、どこもかしこも玄関《ウエスティブルム》と言わず広間《アトリウム》と言わず、列柱のある中庭《ペリストユリウム》であれ主人の仕事部屋《タブリヌム》であれ、目一杯にふくらんだ光の束を投げ込んだし、庇が直射日光を遮っているところでは、その下から太陽の光の粉をまばらに投げ入れた。うまい具合に光の大波から庇護され、何かの遮光幕にくるまれて銀色にまで光が弱くなった場所など、どこを見てもほんの片隅さえなかった。どの道路も古い壁の間に、漂白のために広げられて白くそよいでいる、長いリンネルの帯のように延びていた。そして同じようにどこもかしこも、例外なく人の気配もなければ、物音一つしなかった。それと言うのも、だみ声や鼻にかかった声でがやがや話しをしていたイギリスやアメリカの代表者たちが、ひとつこ一人いなくなったからだが、それだけではなく、これまでそこにいたトカゲや蝶などの小さな命も、やはりしんとした廃墟からいなくなったように思われた。実際にはおそらくいなくなったわけではなく、もはや虫たちの動きが目にとまらなかったのだ。人里離れた山の傾斜地や岩場では何千年という昔から虫の先祖たちの風習だったように、偉大なパン神※が横になり眠りにつく時は邪魔をしないよう、ここでもじっとして体を伸ばし羽をたたんで、あちこちにうずくまるなりしてきたのだ。それに虫たちはここではなおいっそう、暑い聖なる正午の静寂という戒律を感じ取っているかのようで、その時には死者が目を覚まし声にならない亡霊の言葉で語り始めるから、この亡霊たちの時間には、命あるものは黙してじっとしていなければならない 52 と思っていたのだろう。

あたりの事物はこれまでと違う様相を帯びてきたが、それは視覚に訴えるようなものではなく、感情が、と言うよりもっと正確には、命名しがたい第六感が刺激されたのである。それでもこの感覚は強く持続的であって、それを感じる能力のある人はそれが及ぼす作用から逃れられるものではなかった。そうではあっても、この時間にはもうスープのスプーンを動かすのに忙しい、イングレッソ《入り口》横の二件のアルベルゴ《宿》で食事するお客様方の中には、殿方であれご婦人であれ、第六感が備わった人間に数えられる人は一人としていなかっただろう。だがノルベルト・ハーノルトには自然がこの能力を植えつけたので、彼はなされるがままになるほかなかった。彼自身、そうなることに同意していたからでは断じてない。

※パン……ギリシア神話の森にいる牧畜の神。パンの驚きが、パニック。

目的の定かでない春の旅行になど出ないで、教えられることの多い本を手に静かに自分の
書斎に座っていればよかった、これからでもそうしようか、としか彼は思っていなかった。
しかし今墓地通りからエルコラーノ門を抜け、市の遺跡の中に戻り、何の意図も考えもな
いままカーサ・ディ・サルスティオ《サルスティウスの家》の角を左に折れて狭いヴィコロ《路地》に入ったとき、例の第 53
六感が突然目を覚ましたのだった。と言うより、この形容は本来的を射ておらず、むしろ
第六感に駆られて、意識のはっきりしている状態と失神状態のほぼ中間あたりに位置する
不思議な夢見心地の状態に引き込まれたのだ。秘密を守り抜こうとでもしているかのよう
に、溢れんばかりの光を浴びた死の静寂が彼の周りに横たわり、息をひそめていて、彼自
身も胸で息を吸うのさえためらわれた。彼は十字路に立っていた。ヴィコロ・ディ・
メルクーリオ《メルクーリオ横町※》がもっと広くて左右に長く延びたストラーダ・ディ・メルクーリオ《メルクーリオ通り》と交差す
るところである。商業の神メルクーリオの名にふさわしく、この界隈ではかつて商店やら
工房やらが店を構えていた。十字路の角という角が、暗々裏にそれを物語っていた。角を
すぎると、バラバラに砕けてはいるが、大理石を張った陳列テーブルのあるタベルナと呼
ばれた商店が、何軒も開いていた。こちらはその設備からしてパン屋を、あちらは腹が丸
くふくれた陶製の大甕《おおがめ》の数からして、油売りや小麦粉売りを示唆していた。その向かい側
では、テーブル状の板におさまった、取っ手のついたかなり長細いいくつものアンフォー

ラ壺が、その後ろの部屋が居酒屋であったことを示していた。だがここは晩になれば、手に手に各自のピッチャーを持ち、主人のためにカウポーナと呼ばれたこの居酒屋からワインを持ち帰ろうとする近所の奴隷や、下女たちの人だかりでも混雑しただろう。見れば店の前の歩道に嵌められた大理石モザイクの銘文は、さんざんに足で踏まれて今ではもうはっきりと読めないが、おそらくは通りかかる人々に向け極上のワイン《ウィーニ・プラエケレンティス》を宣伝する文だった。壁にはその宣伝文を睨んでいるかのように「グラッフィート」と呼ばれる落書きがあった。大人の背の半分ほどの高さのところでしかなかったので、おそらくは学校通いの子供が自分の服の留め針か鉄の針金のようなもので、漆喰を引っ掻いて書いたのだ。ひょっとしたらそれはワインの自画自賛の辞をからかってコメントするもので、この店の主人が提供するワインの無二の美味しさは、薄めるための水の量をけちっているからではありません、といったたぐいのものだったかも知れない。

それと言うのも、ノルベルトの目には引っ掻き文様の中にカウポという綴りが浮き出ているように思えたからだが、はっきりと確認する術もなく、単なる勘違いだったかも知れなかった。彼は読み取りにくい落書《グラッフィーティ》きの判読においては誰にもひけをとらない技量の持

※メルクーリオ……商業神であるとともに死者の魂を冥界に導く古代ローマの神メルクリウスのイタリア語名。ギリシア神話では、ヘルメス。

54

ち主で、すでにこの方面での業績は認められ名をなしていたが、この時はその技量は完全に不発だった。それどころか彼はラテン語がまったくわからないかのような感覚になったし、さらに二千年前にポンペイの中学生が壁に引っ掻いた文字[55]を読もうとすることなど、馬鹿げたことに思えた。学問の一切合切が彼のもとを立ち去ってしまった。そればかりか、学問をもう一度探して見つけ出そうという気も起きなかった。思い出しはしても、はるか遠くの思い出でしかなく、たとえれば、年老いて干からびた退屈なおばさんのたぐいであり、この世で最もつまらない、およそ無用の長物という感覚だった。学問が学者然とした顔つきで、皺し

メルクーリオ通りから公共広場方向を見る

わの口もとに上らせ英知として講じるものは、どれもこれも自惚れで中が空っぽのもったいぶりであり、認識の木の実の干からびた殻の隅を突くばかりで、その中味、実体的な核の部分については何も開示してくれないし、内的な理解の喜びにたどり着かせてもくれない。それが教示するのは生のない考古学的見解であり、それが口にするのは死んだ文献学の言語だった。どう言ってもよいのだが、魂の、情緒の、心のこもった理解にいたる助けにはならなかった。そうした理解への願いを抱く人は、生き生きとしていさえすればよく、暑い真昼の静寂の中、身体器官の目にも肉体の部位の耳にもたよることなく、観てそして聴くために、ここにある過去の世界の残骸の中に、ただ一人たたずまなければならないのである。すると何も動かなくても、いたるところで観えてくるし聴こえてくるのだ。世界が声を出すことなく語り始めるのである。次には太陽が古い石の墓地のこわばりをほぐし、熱線の雨が石にしみわたり、死者たちが目を覚ます。こうしてポンペイはふたたび命を取り戻すのである。

ノルベルト・ハーノルトの頭に、神を冒瀆するような考えがあったわけではなかった。ただ漠然とした、だが冒瀆的という形容がまったくふさわしくもある感覚があって、彼は身動きもせずに立ち止まり、市壁の方向に下ってゆくメルクーリオ通りをぼうっと眺めていた。道の舗装に使われている多角形の溶岩ブロックは、今でもなお灰に埋もれる前と同様、見事なまでに接合されていた。一つ一つは明るい灰色であったが、まばゆいばかりの輝きでむんむんとしていて、舗石はぎらつく虚空の中、ステッチ縫いされた銀白の帯のように、両側の物言わぬ家壁と円柱の残骸とのあいだに延びていた。

と突然——

彼は目をこらしてメルクーリオ通りの奥の方へと、夢の中でしているかのように視線を滑らせた。右手のカストールとポリュックスの家と呼ばれているところから少し下ったところに、突然何かが現れたのだ。その家の前からメルクーリオ通りを横断して反対側に渡れるように敷設された溶岩石の踏み石を、軽やかな足取りで歩いていったのはグラディーヴァだった。

正真正銘、彼女であった。太陽の光線が彼女の姿を薄い金のヴェールに包んだかのように取り巻いてはいたが、それでも彼は浮き彫りとまったく同じ横顔を見て、はっきり彼女だとわかった。かすかにうつむき加減で、うなじの方に垂れているスカーフが頭の上部を覆うように巻かれていた。左手は幾重にも豊かに波打つ襞の流れる服を、ちょっとつまみあげていた。そのため裾はくるぶしより下には届かず、歩くと右の後ろ足が地面に残ったとき、一瞬のことでしかなかったけれど爪先立ちになり、踵がほとんど垂直に上がるのがはっきりとわかった。ただここでは、石造りであるはずの人物は頭のてっぺんから爪先ま

57

で無色で一様な相貌になっていなかった。見るからにきわめて柔らかくしなやかな生地で仕立てられた長めの服は、冷たい大理石の白色などではなく、やや淡色がかった温かな色合いの物に見えた。頭に巻かれたスカーフの下から額とこめかみのところで覗いている髪の毛は、心もちウェーブがかかっていて、茶色がかったブロンドに輝き、セレナイトのような顔の白さと対比をなしていた。

しかしグラディーヴァが目に入ったと同時に、すでに一度夢で彼女がこんなふうにここを歩いているのを見たことがあるというノルベルトの記憶が、はっきりとよみがえった。あれは夜だった。彼女は向こうの公共広場のところで眠りにつくかのように、アポロ神殿の階段に静かに身を横たえたのだった。夢が思い出されたことにともない、さらに、それとは違う何か別のことがはじめて意識されるようになった。心の中に駆りたてるものがあることなど自分ではわからなかったが、このことがあったからイタリアにやって来たのだし、さらにローマやナポリに長逗留せずにポンペイまで足を運んだのだ。ここで彼女の跡を見つけられるかどうか、探してみるためだったのだ。「彼女の跡」というのは文字通りの意味で、彼女のような特別な歩き方なら、他のどの人とも区別のつく爪先の踏み跡を灰の中に残していったに違いないではないか。

彼の前のあそこで動いたのは、またしても真昼の夢の像だった。であるが現実でもあっ

58

た。現実であるのは、夢の像と思われたものが引きおこした変化からうかがい知れた。彼女が渡った踏み石の反対側の最後の石の上で、燃えさかる日ざしの中、一匹の大きなトカゲが身動き一つせず体を伸ばして長くなっていた。金とマラカイトの緑を織り込んだ様なその体色が、はっきりとノルベルトの目にまで届く光を放っていた。だが足が近づいてくるのに気づくやいなや、そのトカゲはとっさに身を翻して踏み石から降り、白色にほの光[59]る溶岩石の舗石の上を這って逃げていった。

　そこにいるグラディーヴァは、彼女特有の落ち着きのある急ぎ足で踏み石を渡り、背を向けたかと思うと反対側の歩道を遠ざかっていった。向かう先はアドニスの家らしかった。その家の前で確かに彼女は一瞬立ち止まりはしたが、考え直したのか、すぐにメルクーリオ通りをさらに下っていった。この通りの左手に立派な邸宅で残っているのは、そこでアポロ神の絵がいくつも見つかったことから名がついたアポロの家《カーサ・ディ・アポロ》だけだった。彼女を見送っているノルベルトには、彼女がアポロ神殿の前廊《ポルティクス》を死に場所に定めたことがまた思い出された。だからおそらく彼女は、太陽神の崇拝となにがしか近い関係にあって、そこへと向かっているのだ。ところがしばらくして、彼女はまた立ち止まった。そこも踏み石が道路を横断しているところだった。すると彼女は右側へと道路を渡り返した。そのため今度は先ほどと反対側の横顔がこちらに向けられたので、見かけが少し変わっていた。長めの服をたくし上げている左手が見えなくなり、曲げられた左腕にかわった右腕は、まっすぐ下に延びた格好だったからである。彼女に気づいたときより距離が遠くなったことで、金色 60
に波打つ太陽光線がいっそう目の詰んだ紗織物で彼女を取り込んでしまい、突如メレアグロスの家の前で彼女の姿は消え、どこにいるのか判然としなくなった。

ノルベルト・ハーノルトは体をぴくりともせず、まだ立ちすくんでいた。ただ目だけが、それも今度は肉眼が、一歩ごとに小さくなる彼女の姿を像として吸収した。今はじめて彼は深く息を継いだが、それまでは胸もほとんど動きを止めていたのだ。

しかしそれと同時に、第六感は他のすべての感覚を屈伏させ、無力にし、彼を完全に虜にした。先ほど目線の先にあったのは、空想の産物だったのだろうか。それとも現実だったのか。

目が覚めているのか夢を見ているのかわからぬまま、どちらなのだろうと考えようとしたが、無駄であった。が、すると突然、妙な恐怖で背筋に悪寒が走った。何かが見えたわけでも聞こえたわけでもまったくないが、心の中の不思議な波動に触れ、真昼の幽霊の時間のポンペイが、彼の周りで命を帯び始めていると感じた。だからこの時間にグラディーヴァも生き返って、宿命的な七九年八月のあの日まで住んでいた自宅に戻ったのだ。 61
カーサ・ディ・メレアグロ《メレアグロスの家》なら、以前のポンペイ訪問の時に見ているので知っていた。しかし今回はまだそこまで行っていなかった。ただナポリの国立博物館で、メレアグロスと彼のアルカディアの狩猟仲間であるアタランテ※が描かれた壁画の前で、短時間立ち止まっただけだった。その壁画はメルクーリオ通りのその家で発見され、それにちなんでこの家は命名されたのである。しかしノルベルトはまた体が動くようになって彼女と同じようにその家にやって来ると、この家の名前が本当にカリュドンの猪を退治したメレアグロスにちなんでついたのか、怪しく思えてきた。そのときハッと思い出したのはギリシアの詩人のメレアグロスであったが、後者の詩人が生きた時代はポンペイ壊滅の約百年前であった。それでもこの詩人の子孫がイタリアのポンペイにやってきて、この家を建てたということもあり得る。この想像は記憶によみがえったある別の想像と一致していた。なぜならグラディーヴァはギリシア系の出自だと推測したことを、というよりむしろ確信を抱いたことを、彼は思い出したのである。もちろんその傍で、オウィディウス※※により『変身物語』中[62]のエピソードで次のように描かれたアタランテのイメージが、彼の想像に混ざり込んだ。

「上の方で彼女の長衣を、磨きのかかったピンがその針先でとめていた、
無造作に、彼女の髪は一つに束ねて結ばれていた。」

彼はその詩句を字句どおりに思い出すことはできなかったが、内容ははっきり覚えていた。知識の蓄えゆえに、オイネウスの息子メレアグロスの若い妻が、クレオパトラという

名前だったこともあわせて思い出された。しかしこの家で問題になっているのはきっとこの英雄ではなく、ギリシアの詩人のメレアグロスなのだ。といった具合に、カンパニア地方の灼熱の太陽を浴びて、断想が神話や文学史や考古学の姿をとって彼の頭の中をめぐった。

ノルベルトはカストールとポリュックスの家

※メレアグロスとアタランテ…ギリシア神話の英雄と女英雄。メレアグロスはアルゴー船の一員。カリュドンのイノシシ狩りでアタランテとともに退治に成功した。アタランテはアルテミスに倣い独身を通そうとしたが、求婚者が押し寄せる。彼らに競争を挑み彼女に勝つことが結婚の条件だったが、全員が負け殺される。唯一ピッポメネースが追いつかれそうになると金のリンゴを後ろに投げ、彼女に勝ったとされる。

※※オウィディウス…ローマの詩人。『変身物語』が特に有名。

メレアグロスの家の中庭の円柱

とケンタウロスの家を通り過ぎ、メレアグロスの家の前まで来て立ち止まった。その敷居のところから、床に嵌め込まれ今でも判読可能なハーウェという文字、つまり「ようこそ」と書かれたプレートがこちらを見返していた。玄関《ウエスティブルム》の壁の絵では商業の神メルクリウスが、成功の女神フォルトゥーナ※に貨幣でいっぱいの巾着を手渡していた。察するところこの図はこの家のかつての居住者の富と、そのほかの喜ばしい状態を示唆していた。玄関の裏手には広間《アトリウム》が広がっていて、その中央には怪物グリュプス※※をかたどった三本の脚に支えられる、円い大理石のテーブルが陣取っていた。

広間はひとっこ一人おらず、しんと静まりかえっていた。まるで空間の方が、足を踏み入れた者を赤の他人を見る目つきで見ているかのようで、以前ここに来たことがあることを思い出させてもくれなかった。それでも記憶は戻ってきた。家の内部に、ポンペイで発掘された他の建物の内部と、ズレが見て取れたからである。通常の形式とは違って、列柱のある中庭《ペリストュリウム》が主人の仕事部屋《タブリヌム》の背面で裏を向くかたちで広間《アトリウム》に接続するのではなく、左側に伸びている。だがその代わり、ポンペイの他の中庭のどこよりも広く、作りも豪華であった。中庭は前廊《ポルティクス》でぐるりを囲まれていたし、その廊を二十四本の下半分が赤く上半分が白く塗られた円柱が支えていた。これらがこの大きなひっそりとした空間に、晴れ晴れとした雰囲気をかもしだしていた。中央には噴水形の水盤《ビシーナ》があり、それには見事な作りの

63

縁取りが添えられていた。こうしたことすべてから推して、この家は教養があり芸術を知る名望家が住まわっていたに違いなかった。

ノルベルトは周囲に目をこらし、耳を澄ました。だがここでも動くものはどこにもおらず、かすかな物音一つしなかった。死んでいる石のあいだに、生命の息吹はもうなかった。[64]グラディーヴァがメレアグロスの家の中に入ったのだとしても、彼女はすでにもう溶けて無と化してしまったのだ。

列柱のある中庭の背後にもう一つ部屋が続いていた。オエクスと呼ばれるかつての儀式の間であり、ここも同じく三方が円柱で囲まれていたが、その色は黄色で、日が差し込むと遠くからも金箔が施されているかのように輝いていた。だが円柱のあいだからは、周囲の壁の色よりもっとずっと熱く燃えさかる赤色がのぞいていた。それは古代人の筆によるものではなく、現代の青二才が床を上塗りした赤だった。かつての精巧な舗床は完全に壊され、朽ち、風化してしまった。太古以来の支配権をこの地で再興したのは五月だ。この時期この墓場都市の多くの家と同じように、ここの儀式の間は赤い花を咲かせる野ゲシで

※フォルトゥーナ…運の女神。ギリシア神話のテュケーにあたる。幸運、成功の女神とされることが多いが、不運の女神でもある。

※※グリュプス…頭部と胸部は鷲、下半身がライオンの神話上の生き物。

覆われるのだ。風が種を運び、火山灰が芽を吹かせる。所狭しと咲く花が大波となって押し寄せてきた。もしくはそのように見えた、が現実には、そよともせずにそこで咲いていた。と言うのも、南風のアタブールスはケシの花が咲く地面近くまで入り込むことはなかった。ただケシの上空をかすかな音をたてながら、サワサワと吹き抜けていった。しかし太陽が炎となって揺らぐ光を上方から野ゲシに投げつけていたので、池で赤い波が寄せては返すかのような印象を引きおこしたのだった。

65

ノルベルト・ハーノルトは他の家の中でこれと似たような眺めを目にしても、さして注意もせずに見過ごしていた。しかしここでは同じ光景に、妙な具合に戦慄を覚えた。儀式の間を覆っていたのは夢見の花なのだ。ケシは忘却の河レーテ※のほとりに生え、その中に埋もれるように眠りの神ヒュプノスが身を横たえていた。ヒュプノスは夜の女神が赤い杯に集めたケシの汁から、感覚を鈍らす睡眠を抽きだして振りまいた。中庭《ペリストユリウム》の前廊を抜けて儀式の間《オエクス》に進入した彼にも、神々も人間も屈伏させる昔の神※※が手にしている不可視のまどろみの棒で、こめかみを触れられたかのように思えた。だがひどい感覚の麻痺感をともなうものではなく、夢の中にいるような甘味なまろやかさに意識が包みこまれただけだった。そうでありながら、足を運ぶことにかけては彼はまだ自分の意思どおりに動け、昔の儀式の間の壁に沿って足を先へと進めた。その壁からは、リンゴを手渡すパリス※※※、クサリ蛇を手に持って若いバッカス信女を怯えさせるサテュロス※※※※など、古い絵の人物たちがこちらを見ていた。

しかしここで、またしても突然だった。思いもかけなかった。彼のいるところから四、五歩しか離れていない。ホール型前廊の二階の、今でもぽつんと残っている部分が投げかける細長い日影で、下の段の上に立つ黄色い列柱群中の二本の円柱のあいだに、姿形から女性とわかる明るい色の服を着た人が座っていて、素早い身のこなしで、今しも頭を少しもたげるところだった。彼女は彼が近づいてきたことにそれまで気づかず、あきらかにこの時、足音を聞き取ったのだ。彼女が頭をもたげたので面立ちの正面が彼の方に向いた。彼女の顔を見て二重の感覚がわいてきたのは、彼の目に映ったその顔が見ず知らずの人のよ

66

※レーテ…冥界の河の一つ。その水を飲むと人は前世のことを忘れる。眠りの神であるヒュプノスが住まう陽のさすことのない洞窟の回りを流れているとされる。

※※昔の神…ヒュプノスのこと。ヒュプノスは眠りの神で、少年神として表されることが多い。

※※※パリス…トロヤの王子で、ギリシアからヘレナを誘拐しトロヤ戦争の原因を作った。彼はまた、ギリシアの三美神ヘーラー、アテナ、アフロディテが美を競ったときの裁定者であり、アフロディテにリンゴを渡し勝たせた。その褒美がヘレナであり、他の二女神から買った恨みがトロヤ戦争とトロヤの破滅だった。

※※※※バッカス信女とサテュロス…バッカス信女は酒神バッカスの女信者。恍惚状態で山野を駆け回るとされる。サテュロスは半羊半人の生き物で、バッカスの従者でもある。

うでもあり、知っている人、すでに会ったことのある人、もしくは想像したことのある人のようでもあったからである。だが呼吸が止まり心臓の鼓動が滞るのを覚えながら、その顔が誰の顔なのか疑いようもなくあきらかだと思った。彼を無意識にポンペイへと駆りたてた探し物が見つかったのだ。真昼の亡霊たちの時間になると、グラディーヴァは今でもまぼろしの生活を続けていて、こうしてここで、夢の中でアポロ神殿の階段に腰を下ろすのを見た時と同じように、彼の前に座っている。彼女の膝の上には何か白い物が広げられていた。彼の目にははっきり識別できない物だった。パピルス紙のようにも見えた。そこから浮き上がって、一輪のケシの花が赤い光を放っているのが目にとまった。

彼女の顔つきには驚きの表情が現れていた。輝く茶色の髪と美しいセレナイト白色の額の下で、並外れて明るい輝きのまなこが問いたげな怪訝そうな目つきで彼を見つめていた。しかし彼の方は、その顔かたちの特徴があの像の横顔の特徴と一致するとわかるのに、ほんのわずかな時間しかかからなかった。正面から見た顔立ちは、こうでなければならないのだ。だから見るのははじめてであっても、本当に見知らぬ顔には思えなかったのである。近くから見ると彼女の白い服はわずかに黄色がかっていて、それが温かな色合いをいっそう高めていた。見ればそれは繊細で、大変やわらかなウール地で、豊かな襞も生地ゆえだった。また、頭に巻かれたスカーフも同じ布地で作られていた。スカーフの下からは、首筋

67

にかけて一部出ていた茶色の髪が無造作にポニーテールに束ねられ、やはり輝いていた。首の前では可愛らしいあごの下で、小さな金のピンが長めの服の前を合わせていた。

　こうしたことを、ノルベルト・ハーノルトは漠然と知覚した。軽い作りのパナマ帽に手をやり帽子を脱いだのも、するともなしだった。すると口を突いて出てきたのはギリシア[68]語の「あなたはアタランテさんですか、イアソスの娘さんの？　それとも詩人のメレアグロス一族の縁《ゆかり》の方ですか？」

　声をかけられた方はそれに答えずに黙ったまま、目には落ち着きのある聡明そうな表情を浮かべ彼を見つめていた。二種類の考えが彼の中で交差した。黄泉返ったグラディーヴァの幻はまったく言葉というものを知らないか、あるいは彼女はギリシア系ではなく、そのためギリシア語に通じてないかのどちらかだ。そう考えて今度はラテン語でたずねてみた。

「あなたのお父さんはラテン族の出のポンペイの名門市民だったのではありませんか？」

　この言葉にも彼女はやはり答えなかった。ただやわらかに波打っている唇の周りに、笑いの発作をこらえようとしているかのような、何かかすかな音をたててかすめて行くものがあった。そのことにハッと気づき、彼は恐怖に襲われた。あきらかに彼の前に座っている彼女は、口のきけない視像であるにすぎず、言語というものを知らない幻影なのだ。そう考えて茫然自失した彼の様子は、そのまま彼の表情に浮かんでいた。

しかしその時、彼女の唇はこみ上げてくるものにこれ以上抵抗できなかった。本物のほほえみが唇に浮かんだのだ。と同時に唇の間から声が漏れ響いた。「わたしとお話になりた[69]いのなら、ドイツ語でしてくださいませ」

二千年前に死んだポンペイの女性の口から漏れたにしては、これは何とも奇妙な話しだった。あるいは意識のありようが尋常ではない、聞き手のことを考えてのことだったのかも知れない。だがノルベルトにとっては打ち寄せる感覚の大波を二波頭から受けて、怪訝に思う気持ちはいっさい霧消した。その一つはグラディーヴァが言葉を話せるのだと知った時の感覚、もう一つは彼女の声から発して彼の身内に押し寄せてきた感覚であった。彼女の声の澄んだ響きといったら、まさにまなざしの冴えと同じだった。鋭いわけではないが、突かれた鐘の音を思わせるような声音は、日ざし溢れる静寂を貫き、花咲くケシの野原に響き渡った。その時突然、若き考古学者の意識に上ってきたのは、このような彼女の声を以前に自分の中で、想像の中で、聞いたことがあるということだった。すると思わずこの感情を、大きな声で吐露してしまった。「わかっていました。あなたの声がこんなふうに聞こえるのは」

彼女の顔色からは何かを理解しようと求めながら、それが見つけられないでいる様子が読み取れた。彼の最後の言葉に彼女はこう応じた。「どうしておわかりになったのですか。

わたしとお話になったことなど、まだ一度もおありになりませんのに」

彼女がドイツ語を話し、現代風に第三人称を敬称に使う話し方で語りかけてきたことは、70 彼にはもう少しも気にならなかった。彼女がそうしたことで、むしろ、このようにしかなりようがないのだということを、はっきりと理解した。そして即座に答えて言った。「いいえ、話しをしたというわけではありません。でもあなたが横になって眠りにつこうとした時、わたしが呼びかけたのです。そのあと、あなたの脇に行って立っていました。あなたの顔は大理石なのかと思うほど静かで美しかった。お願いしてもかまいませんか。もう一度顔をあのときのように階段に寝かせてみてください」

彼が話しているあいだじゅう、少し風変わりなことが起こった。ケシの花のあいだから一匹の金色の蝶が、それは上翅の内縁に心もち赤みがかかっている蝶なのだが、列柱の方へひらひらと飛んできて数回グラディーヴァの頭の周りを跳ね回り、それから額にかかっている茶色いウェーブのかかった髪の上に止まったのだ。だがそれと同時に、彼女の姿がすくと上へ伸びた。彼女が落ち着きのある素早い動きで立ち上がったのだ。ノルベルト・ハーノルトに黙ったまま ちらっともう一度視線を向けたが、その目つきが語っていたのは、あなたは気が触れているとしか思えませんという言葉のように思えた。そして足の向きを変え、古代の前廊の列柱の横を、あの足取りで去っていった。しばらくはまだ、かすかに 71

ではあるが姿が見えていた。と間もなく、彼女は地下に沈んでいったかのように消えた。

　彼は息つぐことも忘れ、麻痺したかのように立っていたが、それでも目の前で何が起こったのか、ぼんやりとであれ理解した。真昼の亡霊の時間は過ぎたのだ。冥界の神ハーデス※のいるツルボランの咲く野から、有翼の使者が蝶々の姿で地上にやって来て、死者に下界に戻るよううながしたのだ。朦朧《もうろう》として明確さに欠けていたが、彼にとってはもう一つ別のことがそのことと結びついていた。この地中海域の美しい蝶が、クレオパトラという名であることを彼は知っていた。そしてカリュドンのメレアグロスの若い妻が

ナポリからナポリ湾越しに望むヴェスヴィオ山

それと同じ名前だったが、彼女はメレアグロスが死んだ悲痛から自らを冥界の神々への生け贄に差し出したのだった。

遠ざかるグラディーヴァに、彼の口からかけ声が迷い出た。「明日の正午にまたここに戻ってきますか」。しかし彼女は振り向きも答えもせずに、儀式の間の角のところで、列柱の背後にあっと言う間もなく消えてしまった。彼は不意に何かに強く押されたかのような気持ちに襲われ、彼女の後を追った。しかし彼女が着ていた明るい色の長い服は、もはやどこにも見えなかった。熱い太陽光線の炎にたっぷり曝されて、彼の周囲ではカーサ・ディ・メレアグロス《メレアグロスの家》[72]がぴくりとすることもなしに静まりかえっていた。クレオパトラ蝶だけが赤くきらめく金の翅をはためかせ、ゆっくりと弧を描きながら、びっしり咲き乱れている野ゲシの花の上空をひらひらと飛んでいった。

†

何時どのようにして遺跡のイングレッソ《入り口》に戻ったのか、ノルベルト・ハーノルトの記憶

※ハーデス……ギリシア神話の冥界の神。海・水の神であるポセイドンとともにオリュンポスの主神ゼウスの兄に当たる。ハーデスのラテン名はプルートー。

は定かでなかった。覚えていることと言えば、昼食がとっくに過ぎた時間にホテル・ディオメデスで何か出してくれるよう無遠慮に求めるほど、空腹だったことだ。食後、行き当たりばったりの道を当てもなくさまよって、カステッランマーレの北側のナポリ湾の海岸に来てしまった。彼はそこで、太陽がソレントの向こうのサンタンジェロ山とイスキア島のエポメオ山の真ん中あたりに沈んでいくまで、溶岩石の塊に腰掛けて海風が頭の周りを吹くにまかせた。どう見ても数時間海辺にとどまっていた。にもかかわらず、その場所の新鮮な空気にあたっても、精神状態にとって有益な結果が引き出せたわけではなかった。それどころかホテルに戻った時も、そこを出た時とほぼ変わらない状態だった。他の客と顔を合わせたのは、彼らが「チェーナ《夕食》」を食べるのに忙しくしている時だった。彼は食堂の隅に席を取ってヴェスヴィオ・ワインのフィアスケット《デカンター》を注文し、食事中の人々の顔を眺めつつ彼らのおしゃべりに耳を傾けた。誰の顔からも、また話からも、一人として真昼時に人知れず生き返ったポンペイ生まれの死者に出くわしてはいないし、その女性と言葉を交わしてもいないことはまったく疑いようがなかった。それはもちろん最初から予想できることだった。彼らはその時間、全員がプランツォ《昼食》の席に着いていたからである。しばらくして彼は目的なり意図なりがあるともなしに、ディオメデスの競争相手である「ホテル・スイス」に河岸を変えていた。そこでも隅に腰を下ろし、何か注文せざるを得なかったのでやはり小瓶のヴェスヴィオ・ワインを前に、耳目を働かせて同じ調査に没頭した。それにより導き出せたのは、先ほどと同じ結論だった。それ以外に加わったことといえば、唯一、こうして現在ポンペイを訪れている生者は、皆すっかり顔を覚えたということだ。こうして彼の人を見る目は肥えたのだが、豊かになったとはあまり思えなかった。にもかかわらず彼がある種の満足感を覚えたのは、客に注目したり聞き耳を立てたりして、ノルベルトからの一方的な気持ちであっても、個人的な関係が結べそうな客は男女の別を問わず、どちらのホテルにもいないと感じたことだ。当然ながら、どちらかのレストランでグラディーヴァと遭遇するかも知れないと仮定することは理に反していて、思いもよらなかった。それでも男であれ女であれ、ほんのかすかでもどことなくグラディーヴァに似ているような宿泊客はどちらにもいないと、彼は宣誓して誓うことぐらいのことはできたかも知れない。観察しているあいだ、彼はフィアスケット《デカンター》からワインをグラスに注いでは飲み干すことをくり返していた。こうしてまもなくデカンターの中味が空になると、席を立ってディオメデスに帰った。空は瞬き輝く数え切れないほどの満天の星だったが、いつものように不動の位置取りではなく、まるでペルセウス、カシオペア、アンドロメダや、他の幾人かのギリシアのヒーローやヒロインの名の星座が、ともにかすかにあちこちふらつきながら、ゆっくりとした輪舞を踊っているような印象をノルベルトは受けた。と同時に下界の地上でも、木々の梢や建物の暗いシルエットが、しっかりとあるべき位置に静止しているとは見えなかった。それらが立っているのは昔から揺れているこの地域の大地の上なのだから、これはもちろん何ら不思議なことではあり得なかった。地下の熱塊はどこからでも噴出してやろうと狙っているし、その分のいくらかはワインの木やブドウの中へと噴き上げていた。まさにそれを搾ったのが、ノルベルト・ハーノルトのふだんたしなむ晩酌の酒とは異なる、ヴェスヴィオ・ワインだった。事物が回転運動をするのは多少ワインのせいもあったろう。だがすでに昼以降、すべての物が彼の頭の周りを廻る傾向ははっきりと出ていて、それをノルベルトは覚えていた。そのため、回転が少し多くなったからといって何も新しいことではなく、既存の現象の延長としか感じなかった。彼は階段を上って部屋にゆき、それからしばらくは開け放った窓辺にたたずみ、円錐形のヴェスヴィオ山を眺めていた。今は噴煙は上空で笠松が梢を広げるように昇るのではなく、むしろ暗い深紅色のオーバーコートがあちこちたなびいているように、山頂の周りを流れていた。若き考古学者は明かりをつけずに服を脱ぎ、床に就いた。しかし横になりはしたものの、そこはホテル・ディオメデスのベッドではなく、赤いケシの花咲く野であった。ケシの花の群れが日を浴びて熱くなったやわらかいクッションのように、彼にのしかかった。あのムスカ・ドメスティカ・コムニス、あのノルベルトの敵の家蠅が、数十倍の数にふくれあがり、闇により嗜眠症の無感覚状態に抑えこまれて、頭上の壁にとまっていた。ただ一匹だけ、眠気にふらふらしながらも嗜虐欲にかられ、彼の鼻の周りをぶんぶん飛び回っていた。しかし彼は蠅を絶対的な悪、人類にとっての数千年にわたる災厄とはみなさなかった。閉じた目の前で、蠅は赤みのある黄金色のクレオパトラ蝶になって、彼の周りをふらふらと飛んでいたからである。

翌朝、蠅の盛んな応援のもとで太陽が彼の目を覚ましたとき、昨夜ベッドの周りで起きた不思議なオヴィディウス風の変身物語でその後何が起きたか、彼は思い出せなかった。それでも何やら神秘的な人物が彼の脇に座って、次から次へと夢の糸を紡いでいたことは疑いようがなかった。というのも彼の頭は夢の残像でいっぱいで、目の前に幕が掛かっているかのように感じたからだ。そのため思考力はすっかりその中に閉じ込められ八方ふさがりの状態で、一つのことしか、つまりまたきっかり正午にはメレアグロスの家に行かなければということしか、意識の中になかった。その一方で内気に圧されて、もし遺跡の門衛が彼と顔を合わせたら入場させてくれないのではないかとか、そもそも人の目にとまり観察されやすいところに身を曝すのは得策でないのではないか、などと考えた。人の目を避けるにはポンペイ通ならではの方法があるのだが、もちろんそれは違反行為にあたる方法だった。しかし彼は法的な規制に沿って、自分の行動の有り様を決定できる心的状態ではなかった。こうして彼は到着した日の晩のようにまた市壁によじ登り、その上を大きく緩い弧を描いて廃墟の町を巻くように、人影もなく監視員のいないノーラ門まで歩いていった。そこなら遺跡内に降りるのは難しくなかった。そしてアンミニストラツィオーネに、つまり「管理局」に、何よりも二リラの入場料を一方的なやり方で無料にさせてしまったが、78
それはのちに何らかの仕方で弁済することにしようと、良心をあまり責めないようにして壁から下りた。こうして彼は誰にも気づかれずに、都市遺跡の一区域にたどり着いた。そこは訪れる人もいない興味をひかない場所で、大部分はまだ未発掘であった。彼は人目につかない日陰の隅に腰を下ろし、ときどき時計を眺めて時の経つのを確認しながら、その時刻がやってくるのを待った。ふと彼の視線は少し離れたところに、瓦礫の背丈を超えて銀白色に輝いているものをとらえたが、それが何かわかるほどには彼の視力は確かでなかった。それに引かれて思うともなしに近づくと、それが一本の背の高い、白い鐘形の花をたくさんつけたツルボランの茎であることがわかった。風が外から種をここまで運んできたのだ。これは冥界の花だ。意味ありげで、ノルベルトがこれからしようとしていることのために、ここで育つよう定められていたと彼には感じられた。彼は細長い茎を手折り、元の場所に戻った。五月の太陽は昨日と同じようにますますじりじりと照りつけ、そろそろ真昼の高さに近づいてきた頃、彼はストラーダ・ディ・ノーラ《ノーラ通り》を歩き出した。通りはひっ 79

そりとして死んだように静かだったし、道路という道路はほとんどどこも同様だった。午前の訪問者の全員が今日もまた、反対の西の方角へとすでにポルタ・マリーナ《マリーナ門》と昼食のスープを目指して急いでいた。熱に焼けた大気だけがわなないていた。ツルボランの茎を手に持ち一人ゆくノルベルト・ハーノルトの陽炎につつまれた姿は、死者の魂を先導し冥界ハーデスへと下る道を歩み始めたヘルメス・プシュコポンポス※のようで、この神が現代的な身なりで道を歩いている姿に見えた。

意識してではなかった。むしろ本能にしたがったことで、ストラーダ・デッラ・フォルトゥーナ《フォルトゥーナ通り》を抜けメルクーリオ通りまで迷わずに来られた。右に折れてこの通りに入るとメレアグロスの家の前にでた。その場で玄関《ウエスティブルム》や広間《アトリウム》や列柱のある中庭《ペリストュリウム》が昨日と同様にいのちのない物体然と、彼を迎えた。中庭の列柱のあいだからは、儀式の間《オエクス》のケシの花が燃える炎となってこちらになびいていた。この部屋に足を踏み入れた彼には、考古学にとってはなはだ重要な何らかの情報を、この家の主人から得ようとしてここに来たのが昨日のことだったか、二千年前だったかはっきりしなかった。得ようとしたのがどんな情報だったたかも、言明できなかった。それればかりか、それと矛盾するのではあるが、古代学全体がこ

※ヘルメス・プシュコポンポス…ヘルメスは61頁の注のメルクリウスにあたるギリシアの神。商業神でもある。プシュコポンポスという添え名は死霊の先導者であることを表している。

の世で一番目的が不明で、どうでもよい物に思えた。全思考と全証明が目指さなければならないことは一つしかないという時に、人間が古代学と取り組めるなどということが、彼には理解できなかった。その一つのこととは、死していると同時に生きている存在の身体的現象はどのような特性なのか、という問題であった。もっとも、生きているのは真昼の亡霊の時間に限定されていた。それとも昨日という日にだけ、ひょっとしたら百年に一回、あるいは千年に一回に限定されていたのかも知れない。こんなことを考え始めたのも、彼が今日ここに戻ったのは無駄なことなのだという気持ちに突然襲われ、それが確からしく思われたからだ。探しているあの人には会えないだろう。二度出てくることは許されないのだ。会えるのは後のいつか、彼ももうとっくに生者の仲間からはずれ、同じように死者となり、埋められ、忘れ去られてからだろう。ところが、彼の歩みが壁に描かれたリンゴを手渡すパリスの下を通り過ぎると、昨日と同じく正面に、グラディーヴァがいるのが目に映った。同じ服を着て、同じ段の同じ二本の黄色い円柱のあいだに座っていた。しかしこの日彼は、想像力による幻のいたずらに騙されまいとした。昨日ここで現実に見たものから空想がだまし絵を作りあげ、彼の目の前に据えているにすぎないことなど、わかっているのだ。それでも、彼は自分が作り上げた実体のない現象という直観の像に心を奪われるばかりで、ずっと突っ立っていた。すると知らず知らずに、苦悩の音を帯びた言葉が口

81

を突いて出た。「ああ、あなたがいまでも実在してくれたら、生きていてくれたら」

彼の声の響きが消え入ると、そのあとは昔の儀式の間の残骸に囲まれたところに、息の音さえ聞こえない沈黙が戻った。ところがその時もう一人の声がうつろな静寂に響渡った。

「あなたも座りませんか？　疲れているようですもの」

ノルベルト・ハーノルトの心臓の鼓動は一瞬停止した。彼の頭がどうにか考えをまとめたのは、幻影なら話ができないはずだ、それとも幻聴が加勢して騙そうとしているのだろうか、というくらいのことだった。彼は身動き一つせず、ぼうっとしたまま、円柱に手を当てて体を支えた。

すると同じ声が、グラディーヴァのほか誰のでもない声が、もう一度たずねた。「その白い花はわたしに持ってきてくれたの？」

彼は感覚麻痺をともなった眩暈にとらわれ、もはや足が身体を支えきれず、座るのを強要しているように感じた。そして彼女の向かい側の円柱にもたれて、階段の上にへなへなと座り込んだ。彼女の澄んだ目は彼の顔に向けられていたが、前日に彼女が急に立ち上がり立ち去った時に彼を見つめた眼差しとは別の眼差しだった。あの時の眼差しが語っていたのは、気分を害し拒絶しているような様子だった。それが消えてなくなっていたのだ。まるでその間に違う見方をするにいたり、同時に、拒絶の眼差しに替って、さぐるような好

82

奇心、もしくは探求心の表情が現れたかのようだった。それと並行して彼女は、現代では慣用となっている敬称の三人称を使った呼びかけが、彼女の口調にもこの場の状況にも適していないことに、やはり気づいたようだ。なぜなら彼女も今日は親称の二人称Ｄｕを使ったし、それもＤｕが自然なことのように、まったく無理なく唇から出てきたからだった。だが彼が今度も黙ったまま質問に答えなかったので、彼女はもう一度言葉を発してこう言った。

「昨日こう言ってたわね。わたしが寝ようと横になった時、一度わたしに呼びかけたって。そしてそのあとわたしのそばに立っていたって。その時わたしの顔は大理石のように真っ白だったとも。それは何時どこのことだったの。思い出せないので、もっと正確に教えてほしいわ」

ノルベルトの発話能力は、ようやく答えることができそうなまでに回復していた。「あなたは公共広場でアポロ神殿の階段に座って、ヴェスヴィオ山の降灰で覆われてしまいました。あの夜のことです」

「ああ、そういうことね、――あの時のことだったのね。そのとおりだわ、――思いつかなかった。でも、このようなたぐいの事情があるはずだと、想像できなかったなんて。昨日あなたがその話をしたときは不意を突かれてしまって、心の準備があまりできていなかったの。それでも確かに、ちゃんと思い直してみれば、あのことがあってからもうじき二千年も過ぎたのだわ。あなた、その頃もう生きていたわけ？ 見たところずっとお若いようですけど」

彼女の語り口はとても真剣だった。最後だけ、大変に愛嬌のある軽やかな微笑みが口もとで戯れていた。彼は当惑してまごつき、少し口ごもりながら答えた。「いいえ、本当は七九年にはまだ生きて、と思うのですが、いませんでした、――多分それは、――ええ、そうです、それは人が夢と呼んでいる心の状態だったんです。夢が私をポンペイ没落のその時に遡らせたんです。――ですがお会いしたとき一目であなただとわかりました――」

彼からほんの数歩しか離れていない向かい側に座っている彼女の顔つきに、驚きの表情がありありと浮かんでくるや、彼女は怪訝に思う気持ちがこもった声でくり返し聞いた。「会った時わたしだとわかったの？ 夢で？ どんなことでわかったのかしら？」

「最初は特別な歩き方で、すぐに」

「歩き方に注意していたということなの？ で、私の歩き方はそんなに特別かしら？」

彼女がいよいよ呆気にとられているのが、手に取るようにわかった。彼はこう返事をした。「ええ、――自分ではわからないのですか？ ――そのほかのどんな歩き方よりも優雅なのです。少なくともいま生きている人間で、そんな歩き方の人はいません。でもわたしは他のどんなことでも、あなただとすぐわかりました。姿や顔立ちでも、あなたの物腰や身なりでも。なぜって何もかもがローマの浮き彫り像とまったく瓜二つなんです」

「ああ、そうなのね――」と、彼女はもう一度先ほどと似たような声音でくり返した――「ローマの私の浮き彫りとね。ええ、そのことも考えていなかったわ。と言うより、よくわからなくなってしまったわ、――どういうことなのかしら――と言うことは、ローマでそれ[85]を見たということなの？」

　そこで彼は、この浮き彫り像の見目に魅了され、ドイツでその石膏像を入手して大喜びしたこと、その像はここ数年来彼の部屋にかかっていることを伝えた。さらに、それを毎日眺めていて、その姿が若いポンペイ女性を描いており、彼女の故郷のポンペイで道路の踏み石を渡り、どこかへ行こうとしている姿に違いないと推測するようになったこと、そしてそのことを例の夢が確証してくれたこと。その夢を見たことでまたここへ旅するよう仕向けられ、何らかの彼女の痕跡が見つからないか探し求める仕儀となったと今では理解していること。そして昨日の正午には、メルクーリオ通りの角に立っていた時、彼女自身が突然浮き彫り像とまったく同じ姿で、ちょうど彼の前方で踏み石を渡ってゆき、アポロの家に向かおうとしているかのようだったこと。しばらくすると道路をまた渡り返し、メレアグロスの家の前で消えてしまったこと、などを伝えたのだった。

それにはうなずいて、彼女は言った。「そのとおりだわ。アポロの家を訪ねようと思って
いたけれど、ここに来ることにしたの」
彼が続けた。「それでギリシアの詩人のメレアグロスを思い出したんです。あなたは詩人 86
の子孫で、生家に戻るところではないかと思ったのです。戻ることが許された時間にとい
うことですが。でもギリシア語で話しかけたらわからなかったみたいです」
「あれはギリシア語だったの？　ええ、ギリシア語はわかりません。と言うより、きっと
忘れたんだわ。ところでさっき、またあなたがきた時、何か言っていたのが聞こえたけれ
ど、その意味がわかったわ。今でもまだいてほしい、生きていてほしいという願い事を言
葉にしたのよね。ただ誰のことなのか、わからなかったの」
こう言われて彼は、彼女を見たとき実際には彼女ではないと思ったし、ただ空想が彼を
欺き、彼女の幻像を昨日出会ったその場所で目の前にちらつかせているにすぎないと思っ
た、と答えた。この答えに彼女はほほ笑み返し、了解して言った。「どうも過度の想像力に
要注意の理由はありそうね。あなたと一緒にいた時には、そこまでの推測はしなかったわ」。
しかしそのことについては彼女は話しを中断し、こう付け加えた。「先ほど話していたわた
しの歩き方って、いったいどんなふうなのかしら？」
彼女の中でわき起こった興味が彼女をこの話に引き戻したことは見て取れた。すると彼 87

の口から、「お願いしてもいいですか――」という言葉がこぼれ出た。

それでも彼は口ごもった。昨日、かつてアポロ神殿の階段でしたように、もう一度階段で横になり寝てみてほしいとたのんだ時、彼女が急に立ち上がってその場を立ち去ったことが思い出され、怖くなったからだった。去り際に彼に向けられた視線が、彼がいま言ったことと頭の中でぼんやりと結びついたのだ。だが今度は、穏やかで優しい目の表情が変わることはなくそのままだった。彼が先を続けないので彼女が言った。「今でも生きていてほしいというあなたの願いは私に対してだったのね、うれしいわ。そのお返しに何かお望みなら、それを叶えて差し上げるわ」

この言葉に彼の危惧は晴れて、彼はこう答えた。「あなたが浮き彫り像のように歩くのを、間近で見られたらうれしいのですが――」

彼女は返事もせず言われたままに立ち上がり、壁と列柱の間のわずかな距離を歩いてみせた。それはまさしく彼の心にしっかりと刻み込まれた、落ち着きと機敏さの合わさった歩き方で、足裏もほぼ垂直に立ち上がっていた。ただこの時はじめて気づいたことだが、彼女が足の見える丈の服の下に履いていたのはサンダルではなく、上品な革製の砂のように明るい色の靴だった。彼女が戻ってきて黙ってまた腰を下ろすと、彼はするともなしに彼女と浮き彫り像との履物の違いに触れた。それに答えて彼女は、「何事も、時代が変わればかならず変わるものだわ。現代にサンダルは合いません。だから靴を履くの。埃や雨に対してもずっと強いし。それにしても、どうして前で歩いてみてほしいなどと頼んだのかしら？　私の歩き方の何がいったい特別なの？」

このことを知りたいと彼女が語ったのはこれが二回目だが、そこからは彼女に女性らしい好奇心がないわけでないことが聞き取れた。たずねられた彼は、足を踏み出す際に後ろに残った足が、独特の形で高く爪先立ちになることを確認したかったと説明をはじめた。そして、彼が住む町で数週間にわたり街路に出て、どんな風に現代女性たちの歩き方の観察を試みたかを続けて話した。でもこの美しい歩行法は、現代女性のあいだからは完全に失われてしまったようで、例外はおそらく一人だけらしく、その人からは一度グラディーヴァ風の歩き方をするという印象を受けた。それでもこのことは、その女性が人混みに紛れてしまってしっかりと確認できなかったし、目の錯覚に襲われたのかもしれなかった。と言うのも、その女性の顔立ちも、どことなくグラディーヴァと似通っているように思えたからだった。こう彼は説明を続けたのである。

「ほんとうに残念ね」と彼女は答えた。「確認できたら大変な学問的意義があったのに。成功していれば、多分ここまでの長旅の必要はなかったかも知れないわ。でもお話のその方は誰なの？　そのグラディーヴァさんというのは誰？」

「わたしはあなたの像をそう名づけたのです。あなたの本当の名前を知らなかったもので。それに、今でもまだ知りません」

最後の言葉は幾分ためらいがちに付け加えられたし、彼女の口もとにも、やや躊躇の色が見えた。それでも、彼があとに付け加えた間接的な質問に彼女は答えて言った。「ツォエーよ」

すると沈痛な声音の言葉が彼の口から漏れた。「その名前はすばらしくお似合いです。でもわたしには惨い嘲りのように聞こえます。ツォエーというのは、いのちという意味ですから」

「変えようのないものには順応するしかないわ」、と彼女は答えた。「私はもう長いあいだ死んでいることに慣れてきました。でもそろそろ今日の私の時間は終わりね。お墓の花を持ってきてくれたんでしょう、私の帰り道のお供になるようにと。では、くださいな」

立ち上がりながら彼女は、ほっそりした手を伸ばした。彼はツルボランを手渡したが、彼女の指に触れないよう気を配った。花を受けとりながら彼女は言った。「ありがとう。もっと恵まれた状況の女性に春贈る花なら、バラね。でも私にはこの忘却の花が、あなた手ずから頂くのにふさわしい花だわ。明日もまたこの時間にここに来られるお許しが出ると思うわ。その時もう一度あなたがここに来るようなことがあれば、今日のようにケシの原の端で向かい合って座りましょう。敷居に書いてあるわ、ようこそ《ハーウェ》、って。私もあなたに言っておきますわ。ハーウェ！」

彼女は出て行き、昨日と同じように前廊《ポルティクス》の角を曲がったところで、大地の底に沈んだかのように消え失せた。すべてがまた空っぽで、音一つしない状態に戻った。わずかに離れた距離から、短くすぐに途切れた明るい声が響き渡った。それは廃墟の町の上空を飛んでいく一羽の鳥が高笑いするかのような声だった。あとに残された彼が立ち去る前に、彼女が座っていた段に目をやると、下で何か白いものが光っていた。昨日グラディーヴァが膝の上に持っていたパピルス紙らしかった。今日は持ち帰るのを忘れてしまったのだ。ところが、おずおずと手を伸ばしてみると、それは小さなスケッチブックで、ポンペイの家々から選んだ廃墟がいろいろ鉛筆で素描されていた。最後から二枚目の紙が示していたのは、メレアグロスの家の広間《アトリウム》にあるグリュプスを象った脚のついた机を素描したもので、最後の紙は儀式の間《オエクス》のケシの花の上から中庭の列柱越しに見通した風景を再現しようと、描き始めた図だった。あの世の女性がスケッチブックに現代的手法で素描していることに奇異な気持ちが生じるのは、彼女が自分の考えていることをドイツ語で表現していた時と同じだった。それでもこれらは黄泉返りという重大な奇蹟と比べれば、取るに足らない奇蹟のおまけにすぎなかった。あきらかに彼女はかつて生きていた土地を、生半可でない芸術的才能に物を言わせて、目に見える形で留めておくために、真昼の自由になった時間を利用しているのだ。どの描写も事物を把捉する感覚が洗練されていることの証であり、彼女の言葉の一つ一つが才気煥発さを証しているのと同じであった。それに、推測するところ、古
92
いグリュプス脚の机は彼女が頻繁に使った机であって、彼女にとって特別価値のある思い出の品だと思われた。

機械仕掛けのように彼女の跡を追って、ノルベルトはスケッチブックを手に前廊《ポルティクス》に沿って歩いた。すると角のところで壁に細い隙間があるのに気がついた。細いと言ってもまれに見る細身の体型の人であれば、隣家へと、そしてさらにその家の反対側のヴィコロ《ファウヌス》・デル・ファウ《横町》ノ※へと、抜けられるだけの幅は十分にあった。しかしそれと同時に、一つの認識が彼の脳裡をよぎった。ツォエー＝グラディーヴァはここで地中に沈んでいったのではないのだ、――そんなことはそれ自体理にそぐわないではないか。そんなことを信じたとは理解しがたい話しだ――そうではなく、彼女はこの道を通って自分の墓へと戻ったのだ。彼女の墓は墓地通り沿いにあるに違いない。と思う間もなく彼はまっしぐらにメルクーリオ通りに出て、エルコラーノ門へと急いだ。だが息を切らせ汗びっしょりになってそこに着いた時は、すでに遅すぎた。広いストラーダ・ディ・セポルクリ《墓地通り》は人影らしいものもなく、白い照り返しの中、下の方へと延びていた。ただその道路の終わるところで、ぎらつ

く光線の幕の背後に、ほのかな影がディオメデス荘の前でおぼろげながら消え入るように見えた。

93

†

ノルベルト・ハーノルトはこの日の午後を、ポンペイがどこもかしこも、さもなければ少なくともちょうど彼のいるところは、靄に包まれているかのような気持ちで過ごした。その靄は通常なら灰色でどんよりしていて陰鬱なのに、今はむしろ明るく、青、黄色、茶色が混じった主としてやや黄色がかった白色とセレナイト系の白、といった具合にはなはだ色彩に富み、さらに加えて太陽の光線により金の糸がどこまでも織り込まれていた。またそれは視力も、聴力も阻害しはしなかった。ただその靄を突き破るには、**思考**がおぼつかなかった。まさにこのことによって頭の中の靄は雲の壁と化すのであり、その効果は最悪の濃霧に匹敵する。若き考古学者には一時間ごとに、目にも見えず何ら気づかれることもない仕方で、ヴェスヴィオ・ワインがデカンターであてがわれ、それが彼の脳髄で絶え間

※ファウノ…ラテン語名はファウヌス。ファウヌスはローマの牧羊神で、ギリシアのパンにあたる。ポンペイのファウヌスの家では現在ブロンズの模造品が設置されている。

なくぐるぐると回転しているかのように思えた。彼はこれに対し本能的に対策を講じ、そこから逃れようとして何度も水を飲んだり、できるかぎりあちこちと歩き回ったりした。医 94
学的な知識が豊富というわけではなかったが、それでもこの未知の状態がおそらくは心悸高進との関連で、極度にのぼせた状態に照応するに違いないと、診断をくだす程度にはあった。なぜなら、これもまた彼にはいまだ経験のないことだったのだが、ときどき胸板を早鐘のように叩く激しい動悸がして、心悸高進が感じられたからである。それ以外は、外の世界へ切り込んでいけないからといって、彼の思考が内面で不活発であったわけでは決してなかった。むしろ、より正しくは、ただ一つの考えがそこにあって、内面を独占的に占有し、いくら考えても無駄なのにひっきりなしに活動を展開していたのだ。そのあいだじゅうずっと思考がめぐっていたのは、ツォエー＝グラディーヴァはどのような肉体的性質なのだろうか、メレアグロスの家にいるあいだ彼女は身体のある存在なのか、それともかつてそなえていたものを模倣した幻像にすぎないのか、という問だった。物理学的・生理学的・解剖学的に見て、彼女には発話するための器官がそなわっており、鉛筆を指で持つこともできた、ということは、彼女に身体がそなわっていることを語っていた。それでも、彼女に触れたら、たとえば手を彼女の手の上に重ねたら、手の動きはただ空を切るばかりではないかという推測の方が、ノルベルトにおいては優位を占めていた。そのことを確かめ 95

たいという一風変わった衝動に駆られる一方で、それに勝るとも劣らないたいへん引っ込み思案な気持ちがあり、それが想像の中で、彼の行動を押しとどめていた。二つの可能性のどちらであれ、それを確認しようとすれば、それにともなって何かしら怖いことが流れ込んできてしまうように感じていたからである。手が身体性をそなえていれば、それはそれで彼の身内に驚愕が走るだろうし、身体性がそなわっていなければ強い苦悶を引き起こすだろうと。

学問的な表現を使えば、実験を実施せずしては解明不能なこの問題に、むなしくかかずらいながら彼は午後中歩き回った果てに、はるばるポンペイの南方、サンタンジェロ山塊が立ち上がる前衛の山々の麓まで来てしまった。そこで彼は様々な道具類を装備していることから生物学者か植物学者と思われる、熱い日差しを浴びた傾斜地で何かの跡をたどっているらしい、年配の白髭まじりの紳士に出会った。その紳士はノルベルトがすぐ近くまで身を寄せたので振り向き、一瞬驚きの眼で彼を見つめ、それから言った。「青色岩礁《ファラグリオネンシス》トカゲに興味がおありかな。想定外と言えそうだが、このトカゲはカプリ島の岩礁《ファラリオーニ》帯だけに棲息しているというわけではどうもなさそうじゃ。根気よく探せばこちらの大陸でも見つかるはずじゃ。同僚のアイマー君が提示した方法は実に優れておる。それを使ってもう何度も最良の成果をあげてますからな。お願いじゃ、動かないで」

相手は話しを打ち切ると、慎重に岩場を二、三歩登った。そして地面に体を伸ばしたまままじっとして、長い草の茎でこしらえた小さな罠を、一匹のトカゲの青く光る頭がのぞいているわずかな岩の裂け目の前に据えた。紳士はぴくりともせず、そのまま横になっていた。これを潮にノルベルト・ハーノルトは相手の背後でそっと向きを変え、やって来た道を戻っていった。彼にはぼんやりとだが、このトカゲ追いの顔はすでに一度、おそらくは二軒のホテルのどちらかで彼の目にとまったことがあるように思えた。この人物の話しかけ方もそれを示唆していた。何と馬鹿げた奇妙な計画に動かされて、ポンペイへと長旅をすることができるのかと、信じがたかった。さっさとトカゲ罠の仕掛人から別れ、ふたたび身体性もしくは無身体性という問題に、自分の思考力を集中させることができるようになったことを喜びながら、彼は帰途に着いた。ところが脇道を歩いたことで一個所、間違った方向に曲がる羽目となり、長く延びている昔の市壁の西側ではなく、東端にたどり着いてしまった。考え事に没頭していて道を間違ったことに気づいたのは、開けた場所に近づいた時だった。あるはずの「ホテル・ディオメデス」も「ホテル・スイス」もない場所だった。しかしながら宿屋があることを示す看板はあったし、そこから遠くないところに大きなポンペイの円形闘技場の廃墟が望めたので、以前の記憶がよみがえってきた。円形闘技場の近くにはもう一軒、「アルベルゴ《太》・デル《陽》・ソーレ《荘》」というホテルレストランがあったのだ。そこは駅から離れていることもあって、たいてい客の入りはわずかで、彼自身も立ち寄ったことがなかった。ここまでの道のりを歩き、彼は火照っていたし、頭の中の堂々巡りも弱まらなかったので、彼はその宿の開け放たれたドアの中に入り、のぼせ止めに有効 98 だと考えてミネラルウォーターを一本注文した。その部屋には、もちろん全団が集結している蝿をのぞけば、客はだれもいなかった。暇にしていた主人は闖入者との雑談の糸をたぐりながら、この機にとばかりに、自分の店と店に置いてある発掘品のお宝を一所懸命自慢してみせた。言おうとしていたことはあやふやではなかった。ポンペイ界隈では何人もの連中がいろいろな品を売りに出しているけれども、そのうちの一つとして本物などなく、何もかも模造品であるのに対し、この主人のところでは品数は少ないが、お客様方に正真正銘の本物しか提供いたしません、ということだった。そう言えるのも、この主人が入手しているのは、彼自身が発掘に立ち合った時の物ばかりだからであった。饒舌が続くうちに、公共広場近辺で若い恋人同士のカップルが掘り出された時も、この主人は現場にいたということがわかった。カップルは避けようのない滅亡を理解して、お互いしっかりと腕の中に抱き合い、死をむかえ入れたのだった。この話についてはノルベルトはかつて聞い 99 たことがあったし、その時には特別空想力に富んだどこかの話し上手の手になる作り話だろうと、肩をすくめたものだった。そしてこの場面でも、主人が話しの証拠にと全体に緑青がふいた金属の留めピンを、これは目の前で少女の遺骸のかたわらの灰の中から拾い集められた物ですと持ち出してきたとき、ノルベルトは以前と同じ反応を繰り返した。ところが太陽荘の闖入者はそれを手に取るや、たちまち想像力が圧倒的な勢いで押し寄せてきて、話しの吟味などどこへやら、金持ちのイギリス人目当ての言い値で買い取り、そそくさと収穫物を手に「アルベルゴ・デル・ソーレ《太陽荘》」を立ち去った。振り返えると上階の開いた窓の縁で、タンブラーに生けてある白い花をつけた一輪のツルボランが、こちらにうなずきかけているのが見えた。この墓花を目にしたとたん、論理的な繋がりなど用をなさず、これで手に入れたばかりの物が本物であると保証されたという思いが、彼の心を貫いた。

今度はマリーナ門へと続く市壁沿いの道からそれずに歩きながら、彼は留めピンを緊張しながらも同時におずおずと、何よりも分裂した二重の感情を抱いて眺めた。さっきの話からすると、若い恋人のペアが抱き合った姿で、公共広場から遠くないところで発掘されたというあれは、おとぎ話ではなかったのだ。それに、そこのアポロ神殿でグラディーヴァが死の眠りにつくのを、見たではないか。もちろんそれは夢でしかない。それは今でははっきりわかっている。本当は、彼女は公共広場からもっと先の方まで歩いていったのであり、そして誰かと会ってその男と一緒に死んでいったのだ。

指でつまんで持っていた緑色の留めピンから、それはツォエー＝グラディーヴァの物で、彼女の服の前を喉元で合わせていたのだという感覚が発して全身を貫流した。そうだとすると、彼女には一緒に死のうと思った男がいて、その恋人、婚約者、ひょっとしたら若妻だったのだろうか。

ノルベルト・ハーノルトは留めピンを放り投げたい気持ちに襲われた。まるで燃えて熱せられた状態になったように、ピンが彼の指を焼いたのだ。正確に言えば、自分の手をグラディーヴァの手に重ねたら、空を切るだけなのではないかと想像した時と同じような痛みを、このピンが惹き起こしたのだ。

それでも彼の頭の中は理性が優勢だったので、ノルベルトは唯々諾々と空想のなすがままになることはなかった。どんなにありそうなことでも、その留めピンが彼女の物であり、若い男性の腕の中で見つかったのは彼女だとするだけのくつがえしがたい証拠はないのだ。この認識に助けられて、彼はひと安心して息をつくことができるまでになれた。「ディオメデス」にたどり着いた時には夕暮れがせまっていた。何時間も歩き回ったので、彼の健康体は相当な食欲も呼び覚ましていた。「ディオメデス」という名からすればギリシアのアルゴリス地方と縁のあるホテルなのに、食卓ではかなりスパルタ風を取り入れていた。それでもそんな夕食を食欲旺盛に平らげているあいだ、彼は午後に到着したばかりの二人組の宿泊客に気づいた。容貌からしても言葉からしても、まぎれもなくドイツ人、ドイツ人の彼と彼女であって、二人とも精神的なものを表現する才に恵まれた、若々しく人好きのする顔立ちだった。お互いの関係は推測できなかったが、二人がなんとなく似ていることから、ノルベルトは兄妹なのだろうと結論した。それでも若い男の方の髪はブロンドで、女の方の明るい茶色の髪とは違っていた。彼女は服に赤いソレント・バラを挿していて、それが目にとまり、レストランの片隅から視線を投げかけているノルベルトの記憶の中の何かある物に触れたのだが、それが何なのかは思い出せずじまいだった。この二人は彼が旅行中に出会った中で、好感が持てた最初の人であった。彼らはワインの入ったデカンターを前にして座って、他人に聞こえるほど大きな声にもならず、そうかといって周りを気にしたひそひそ話にもならず、言葉を交わしていた。ある時は真面目な話題、そうかと思うとある時は陽気な話題らしく、ときどき彼らの口もとに同時にほころびが浮かんだ。その時の表情は感じがよく、彼らのおしゃべりに仲間入りしたいという気にさせるものだった。二日前、客といえばアングロ＝アメリカ人ばかりで占められた部屋で彼らに出会っていたら、ノルベルトにはおそらくその気が芽生えただろう。だが彼は自分の頭の中で起こっていることが、二人の晴れやかな天衣無縫と著しい対照をなしていることを感じていた。彼ら二人がこれっぽっちの靄にも包まれていないことは見間違いようがないし、二千年前に死んだ女性の存在上の性質について、深刻に考え込んでなどいないことは疑いようがなかった。彼らは謎だらけの問題に四苦八苦することなどなく、今この時のいのちを楽しんでいるのだ。彼の状態はそれと同じではなかった。二人にとって彼はまるで余計だろうと思えたし、もう一方では、ある漠然とした感覚から彼らと知り合いになろうとすることに躊躇を覚えた。彼らの澄んだ明るい目は彼の額の奥の考えをのぞき込めるのではないか、のぞき見たら彼がどことなく正気でないかも知れないという思いが、彼らの表情に表れるのではないかという気がしたのだ。それで彼は自分の部屋へと上がってゆき、昨日のようになおしばらく窓辺に立って、夜に広がるヴェスヴィオ山の赤い覆いを眺め、それから床に就いた。疲れ切っていたこともあり、彼はしばらくして眠りに落ちた。そのときに見た夢は、妙に荒唐無稽だった。太陽が燦々と照るどこかで、グラディーヴァが座って草の茎でわな輪をこしらえ、それでトカゲを捕まえようとしていた。そして言った。「どうかじっとしてて——同僚の女性が言っていたとおり、この方法は本当に優れてるわ。彼女はこの方法で最良の成果を上げたんですもの——」

ノルベルト・ハーノルトは夢の中にいながらも、これは本当にまったく常軌を逸しているという意識にもなれた。そしてその感覚から抜けだそうと寝返りを打った。実際それに成功したのは、目には見えない一羽の鳥の手助けがあったからだった。その鳥は短くひと声、高笑いして、様子からするとトカゲを嘴にくわえ運び去った。するとそのあと、すべてが雲散霧消した。

†

目覚め際に、夜中、ある声が春にはバラを贈るものだと言っていたことを思い出した。というより実際のところは、この声が記憶に呼び戻されたのは目によってだった。窓から外に目が向かったとき、赤い花が輝く階下の茂みに視線が落ちた。その花はあの若いレディーが胸に挿していたのと同じ種類だった。そこへと降りていってから後、彼はするともなしにその花を二三本手折って嗅いでみた。ソレント・バラには本当に、何か特別なところがあるに違いなかった。その香りは彼にはただ素晴らしいというのではなく、まったく未知の嗅いだことのない匂いで、それに、彼の脳裡の何かを解きほぐしてくれる作用があった。少なくとも、昨日遺跡の門衛に感じていた気おくれは解消した。彼は規則どおりにイングレッソ《入り口》を通ってポンペイの遺跡の中へ入ってゆき、ハンディキャップをもらっていたので入場料の倍の金額を支払って、すぐ他の客から遠ざかれる道を選んだ。カーサ・《メレアグ》ディ・メレアグロ《ロスの家》から持ち出したスケッチブックのほかは、緑色の留めピンと赤いバラを持ってきた。だがその一方でバラの香に夢中で、朝食をとるのを忘れてしまった。彼はいま現在のことには上の空で、考えが向かう先はただ正午の時刻のことばかりであった。だがその時刻までまだ時間があったので、待っているあいだ暇つぶしをせざるを得ず、そのためにあちこちの家跡に足を運んだ。するとそれらの家からは、グラディーヴァもかつてはそこにちょくちょくやってきたかもしれないし、今でも時には訪れることがありそうな感じを受けた。こうして、彼女は正午にしか現れないのだという彼の仮定が、少し揺らぎ始めた。もしかすると彼女はそれ以外の時間でも、ひょっとしたら夜の月明かりの中だって、自由に動けるのかもしれない。手に持ったバラを鼻に近づけて匂いを嗅ぐと、不思議とこの推測は確からしさを増していったし、この新たな見解を思慮分別が、待ってました、もっともだ、と迎え入れた。というのも彼は、自分は先入見に縛られるということなどなく、むしろ理性に叶ったものであれば、どんな異議申し立てにも道を譲る人間であることを保証することだってできると、思っていた。まさにそうした異議の申し立てが、ここでは単に論理ゆえでなく願望にそぐうゆえに、断然効力を発揮したのだった。暗中模索状態だったのはただ一つ、それなら彼女と会った時、他の人の目にも彼女は肉体をもった現象と知覚されるのか、それとも彼の目にだけそう知覚する力がそなわっているのかという疑問だった。前者の可能性は却けられないし、それればかりか大いにありそうなことはわかりきっていた。そのことが、こうであってほしいという気持ちを、その反対のそうあってほしくないという気持ちに反転させてしまい、彼を苛立たしく落ち着かない気分にした。他の人も彼と同じように話しかけることができ、二人で会話するために彼女と腰を下ろすことができるかも知れないと考えると、彼は腹が立った。そんなことができるのは既得権を持っている自分だけだ。いずれにしても優先権はあるはずだ。そうにきまっている。彼以外誰も知らなかったグラディーヴァを見つけ、彼女を毎日眺め、自分の中に吸収したのは彼なのだし、言わば彼女に彼の生命力を吹き込んだのだ。彼がいなければ彼女にはなかったかも知れないいのちを、このようにしてふたたび彼女に賦与したのは自分なのかもしれない、とさえ彼には思えた。だがこうした考えからは権利の感情が生まれてきて、彼一人が権利を主張することが許され、ほかの誰かと共有するのを拒否することができると思われるようになったのである。

時間が過ぎ、この日は前の二日よりもずっと暑い日となった。今日、太陽はまったく異例なほどの効果を目論んでいるようで、そのため考古学的見地ばかりか実際上からしても、ポンペイの水道網が二千年前からこのかた、管が破裂し干あがったままになっていることが遺憾であった。路傍の泉水がところどころに昔の水道網の記憶を今に保っていて、同じく喉の渇いた通りすがりの人々に、気軽に利用されていたことを証す徴もあった。彼らは大理石でできている泉水の端に手を突いて、今ではなくなってしまった注ぎ口の管に寄ろうと前屈みになった。そのため水滴が石を穿つように、手を突いた縁はすり減って凹みができていた。ノルベルトはこのことにストラーダ・デッラ・フォルトゥーナ《フォルトゥーナ通り》の角で気づいたのだが、そこから、ツォエー＝グラディーヴァもかつてここで、同じように手を突いたのだろうという想像が浮かんできた。すると彼の手は知らず知らずに、その小さな窪みに置かれていた。だがこのような推測は即座にしりぞけられた。こう推測することができた自分を、不愉快に思ったのだ。それは洗練された一族に生まれた若いポンペイ女性の人となりや立ち居振る舞いと、まったく一致していなかった。彼女がこんな風に身をかがめ、赤い口の賤民どもが飲んだその注ぎ口に唇をつけたのではないかという想像には、侮辱的なものが含まれていた。高尚な意味で、彼女のすることとなすことに表れるよりもっと礼儀作法に適っているものに、彼はまだ一度としてお目にかかったことがなかった。彼の信じられないほど馬鹿馬鹿しい思いつきを見抜く能力が、彼女にはあるのではないか。そう思うと慄然とした。彼女の目にはどこか食い込んでくるようなところがあったからだ。その目は彼と一緒にいるあいだじゅう、彼の脳裡への扉を見つけ出そう、そしてその中を、磨きあげられた鋼のような探知器を使って探査しようと狙っているという感覚に、彼は何度かとらわれた。そのため彼は、物を考えている最中に思い浮かぶ愚にもつかないことが見抜かれないよう、用心深く注意しなければならなかった。

今でもまだ、正午まで一時間あった。暇つぶしをしようと彼は道路を横切って、発掘された全家屋の中で最も広壮で最も立派なカーサ・デル・ファウノ《ファウヌスの家》に行った。他の家々と違い、ここには二重の広間《アトリウム》があり、最も重要な広間では雨水受け《インプルヴィウム》の水盤の中央に何も載っていない基壇が見られた。その上にはこの家の名前となる有名な踊るファウヌスの彫像が、かつては立っていたのだった。それでもノルベルト・ハーノルトには、学問が最高傑作と評価しているこの芸術品がここにはなく、アレクサンドロス大王の戦闘場面のモザイクとともにナポリの国立博物館に移されたからといって、残念に思う気持ちはちっとも起こらなかった。彼はただ時が過ぎるようにということ以上の意図もまったくなければ、願望も内に抱いていなかったので、その目的のためにあてもなく、この大建造物の中をあちこち歩き回っていた。列柱のある中庭《ペリストュリウム》の背後にも、再度中庭のくり返しなのか、それともクスュストゥスとして、すなわち装飾庭園として設けられたのか、幾本もの円柱に囲まれた別の広々とした空間が開けていた。とそのように、この時節には見えるのだった。それというのもメレアグロスの家のオエクス《儀式の間》と同じで、ここも爛漫のケシの花に完全に覆い尽くされていたからだ。ここを訪れても彼は上の空で、ひと気のない静寂の中を通り抜けていった。

ところが突然、彼はハッとして足を止めた。ここにいたのは彼一人ではなかった。少し離れたところに二人の人物の姿が目に入ったのだ。だがぴったり身を寄せ合って立っていたので、最初は一人の人影という印象しかなかった。彼らは彼のことに気づいていなかった。二人だけの世界に浸りきっていたし、隅で列柱の陰になっていたから、突然他人の目 110 に曝されるようなことはないと信じきっていた。お互い腕の中に相手を抱き合い、唇もぴったりと重ねていた。不意の光景の目撃者となった彼は、その二人が昨晩この旅行ではじめて好感を持てた若い男女であることを知り驚いた。それにしても兄妹にしては彼らの今の振る舞いが、抱擁とキスが、長すぎるように思われた。ということはやはり、恋人同士、もしかしたら若い新婚夫婦なのだ、もうひと組のアウグストとグレーテなのだ。

だが奇妙なことに、アウグストとグレーテであっても、今は彼には気に障らなかった。そこで行われていたことは、滑稽にもいやらしくも感じられなかった。むしろこの二人に対する好感がいっそう強まったのだ。彼らがしていたことは自然で至極当然のように思えたし、最高傑作と賞賛される芸術作品の一つに相対したときよりも、彼の目はもっと大きく見開かれ、この生《なま》の二人の姿に釘付けになった。できることならもっと見ていたい気持ちだった。しかし不当にも聖域に立ち入ってしまったのではないか、そこにいると秘密の勤行の邪魔になるのではないかという感じがしたし、見ていたら気づかれてしまうと想像すると、彼は急に怖くなり即座に身を翻した。抜き足差し足で足音を立てずに少し戻り、物 111 音で気づかれないところまで来ると、胸苦しさと動悸を感じながら、ヴィコロ・デル《ファウノ》・

ファウノへと足早に向かった。

†

メレアグロスの家の前に着いたとき、すでに正午を回っていたかどうか、彼はわからなかった。時計で確認しようともしなかった。それなのにしばらくのあいだ決心がつきかねて、入り口の「ハーウェ」の文字を見下ろしながら、戸口の前で立ち止まっていた。中に入るのが怖くて動けなかったのだ。それに奇異なのは、中でグラディーヴァと会えないことにも、そして同じく彼女を見つけられることにも、恐れを抱いていたことだ。もしグラディーヴァに会えなかったら、彼女は誰かもっと若い紳士とどこか別のところにいるのではないか、もしここで会えるとすれば、その青年が列柱のあいだの階段で彼女と歓談しているだろう。このような想像がほんの数分のあいだに、彼の頭の中に根付いてしまった。それればかりか、その男に彼は強い憎しみも覚えた。それは不快な家蝿全部を集めたものに対する憎しみよりずっと強烈だったので、今日のこの日まで、自分がこれほど激しい内的興奮を覚えることもあるとは、想像だにしなかった。これまで無意味で愚かな行為だと見なしていた決闘というものが、またたく間にいままでとは違う光景の中に見えてきた。このとき決闘は、自分に固有中の固有の権利を侵害され、死に等しいほどの侮辱を受けた者が行使する唯一の手段だとされ、自然法と化すのだ。満足のいく復讐をするにせよ、目的を喪失した存在を自ら放棄するにせよ、この方法しかないのである。こう考えるや、足が勝手にそそくさと家の中へと踏みこんでいった。彼は図々しい奴に果たし状を突きつけ、そして彼女には、――こちらの方が彼の中ではいっそう凶暴な衝動となっていたのだが――もっと善良でもっと気品があって、こんな下劣なことなどできないと思っていたと、きっぱりと言ってやるつもりだった。

　憤懣をぶちまけたい気持ちは唇からほころび出そうなほどで、きっかけらしいものがまったく明確でなくても、口から飛び出しただろう。そう思われるほどの気負いようで儀式の間までの距離を早足で詰めると、乱暴に言い放った。「一人かい?!」。しかしどこをどう見ても、グラディーヴァが前の二日とまったく同じように、たった一人で階段に腰かけていたことは疑う余地などなかった。彼女は怪訝そうに彼を見つめ、答えた。「正午を過ぎているのに誰がまだここにいるというのかしら?　この時間には皆さんお腹がすいて、食卓についてるわ。とても嬉しいことに、私のことを思ってそのように自然が取りはからってくれたのよ」

　溢れんばかりに募る気の昂ぶりは、それでも容易に鎮まりそうになく、家の中に入る前

113

に確固たる確信となって彼にこびりついてしまった憶測が、その後もなお知らぬ間に思わず顔をのぞかせた。と言うのは、ちょっと意に反してはいたのだが、彼が、「でもそうとしか考えられない」と言葉を継いだからだった。彼女の澄んだ眼は覗き込むように相手の顔に向けられていて、彼が話し終えるのを待っていた。それから指を一本立て、自分の額を叩くような仕草をし、こう言った。「ねぇ――」。しばらく間が空いて彼女は続けた。「こんな時間でも来るだろうと待つ羽目になったのに、それでも私がここからいなくならなかったのだから、それだけでも十分じゃないかしら。でもいいわ、この場所が好きだし。ところでお見受けしたところ、昨日忘れていったスケッチブックを持ってきてくれたようね。そういうことにはもっと気配りができるようで、ありがたいわ。それを返してくださいな」

彼女の最後の言葉にはそれなりの根拠があった。彼はスケッチブックを返すそぶりをまったく見せなかったし、一個所に立ちすくんでいるばかりだったのだ。とんでもない馬鹿なことを思い込み、作り上げ、そればかりか口にしてしまったものだという思いが、ぼんやりと頭の中でしてきた。できる限りで愚行を帳消しにしようと、彼はせかせかと前に出てグラディーヴァにスケッチブックを渡し、同時にぎこちなく階段の彼女の横に腰を下ろした。彼女が彼の手を一瞥して言った。「バラがお好きなようね」

この言葉を聞いてすぐさま、バラを手折って持ってこようとしたきっかけが何だったか

114

思い出し、彼は答えた。「ええ、――でもこれは自分のためではないんです――昨日言ってましたよね、――それと、昨夜もだれかが私に言ったのです――春にはバラをあげるものだとか――」

彼女はほんのちょっとの間よく考えてから、答えた。「ああ、そうだったわ――ええ、おぼえてるわ――ほかの女性にだったらツルボランではなく、バラを贈るでしょうって言ったこと。バラをくださるなんて、親切なのね。私を見る目が少し良い方に変ったのかしら」

赤いバラを受け取ろうと、彼女の手が伸びてきた。それに応じるように、バラを渡そうとして彼は答えた。「最初は正午の時刻にしか、ここにいられないのだろうと思っていました。でも次第にほかの時刻にも、と思えてきて――とても嬉しいです――」

「なぜそれが嬉しいの?」

彼女の顔には素っ気なさの表現がうかんでいたが、口もとだけは、わかるかわからないかほどかすかに揺れ動いた。混乱して彼は次のように言うのが精一杯だった。「生きているのは素晴らしいことです、――そのことがわたしには、以前まったくこんなふうには――たずねようと思っていたことがあるのですが――」

胸ポケットの中をまさぐり、見つけた物を引っぱり出してこう言い添えた。「この留めピンは、かつてあなたの物ではありませんでしたか」

彼女の顔はほんのわずか目の前の留めピンの方に動いたが、頭を横に振った。「いいえ、おぼえてないわ。時代勘定からすれば、事情次第ではありえないことではないけれど。だって、おそらくそれは今年作られたばかりの物ですもの。ひょっとして太陽で見つけたのではない？　そのきれいな緑青は見覚えがあるように思うわ。前に見たことがある物のようだけど」

思わず彼は言葉を繰り返した。「太陽で、とは――なぜ、太陽で、なのでしょう」

「太陽はここではソーレと言うでしょう。太陽荘はその種のいろいろな物をこしらえているわ。その留めピンはエスコートの男性と一緒に、確か公共広場の近辺で亡くなったとかの、少女の物という話しでしょう」

「ええ、そうです。彼女を腕に抱いていたというその男は――」

「ああ、そうなのね――」

この「ああ」と「そう」という二つの短い言葉は、あきらかにグラディーヴァにとって、口に出てくるお気に入りの間投詞であった。この言葉のあと一瞬の間が空いて、彼女が付け加えた。「だから私がそれを身につけていたというわけね。そうだったらあなたは、――先ほど何とおっしゃいましたかしら、――不幸だとか」

彼がことのほか気が楽になったと感じていたのは見て取れたし、彼の返事からも聞きと

116

れた。「あなたのでなくて、とても嬉しいです、――その留めピンがあなたの物だと想像すると、なにかこう――頭がくらくらしてくるようで――」

「あなたの頭はちょっとその傾向があるわね。ひょっとして今朝は朝食をとるのをお忘れなのでは？　そうだと、その種の発作は簡単に強まってしまうものよ。私はそんな状態で苦しんでいるわけではないけれど、真昼時にここに来るのが一番好きだから、そのための準備はしているの。用意したお弁当を分けてあげるわ、それであなたを頭の困った状態から、ちょっと助けてあげられるかも知れないわ――」

彼女は薄紙に包んであった白パンをポケットから取り出し、包みを破って半分を彼の手に渡し、もう半分を見るから美味しそうにほおばり始めた。その時、彼女のまれに見るほど愛らしく申し分のない歯並びが、唇のあいだから真珠の輝きを放っていたが、それだけではなかった。パンの耳を噛む時に、かすかにサクッという音がした。そのため彼女は実体のない幻像などではなく、本物の身体的な性質をそなえているのだと、彼女の歯がしっかりと印象づけたのだ。ちなみに、食べ損ねた朝食という推測に関しては、彼女はたしかに的を射ていた。彼も同様にひたすら食べた。この食事は文句なく良い効果があって、思考が明澄になっていくのを彼は感じていた。こうして彼ら二人はしばらくのあいだ話しを中断して、黙々と二人ともに有益な行為に没頭していたが、最後にグラディーヴァがこう言った。「二千年前に、こんな風に一度、一緒にパンを食べたことがあったような気がするわ。思い出せない？」

彼には思い出せなかった。それに、彼女がそんな遠いはるか昔のことを話しているのが、今は不思議に思えた。食事をとり頭がしっかりしてきたせいで、彼の脳の中である変化が生じてきたのであった。彼女は長い間ずっとこのかたポンペイを歩き回ってきたのだという推測は、もう健全な理性と折り合いがつきそうになかった。彼女のすべてが、今の彼には二十年以上の年を経ているようには見えなかった。その顔のこの形と色、とても魅力的でカールのかかったこの茶色の髪、この非の打ち所のない歯並び。しみひとつない明るい色の服が、数え切れない歳月、軽石の灰の下に埋もれていたという想像も、途方もなく矛盾だらけだった。ノルベルトは感覚が疑わしく思えてきた。本当に目が覚めている状態でここに座っているのだろうか。書斎にいることの方がもっとありそうなことではないのか。書斎でグラディーヴァの像を見ながら眠気に襲われ、ポンペイに来てまだ生ある彼女と会っている夢を見ているのではないか。引き続き夢の中で、まだこんな風にメレアグロスの家で彼女と並んで座っているのではないか。そうだ。彼女は事実まだ生きているとか、そうでなければ黄泉返ったなんて、夢の中でしか起こりようがないではないか——夢の中でなければ自然法則が、それに否を唱えるはずだ——

それに、奇妙だったのは、二千年前にすでに一度こうして彼とパンを分けたと、今さっき彼女が言ったことだ。彼にはその覚えがまったくなかったし、夢でもそんなことは思わなかった――。

彼女の左手は細い指が膝の上にのせられていた、――その左手がこんがらがった謎を解く鍵となるのであった――。

メレアグロスの家の儀式の間の前でも、胸糞の悪い家蠅の図々しさはとどまることを知らなかった。彼の目の前の黄色い円柱のところで、一匹の蠅が彼らの不快な習慣にならい、貪欲を充たそうとあちこち飛び回っているのが見えた。と思うと彼のすぐ鼻先をぶんぶんとかすめていった。

以前、彼女と一緒にパンを食べたことが思い出せるかという彼女の質問に、彼は何かひとことでも答えなければいけなかったのだが、口から出てきたのは、突発的に発せられた次のような唐突な言葉だった。「蠅というのは当時もう今と同じように、生きているのがいやになるほど、あなたを苦しめる悪魔のような奴ではなかったですか」

彼女はまったく呆気にとられて彼を見つめ、言葉を繰り返した。「蠅って？　今蠅がいるのは頭の中なのでは？」

その時突然、その黒い気味悪い奴が、彼女の手に止まった。だがその手はかすかに動くわけでもなく、彼女がそれを感じている様子もなかった。その蝿を見つめていると若き考古学者の胸中に、これしかないという行動の実行をうながす二種類の激しい衝動が混じり合った。と彼の手は突然上にさっと挙がり、決して柔らかとは言えない一撃を、上からパシッと蝿と隣の彼女の手に食らわせた。

　この打撃によってようやく思慮分別が、つまり狼狽と、にもかかわらず嬉しい驚きとの二つが戻ってきた。彼は平手打ちで空を切ったわけではなかったし、何か冷たい物、堅い物を叩いたわけでもなかった。疑いもなく現実の生きていて温かな人間の手を叩いたのだ。ところがその手は一瞬完全に当惑し、ピクリともせず彼の手の下に置かれたままだったが、次の瞬間にはサッと引っ込められた。物を言ったのは手の上の口だった。「やっぱり本当に気が狂ってるのね、ノルベルト・ハーノルト」

　ポンペイでは誰にも教えていなかった自分の名前が、グラディーヴァの口からすらりと、迷いもなく、はっきりと飛び出してきたので、その名の主の方がずっと強い驚きに見舞われ、跳ねるように階段から立ち上がった。それと同時に列柱の廊下に、それまでは気づかなかったが、近づいてくる足音が響いた。焦点の定まらない目つきの先に、カーサ・ディ・《ファウヌス》ファウノ《の家》からやってきたあの感じのよい恋人たちの顔が現れると、若いレディーの方が大変な驚きを声に出して、「ツォエーじゃないの。あなたもここに？　やっぱり新婚旅行中？

そんなことひとことも書いてくれなかったわ」と叫んだ。

†

ノルベルトは気づいた時には外に出ていて、メルクーリオ通りのメレアグロスの家の前にいた。どうやってそこに来たのか、はっきりしなかった。きっと本能的にそうしたに違いなかった。まったくの笑い者という役回りを演じたくなければ、これが彼のできる唯一のことだという、体内を閃光のように貫いたある種の啓示に促されたのだった。そうしなければ若いカップルの前で、それ以上にカップルが親しそうに挨拶し、彼に姓と名の二つを言って呼びかけた彼女の前で、笑い者になったろうし、そして何をおいても自分自身を笑っただろう。なぜなら、何もまだわかっていないとしても、一つのことはまったく論駁しようがないほど明らかになったからだ。実体がないわけではなく、身体的に実在する温かい人間の手を持っているグラディーヴァは、疑いようのない真実を語ったのだ。彼女の言うとおり、彼の頭はこの二日間、まったく気が狂っている状態だった。それも、ばからしい夢の中のことでは絶対になく、むしろ醒めていて目と耳がありながら、それら目と耳は理性的な目的に使われるよう自然から人間に授けられていながら、であった。どうしてこんなことがこんな具合に起こったものか、他のいろいろなことすべてとともに、彼には理解がいかなかった。通常なら評価されてもよさそうなものを、正反対のものに逆転させてしまう六番目の感覚とでもいったものが、これほどまでに優位となり、この二日間の状態に影響を及ぼしていたに違いないと、彼にはほんのぼんやりとではあったが、感じがしていた。そのことについて、せめてもう少し手がかりを得るため熟考を試みるには、訪れる人もなく静寂に包まれた辺鄙な場所がぜひ必要だった。だがとりあえずはできる限りすみやかに、自然からあたえられた能力を本来の使用目的に使っている人の目や耳や、その他の感覚が及ぶ射程外に出ようと急いだ。

あの温かい手の持ち主はというと、彼女の方もメレアグロスの家での予期せぬ、真昼時としては不意の訪問者に、やはり驚かされたのだが、その驚き様は最初の瞬間に表れた表情からすると、ただ会えた嬉しさばかりではなかった。だが次の瞬間にはもう、彼女の聡明そうな顔つきにその表情の形跡はまったく認められなかった。彼女は機敏に立ち上がって若いレディーに対面し、手をさしのべながら続けた。「本当にすてきだわ、ギーツァ。偶然というものもたまには悪くない思いつきをするものね。それでは、この方が二週間前になられたばかりのご主人ね。お目にかかれ、お近づきになれて嬉しいわ。それにお二人の様子からすると、私の祝辞をあとになって弔辞に変える必要など、あきらかになさそうね。

弔辞の方が似合いそうなカップルは、ポンペイでこの時間だとお食事していることが多いもの。あなたたち、遺跡入り口《イングレッソ》にホテルを取ったのでしょう。今日の午後、そちらにあなた方をお尋ねするわ。そうなの、あなたにひとことも書かなかったわね。でも悪く思わないで。だって、ごらんのとおりなんですもの。あなたの手は指環が人目をひいて当然だけど、わたしはその喜びにあずかれないの。ここの空気は思いこみをはげしくする並はずれて強い作用があるようだわ。あなたが来てそのことに気がついたの。その方がもちろんいいわ、醒めきった人間になるよりは。さっき出て行ったあの若い殿方も、脳が紡ぐ空想に難渋しているの。頭の中で蠅がブンブンやっていると思っているのではないかしら。でもね、誰だって頭に昆虫の一匹ぐらいはいるものよ。わたしは門前の小僧だから昆虫学にちょっとは通じているので、このような状態の時、少しは役に立てそうだわ。父と私はソーレ《太陽荘》に泊まっているの。父も急の発作を起こして、そればかりか名案も思いついて、私が自力でポンペイを楽しんで父に何のおねだりもしなければ連れて行くって。ここに一人でいても、きっと何か面白そうなことを掘り出せると、わたし思ったわ。それにしても、こんな掘り出し物をするなんて、――ギーツァ、あなたと会えたっていう幸運のことだけど、思ってもいなかった。でもわたし、おしゃべりばかりして時間を無駄使いしているわ。昔の友達といるとこんな風になるものね――でも、とんでもなく昔ってわけでは、わたしたちまだないわよね。二時になると父が太陽いっぱいの外から戻ってきて、太陽の食卓に着くことになってるの。わたし、そこで父の食欲を充たすお相手の約束をしているものだから、残念だけどあなたとのおしゃべりは切り上げないと。カーサ・ディ・メレアグロ《メレアグロスの家》はわたしがいなくても、お二人で見学できるわ。ここがよくわかっているわけではないけれど、そう思う。ファヴォリスカ・シニョール（殿方にご加護がありますように）。ア・リヴェデルチ、ギセッタ（また会いましょうね、ギーツァ）。このくらいのイタリア語はもう覚えたわ。これより多くはあまり必要ないわね。これで足りないものは、どうにかなってしまうものよ――いいえ結構ですわ、センツァ・《気をおつかい》コンプリメンティ《にならないで》！」

ファウストおよびフェリーチェ・ニッコリーニ作の19世紀末のディオメデス荘のスケッチ

話し手が最後にこう願ったのは、若い花婿が彼女をエスコートしようとしたらしい丁重なそぶりと関係していた。彼女の話しぶりはこの上なく潑剌としていて、ちっとも屈託なく、仲のいい女友達との不意の遭遇という状況にぴったり合ったものだったが、普段にはない早口で、今はこれ以上長居できないと言った言葉のとおり、急いでいることを証していた。そのようなわけで、ノルベルト・ハーノルトがあたふたと立ち去ってから二分もたたぬうちに、彼女もメレアグロスの家からメルクーリオ通りに出た。通りは昼の時間帯らしく、ただところどころで尻尾を振るトカゲで賑わっているばかりだった。その縁で立ち止まった彼女は、ほんの少しの間だったが、あきらかにすばやくいろいろなことを考慮しながら考え込んだ。すると彼女は急ぎ足で、最短の道のりをエルコラーノ門へと向かい、ヴィコロ・ディ・メルクーリオ《メルクーリオ横町》とストラーダ・ディ・サルスティオ《サルスティウス通り》が交わる十字路で、優雅で機敏なグラディーヴァの歩みで踏み石を渡り、瞬く間に門の両側に延びる市壁までやって来た。市壁の背後には墓地通りが長々と下へ延びていた。だが今日の墓地通りは、若き考古学者が探るような眼で同じ位置から通りを見通した二十四時間前のように、白く輝いても、ぎらつく光線に覆われてもいなかった。今日太陽は、午前中ちょっと余計なことをしたという感情に襲われていたようだった。太陽は広がった灰色のヴェールの背後に退き、見た目にもなおいっそう翳りを濃くしようとしていた。その結果ストラーダ・デ・セポルクリ《墓地通り》

沿いのあちこちに生えている糸杉が、いつになく鮮明に黒々と、空と対照的なシルエットを見せていた。昨日とは一変した光景だった。何もかも神秘的にきらめきで覆い尽くす輝きが、今日の空には欠けていた。墓地通りも、ある種の陰気な鮮明さといったものをせっせと作り上げていたし、今ではその名称にとって名誉となる死相を帯びていた。このような印象は、道路のどん詰まりで何かが散発的に動いても帳消しになることはなく、むしろ強まった。そこのディオメデス荘近辺で影法師が自分の墓塚を探し、墓碑のどれか一つの下に消えていったかのようだったのである。

彼女が歩いた道はメレアグロスの家からアルベルゴ・デル・ソーレ《太陽荘》へと向かう最短の道ではなく、むしろ反対方向だった。ツォエー＝グラディーヴァはあとになって、昼食まで時間はまだそれほど押しているわけではないと、気づいたに違いなかった。と言うのも、エルコラーノ門でほんの少し立ち止まってから、後ろ足の裏側をほとんど垂直に立たせながら、墓地通りの溶岩畳を渡って、さらに先へと歩いていったからである。

127

†

「ディオメデス荘」――この名称は現代人によってはなはだ恣意的に、ある墓碑銘にちな

128

んでつけられた。この碑の建立者はリベルトゥス・マルクス・アッリウス・ディオメデス。「リベルトゥス」は解放奴隷の意であるが、この男は以前このあたりを占めていた市区の区長にまで出世し、その近辺に、かつての女主人であるアッリアのためと、自分と自分の家族のために、この碑を建てたのだった――この屋敷は広壮な建造物で、空想が作り出したのとは違う、まさに身の毛がよだつ現実の、ポンペイ没落の歴史の断片を内に秘めている。上層部には広い廃墟の雑然とした光景が広がっているが、その下の窪地には非常に大きな、遺構が残る角柱のある前廊に囲まれた庭があり、中央には噴水と小さな神殿のかすかな跡がある。ずっと脇の方には二基の階段があって、ぼんやりとした微光でにぶい薄明かりとなるだけの、回廊状の地下穹窿《きゆうりゆう》に降りていくことができる。ここにもヴェスヴィオ山の火山灰は侵入した。その結果この地下室で十八人の女子供の遺骸が発見されることになったのである。彼らは避難しようと、急ぎかき集めたわずかな食料を抱えてこの地下の物置に逃げ込んだのだが、そこは避難所ならぬ全員の墓となってしまった。別の部屋では、推察されるところ、この家の主人と思しき名前のわからない男性が、窒息して床に倒れていた。指の間に庭に面したドアの鍵があったことからすると、そこを閉めて助かろうとしたように見える。彼の横には、うずくまったもう一体の骸骨があった。それは使用人の骨であると思われるが、その男はかなりの数の金貨銀貨をたずさえていた。灰が固まったため、これら被害者たちの人形《ひとがた》が残ったのだ。ナポリの国立博物館《ムゼオ・ナツィオナーレ》にはガラスの蓋の下に、この地で発見され正確にかたどられた一人の少女の頭部、肩部そして美しい乳房が保管されているが、彼女は紗のような繊細な服をまとっていた。

ディオメデス荘はポンペイ詣でを義務と思っている人であれば誰にとっても、少なくとも一度は必ず訪れるべき場所であるが、位置的にかなり遠いということもあって、昼時の今は好奇心のある人でもまずは来ないとおおかた想像できる。そのためにディオメデス荘はノルベルト・ハーノルトにとって、先程来、頭が要求していることに最適の避難場所であった。頭が至急求めていたのは墓場さながらの孤独であり、息の音さえしない静寂と動きの止まった安息であった。ところが安息に対しては脈管の中をどくどくと流れる血の騒がしさが、激しく逆の権利を主張していた。そのため彼はこれら二つの要求の間で、調停を締結させねばならず、頭には頭の要求を貫けるように、もう一方の要求にはその圧力を受け入れるため、足の動くままにしたのだった。そのため彼はこの荘に来てからずっと、前廊をぐるぐると歩き回っていた。そうすることで身体的なバランスを保つことができたので、彼は次に精神的なバランスが同じく正常な状態に戻るよう努めたのだった。だがそれを実行するのは難しく、意図したとおりにならないことは目に見えていた。もっとも、肉体的な生を取り戻したと思しき若いポンペイ女性と、並んで座っているのだと信じ込むとは、まったく鈍感で暗愚であったと言うほかなく、それは認めるしかないほど疑念の余地がなかった。このように、自分は気が狂っていたと明確に洞察できたことが、健全な理性への回帰の途上における決定的な進歩であることは否定し得なかった。だからと言って、理性はまだ秩序だった思考ができる状態に戻ったわけではなかった。と言うのは、グラディーヴァと名づけた女性が生のない石像にすぎないことは、確かに理性の受け入れるところとなったが、それにもかかわらず、その女性がいまだに生きていることは、それと同じ程度に疑いようがなかったからだ。それには揺るぎない証拠があった。彼女を見たのは彼一人でなく、ほかの人々も見たし、彼らは彼女がツォエーという名であることを知っていて、彼女との会話も、彼ら同様肉体のそなわった女性とみなしての会話だった。だがその一方で、彼女は彼の名前を知っていたのだ。こんなことは、彼女という存在の超自然的な能力に起因するのでなければ起こりようがない。こうした二面性は、頭脳にしみわたりつつある理性にとっても、解きがたい謎のままだった。それだけではなかった。折り合いのつかないこの背離には、彼自身の中にあるこれと類似の背離が加勢をしていたのだ。それには理由があった。彼はツォエー＝グラディーヴァにもう一度どこかで会うなどという危険な目にあわないよう、二千年前にここで一緒に灰に埋もれてしまいたかったと切に願っていたのだ。そうかと思うと、まだ生きている、生きているからこれからもどこかでまた彼女と会える、という普段にはない歓喜に胸が高鳴っていた。この二つの感情が頭の中を回転する様子は、ありきたりではあるが適切な喩えで言えば、水車のようであったし、彼もいつまでも大きな前廊をぐるぐる歩き回っていた。それでも矛盾の解明には役に立たなかった。反対に彼の周囲や彼の中の何もかもが、ますます見通しが利かなくなるばかりだという、漠 132
然とした感覚に囚われた。

角柱に囲まれた回廊の四隅のどこかを曲がった時だった。突然、彼ははじかれたように後ずさりした。五、六歩離れた彼の真ん前、崩れた壁のかなり高い所に、この場所で火山灰に埋もれて死んだ若い少女たちの一人が座っているではないか。

いや、そんな馬鹿なことは、彼の理性が始末したはずだった。彼の目も、彼の中にある名状しがたい別の何かも、はっきりと理解していた。グラディーヴァだ。階段に座る時のいつもの恰好で、彼女が壁の残骸の上に座っていたのだ。ただ違いといえば、壁がずいぶん高かったので、黄褐色の靴を履いた細い足がぶらんと垂れて、服の裾からかわいらしいくるぶしまでのぞかせていたことだ。

最初の動きで、ノルベルトは本能的に角柱の間から庭園を抜け、外に逃げだそうとした。半時間ほど前からこの世で最も恐れていたものが、唐突に現れたのだ。そして晴れ晴れとした目で彼を見つめ、唇は嘲りの高笑をあげるばかりと彼には感じられた。だがそうはな 133

らなかった。反対に周知の声が唇から、ただただ落ち着いた音で響き渡った。「外に出ると濡れるわ」

彼はその時はじめて、雨が降っていることに気づいた。それであんなに暗くなったのだ。これがポンペイとその周辺の植物にとって慈雨であることは疑いなくても、人間がそれで恵みの分け前にあずかると想定するのは、どこか滑稽であった。そしてこの時は滑稽になることの方が、恐怖に直面した死の危険よりもノルベルトには恐ろしく、ずっと避けたいことだった。そのため彼は、逃げようとしたけれどもするともなしに観念し、為すすべもなく立ちすくんだまま、彼女の両方の足に目をやっていた。その足は、今は少しじれったく思っているのか、かすかにぶらぶらと揺れていた。この光景がまたしても彼の思考にはよく理解できず、彼女にどんな言葉をかけたらいいのかわからないままだった。そのため、かわいらしい足の持ち主の方からまたしても声がかかった。「さっきは話しが中断してしまったわ。何か蠅のことを話そうとしていたわね――ここで学問的な探索をしていたと思ったけれど――それとも話していたのは頭の中の蠅のことだったのかしら。うまくわたしの手の上で蠅をつかまえて、やっつけられたかしら?」

この最後の言葉を彼女が言ったとき、口もとは微笑みを湛えていて、その様子は軽やかで愛らしさがあり、これっぽっちも恐ろしげなところがなかった。反対に、この時この表情によって、話しかけられた方は発話能力を回復した。がしかし限定的でしかなく、若き考古学者は返事をしようとしてもどの代名詞を使えばいいのか、すぐにはわからなかった。このジレンマから逃れるには代名詞を使わないのが一番だと思い、彼はこう答えた。「わたしは――どなたかがおっしゃっていたとおりで――ちょっと頭が混乱していたので、お赦しください、あんな風に手を――どうしてあそこまで気が触れたのか、自分でもわからないのです――でもほかにも理解できないでいることがありまして。その手の持ち主がどうしてわたしの――わたしの、その、愚かしさを咎めるのに、わたしの名前を呼べたのか」

グラディーヴァの足は動きがやんでいた。彼女は呼びかけにはあいかわらず他人行儀にならず、二人称を使いながら答えた。「と言うことは、理解したといってもまだそれほど前進していないようね、ノルベルト・ハーノルト。でも不思議だと思わないわ。だって、あなたがこんな風だということにずっと慣らされてきたんですもの。そのことをまた思い知るのにポンペイまで来る必要など、わたし、なかったわ。そんなことは百マイルも近いところで、あなたが証明できたことですもの」

「百マイルも近くで、ですか」――と彼は飲み込めずにくり返し、口ごもりがちに言った

――「それって、どこですか?」

「あなたのお住まいの斜め向かい側、角の家。わたしの部屋の窓辺にはカナリアのいる鳥

籠がおいてあるわ」

まるで遙か遠方から記憶が戻ってくるように、最後の言葉が聞き手に届くと、彼は繰り返して言った。「カナリア――」。そしてさらに言葉を継いだが、先ほどよりいっそう口ごもっていた。「あれ――さえずる、あれ、ですか？」

「また温かい陽がさすようになると、特に春などは、鳥たちはよくさえずるものよ。その家にはわたしの父が住んでいます。動物学の教授のリヒャルト・ベルトガングよ」

ノルベルト・ハーノルトの目は、かつて一度もなかったほど大きく見開かれた。またしても彼は言葉を繰り返して言った。「ベルトガング――するとお嬢さんは――お嬢さんは――ツォエー・ベルトガングさんですか？　でもあの人はぜんぜん、お嬢さんのようではありませんけれど――」

垂れていた足がまた少し揺れだした。ツォエー・ベルトガング嬢は彼に答えて言った。「そういう他人行儀な呼びかけ方が、わたしたちのあいだで適切だと思っているのなら、わたしもそうしようかしら。ほかの呼びかけ方の方がわたしにはもっと自然な話し方なのだけれど。むかしわたくしたちは仲が良くて、一緒に走り回ったり、たまには気晴らしのようにつついたり、ぶったりもしましたわ。その頃のわたくしが、今とは違って見えたかどうかなんて、もうわかりません。でもそちら様がここ数年のうちで、一度でもわたくしの方に目をやって気に留めてくださっていたら、もうかなり前からわたくしが今のように見えるのは、おそらくそちら様の目にもはっきり映ったのではないでしょうか。――あら、ザッと降り出したわ。いわゆる土砂降りね。これでは濡れ雫になってしまいますわね」

話し手の気持ちの中にいらだちか、そのほかの何であれ、何かが再発したことは足が示唆していたが、それ以外に彼女の声の調子にも、かすかに教育者風の不満気な当てこすりが滲んでいた。それを感じ取ってノルベルトは、雷を落とされ、ぐうの音も出ない高学年の小学生の役に回りそうな危険がせまる気配に襲われた。そのため彼はまたしても、とっさに角柱のあいだに逃げ口を探して、体を動かした。それで彼のしようとしたことは知られてしまったわけで、ツォエー嬢がぶっきらぼうに言い添えた最後の言葉は、そのことと関係していた。それも、もっともな話なのだが、反論しようがないほど的確な言い方だった。いま屋根のないところで起こっていることに、「ザッと降る」という言い方は不十分だった。カンパニアの地の夏の干天を憐れんで降る雨にしては一度でも珍しいくらいの、熱帯性の篠突く雨が垂直に叩きつけ、それこそティレニア海が空から降って、ディオメデス荘に流れ込んでいるかのような雨音を響かせていた。見方を変えればその雨は、まるでナッツほどの大きさの真珠のように輝く無数の雨粒を、つないで作った頑丈な壁でもあるかのように立ちはだかっていた。事実それが自由な戸外に逃れるのを不可能にしていて、ノルベルト・ハーノルトを学校の教室ならぬ前廊に留まらざるを得なくしていた。繊細で聡明そうな顔の若い女教師の方と言えば、この監禁状態にことよせて、教育学的な解説をさらに続行しようと、少し間を置いてからこう続けたのだった。

「当時、そう、なぜだか知りませんけれど、皆さんがわたくしたちを小魚《おとと》と呼んでいた頃まで、わたくしはそちら様への一種不思議な親しみに慣れきっていて、もっと打ち解けられる友達など、この世の中に見つけられるわけがないと信じておりました。母も兄弟姉妹もわたくしにはおりませんし、父にとってはわたくしよりアルコール漬けの足なしトカゲの方が、ずっと興味深かったのです。ですが人は自分の考えや、それと関わることに耽ったりするのに、何かがかならず必要なのですわ。女の子だってそうですわ。当時はそれがそちら様だったのです。でも古代学がそちら様の気持ちを占領してしまって、発見でしたわ、あなたはね——あなたただなんて、失礼しましたわ。でもそちら様が作法どおりの話し方にお改めになられたのは、わたくしには悪趣味に思えますし、それに、わたくしが言おうとしていることともしっくり来ませんの——わたしが言おうとしたことですけれど、その時わかったの、あなたが手のつけられない人間になってしまったって。少なくともわたしにとってはだけど、頭には目もついていないし、口には舌もない。わたしにしてみれば、子供の頃の友情があり続けた場所の記憶もないんだもの。だからわたしが昔とは違った風に見えたんだわ。だって時どき何かの社交の会であなたと同席しても、この冬にもそういうことが一度あったけれど、あなたはわたしのことなど眼中にないし、あなたの声を聞くことなど、もっとまれだった。それはそうと、でもわたしが特別扱いされていたのではなくて、あなたは他の誰にもそうだったわ。わたしはあなたにとって空気同然。わたしが以前しょっちゅうかき回したりした、ブロンドのもじゃもじゃした髪の毛はそのままだけど、剥製のオウムみたいに、とっても退屈で、干上がっていて、朴念仁だわ。同時にすばらしいのよね、一匹のあれみたいに——始祖鳥みたいにね。そうよ、あの発掘された太古の鳥のお化けみたいに。ただあなたの頭が、わたしのこともここポンペイの発掘品か何かで、それが生き返ったと思いなすほど、とんでもない空想癖があるなんてこと、——あなたがそんなだとは、わたし予期していなかった。だからあなたが突然、本当に降って湧いたようにわたしの前にいた時には、あなたの思い込みがどんな思いも寄らない空想を紡いで、それらしくこしらえあげたのか、真相がわかるのに最初かなり苦労したわ。わかり始めると愉快になってきて、その空想は気ちがい沙汰だったけれど、そんなに嫌いじゃなかった。だって、さっきも言ったけれど、あなたがそんなだなんて予想外だったもの」

　こうしてツォエー・ベルトガング嬢は、最後に表現も口調も少しおだやかだったとはいえ、情け容赦のない、詳細で、教訓に富んだ訓戒を終えたのだった。一方で実際奇妙だったのは、こう話しているあいだじゅう彼女がグラディーヴァの浮き彫り像にそっくりだったことだ。顔の表情も、姿も、聡明そうに見つめるまなざしも、魅力的に波打つ髪も、何度も目にするところとなった優雅な歩き方も。それればかりか、彼女の服もだった。クリーム色の、繊細で幾重にも柔らかくうねって襞をなすカシミア製の服とスカーフも、見かけ全体の非常な類似を完璧なものにしていた。二千年前にヴェスヴィオ山の噴火で埋もれたポンペイの女性が、一時的に黄泉返って歩き回ったり、話しをしたり、絵を描いたり、パンを食べたりできると信じたのだから、相当愚かな思い込みなのだが、それでも、そう信じることで至福を味わえたために、彼はどんな場面でもずいぶん沢山の不可解なことに目をつぶったのだ。さらに、すべての事情を勘案すれば、ノルベルト・ハーノルトの頭の状態について判断を下すのに、狂気に対し多少情状酌量の余地があることは疑い得なかった。二日間グラディーヴァをレディウィーウァ《生き返った女》とみなしていたのだから。

彼は前廊の屋根の下にいて雨に濡れずにすんだが、彼を、バケツいっぱいの水を頭から浴びせられたばかりのプードル犬にたとえるのは、それほど的はずれでもなかった。それにしても冷水をシャワーのように浴びたのは、彼には良い効果になった。なぜだかはよくわからなかったが、彼はそれによって胸のつかえが取れ、呼吸がずっと楽になったように感じた。それに寄与したのは、もちろん、彼女の説教が終わる頃、口調に変化が生じたことが特に大きかった。少なくとも説教がおこなわれているあいだに、――ちなみに説教と言ったのは、講釈者の彼女が説教壇なみの高いところに座っていたからであるが――彼の眉間に変容をもたらす微光がさしたのである。それはまるで敬虔の念に心を打たれた教会参詣者の目に、信心によって浄福を得る希望が目覚めて出現する、微光のようなものだった。教師の説教に耐えきって、これ以上続く恐れはないと思えたとたん、彼はどうにか口を利くことができるようになった。「うん、やっと君だってわかったぞ――いや、君はもとからぜんぜん変わっていない――君そのものだ、ツォエー――昔のままの、仲のいい、明るくて聡明な遊び友だちの――それにしてもすごく不思議だ――」

「生き返るために死ななければならないんですものね。でも考古学者には、それはどうしても必要なことじゃなくて」

「いや、君の名前のことを言っているんだよ――」

「名前の何が不思議なの?」

若き考古学者は古典語ばかりかゲルマン語の語源にも通じていたので、こう続けた。「だってベルトガングというのはグラディーヴァと同じ意味で、『歩みつ輝く女』を意味しているんだ」

この時ツォエー・ベルトガング嬢が履いていたサンダル風の靴は、両方ともちょこちょこ動いて、まるで落ち着きなく尾羽を振り、何かを待っているセキレイを思わせた。しかし歩みながら輝きを発する足の女性が今注目しているのは、言語学的な解説とは思えなかった。彼女の顔の表情も、何かをすばやく遂行しようとしているとの印象を抱かせたが、声の調子からして、心底から確信して発せられたノルベルト・ハーノルトの一声が、それを押し止めてしまった。「でも何て幸福だろう、君がグラディーヴァじゃなくて、あの好感の持てる若いレディーのようで!」

この声が発して、彼女の顔は驚きに聞き耳を立てているかの色に染まった。彼女がたずねた。「それは誰なの? 誰のことを言っているの?」

「メレアグロスの家で君に声をかけたあの女性のことさ」

「あの人を知っているの?」

「そう、前に見かけたんだ。すてきだなと思った最初の女性なんだ」

「そうなの? いったいどこで見かけたの?」

「今日の午前にファウヌスの家でね。それにしても、そこであの二人はとても不思議なことをしていた」

「何をしてたって言うの?」

「僕のことには気づかずに、キスをしていたんだ」

「それは何も馬鹿みたいなことじゃないわ。それ以外、何のためにポンペイで新婚旅行だと言うの？」

この最後の言葉が発せられたかと思うと、ノルベルトの目の前の光景はこれまでと一変し、古い壁の残骸からは人の気配が消えていた。その場所を、椅子、教壇、説教壇にしていた彼女が下に降りたのだ。それよりむしろ飛んだと言うべきだろう。それも、この時もいつものような敏捷さだったのだが、それは空中を波打つがごとくに飛び去るセキレイの、独特に揺れる飛翔だった。この地上への飛翔を彼の目が意識してとらえる間もなく、ツォエーはもうグラディーヴァ歩きを始めるばかりになっていた。その一方で、話しをそのまま続けながら彼女は言った。「雨は止んだわ。過酷な支配者の統治は長続きしないものよ。それはそれで理性的だし、それにそろそろみんな、わたしも含めて理性を取り戻したし、あなたもギーツァ・ハルトレーベンさんだか、今はギーツァ何さんだか知らないけれど、見つけてポンペイ滞在の目的を学問的に助けてあげられるわね。わたしはすぐアルベルゴ《太陽》・デル《荘》・ソーレに戻らないと。父が昼食をわたしと食べようと、待ちくたびれていると思うの。ひょっとしたらドイツで何かの社交の会の時に会うかも知れないわね、あるいは今度はお月様のところで。アッディオ《さようなら》」

こうツォエー・ベルトガングが話す口ぶりはいたって品が良かったものの、同時に最良の教育を受けた若いレディーがする感情を抑えた口ぶりで、左足が前に出たかと思うと、いつもの習いで右足の裏をほとんど垂直に立てて歩き出した。そればかりか外は地面がびっしょり濡れていたため、左手で服をほんの少したくし上げたので、グラディーヴァ生き写しの姿は完璧になっていた。だがこの時、彼女から一尋《ひとひろ》も離れていない至近距離に立っていた彼は、はじめて、生きているグラディーヴァが石のグラディーヴァと異なるほんの些細な相違点に気づいた。石の彼女にはもう一方の彼女にあったある物が欠けているのだ。それがこの瞬間、特別鮮明に彼女の顔に浮かび上がっていた。頰に現れた小さなえくぼである。そこにかすかで特定しがたい動きが生じたのだ。えくぼがちょっとへこみ、小じわが寄ったのである。それは何かに気を害したか、それとも笑いたい気持ちを抑えているのか、そのいずれかが、あるいはひょっとしたらその両方が、一緒に現れ出たものらしかった。そこにノルベルトの目は釘付けになった。いまさっき正気に戻ったとお墨付きがついたばかりなのに、彼の目は再度錯視に陥る羽目になった。なぜなら新たな発見に、彼が変に勝ち誇った声でこう叫んだからだ。「そこにまた蠅がとまっている!」

その声は奇妙な響きだったので、自分の顔を見ることができず、わけがわからないでいる聞き手は、思わず口走った。「蠅——どこ?」

「君の頰の上だ」、と返事をした彼は、突然腕を彼女のうなじに巻きつけ、心底嫌っていたその虫を、この時は唇でとらえたのだった。もちろんその蠅は、えくぼが彼の目にはそう映った幻視であった。だがすぐそのあと、彼がもう一度声を上げたことからすると、あきらかに蠅をとらえるのは失敗だったようだ。「駄目だ、今度は君の唇にとまっているじゃないか！」。そう言うや彼はすぐさま、蠅の捕獲作戦の焦点を唇に定めた。今回はしかし目的を完全に達成したことを疑う余地がないほど、彼はしばらくそのままの姿勢を保っていた。ところが奇妙なことに、生きているグラディーヴァに、今回は彼の行為を遮るそぶりはまったくなかったし、一分ほど過ぎ、彼女の口が一度しっかり息を吸わざるを得なくなって話ができる状態に戻っても、「あなたは本当に気が違っているわ、ノルベルト・ハーノルト」と言うことはなかった。むしろ、少し前よりずっと赤みが増した唇のあたりには、何とも魅力的な微笑みが浮かび、彼の正気が完全に回復したことを、彼女が前よりもいっそう確信しているらしいことが読み取れた。

ディオメデス荘は二千年前、災厄の時間に非常な惨劇を目にし、耳にした。だが今この時の一時間は、身の毛のよだつ思いをさせるものなど、わずかすらも見かけなかったし聞こえもしなかった。それでもしばらくして急にツォエー・ベルトガング嬢の思慮分別が働くと、それに押されて、本当はそうしたくもしようとも思っていなかったのだが、口から言葉がほころび出た。「本当にもう行かなければいけない時間だわ。さもないとかわいそうな父が飢え死にしてしまう。ねえ、今日はギーツァ・ハルトレーベンさんの昼のお相手をするのはあきらめてね。だって彼女から教えてもらうことなど、もう何もないでしょう。そして一番良いのは、太陽荘の食堂でわたしたち親娘に我慢してつき合ってくださることだわ」

この言葉から、この一時間で話題になったに違いないいろいろなことのうち、いくつかのことが推測できた。なぜならノルベルトがギーツァと呼ばれた若いレディーから、有益な教育を受けたことを示す言葉がそこにあったからである。だが彼がこれらの示唆的な話を聞いて、気になって取り上げたテーマはそのことではなく、ビクッとする思いで、この時はじめて意識されたのだった。それは言葉の反復から聞き取れた。「君のお父さん――お父さんは何て――？」

ところがツォエー嬢は、彼のこの言葉で彼女の中に芽生えた心配の気配など少しも漂わすことなく、すぐに彼の言葉を継いで言った。「父はどうともならないと思うわ。わたしは父の動物学上の標本コレクションの中の、なくてはならないものではないの。もしそうだったら、わたしの心はおそらくこんなに馬鹿みたいに、あなたに惹かれはしなかったと思う。それはそうと、わたしはとうの昔から、女性というのは、家ですべきことを仕切る面倒を男性から省いてあげてこそ、この世の中で何かしら役に立てるという考えだったの。父に

147

はほとんどいつでも肩代わりしてあげていたし、だからこの辺のことに関しては、あなたはこれから先かなり安心してくれていいと思うわ。ひょっとして父がそれでも万が一、それもこの件に限ってわたしと違う見方だとしたら、その時はできるだけ簡単に事をかたづけましょう。あなたは何日かカプリ島に行って、そこで草で作った輪わなで——どう使うかはわたしの小指で稽古すればいいわ——青色岩礁《ファラグリオネンシス》トカゲを捕まえるの。こちらに戻ってきたらまた放してやって、父の目の前でもう一度捕まえてみせてあげて。そのあとでトカゲかわたしのどちらを選ぶか、父に決めさせればいいわ。そうすればわたしは、あなたが気のどくなくらい確実にあなたのものよ。でも父の同僚のアイマーさんには、いまになって思うのだけど、わたしのこれまでの振る舞いは感謝が足りなかったと思うわ。だってあの方の天才的なトカゲ捕獲法の発明がなかったら、わたしはメレアグロスの家に行かなかったでしょうし、そうしたらあなたにばかりか、わたしにとっても残念なことになっていたと思うもの」

この最後の見解を述べた時には、彼女はすでにディオメデス荘の外に出ていた。残念だったのは、あのグラディーヴァの声と話し方について何らかの情報を提供できる人間が、もはやこの世にいなくなってしまったことだ。だが彼女の声や話し方、それ以外のすべてがツォエー・ベルトガング嬢と瓜二つだったなら、グラディーヴァのそれは、まったくまれ

148

149

なほど優美でお茶目な魅力をそなえていたに違いない。

その魅力に、少なくともノルベルト・ハーノルトはしたたかに打ちのめされて、少々詩的高揚感にまで舞いあがり気味に、声を張り上げた。「ツォエー、君は愛するいのちだ、いとおしい現在だ――僕たちの新婚旅行はイタリアにしよう、ポンペイにしよう！」

この言葉は、状況が変わればきっと人の情緒も変化をきたすし、と同時に記憶の風化がそれと結びつきやすいという経験の決定的な裏付けである。と言うのは、彼が口にした新婚旅行をすれば、自分自身と旅の同伴者が人間嫌いで機嫌の悪いコンパートメントの相客から、アウグストとグレーテと命名される危険にさらされることなど、ノルベルトにはまったく思いもよらなかったからだ。この時はそんなことをほとんど考えていなかったので、彼らは手に手を取って仲良くポンペイの墓地通りを抜け、去っていった。もちろん墓地通りもいまではもう、名前のとおりの道路だと感覚に強いてくるようなことはなかった。空は雲ひとつなく輝いていたし、墓地通りの上空高くで笑いをとりもどしていた。太陽は黄金の敷物を古い溶岩舗石の上に広げていた。ヴェスヴィオ山は薄い笠松の梢のような噴煙をたなびかせていた。軽石と灰にかわって、恵みの土砂降りの雨が残した真珠とダイヤモンドで、発掘された町全体が覆い尽くされていた。若い動物学者の娘の目の輝きも雨のダイヤモンドとひけをとらなかったが、彼女の唇は、ある意味でポンペイと同じように、埋没状態からふたたび掘りおこされた幼なじみが宣言した新婚旅行先の希望に、応えて言った。「わたし思うんだけど、そのことについては今日は頭を悩ませないようにしましょう。だってそのことは二人でこの先何度も話し合うでしょうし、これから湧いてくるインスピレーションに預ければいいわ。そのような地理的なことを決めるには、わたしは今はまだ十分生き返ってないように感じるの」

この態度は話し手の彼女が、これまでまだ一度もよく考えたことのない事柄をどう見たらよいか判断する場合、生来たいへん謙虚であることを示していた。彼らが戻ってきたエルコラーノ門では、ストラーダ・コンソラーレ《コンツラーレ通り》が始まるところで、昔の踏み石が道路を横断していた。ノルベルト・ハーノルトはその踏み石の前で歩みを止めて、一種独特な声音 151
で言った。「ここは僕の前を歩いて!」。察し良く晴れやかな笑いが、彼のパートナーの口もとをさっとよぎった。すると左手で服をほんの少したくし上げ、グラディーヴァの生き返り《レディウィーウァ》であるツォエー・ベルトガングは、夢見心地で見入っている彼の視線に包まれて、落ち着いていながらも機敏な歩き方で、踏み石を被う太陽の輝きの中を抜け、通りの反対側へと渡っていった。

『グラディーヴァ』をめぐる書簡

山本淳 編・訳

『グラディーヴァ』をめぐる書簡

以下に紹介するのは、『グラディーヴァ』をめぐって書かれた四人の人物の書簡である。その中心をなすのは、この小説の作者ヴィルヘルム・イェンゼンと、『W・イェンゼンの〈グラディーヴァ〉における妄想と夢』（以下『妄想と夢』）でこの小説を分析したフロイトとのあいだの往復書簡であるが、そのほかにフロイトの弟子のヴィルヘルム・シュテーケル、およびC・G・ユングがこの二人とかわした手紙も含まれている。

しかしどれも全文を紹介しているわけではない。手紙によっては、『グラディーヴァ』や『妄想と夢』についてほんのついでに触れているだけで、主たる話題が別のところにあるものもある。そのような場合は、ここでのテーマに関連する部分だけを抜き出して紹介した。

四人の差出人の手紙の数とそれぞれの受取人は次のようになる。

シュテーケルからイェンゼン宛　1通
C・G・ユングからフロイト宛　4通
フロイトからC・G・ユング宛　4通
イェンゼンからフロイト宛　3通
フロイトからイェンゼン宛　3通

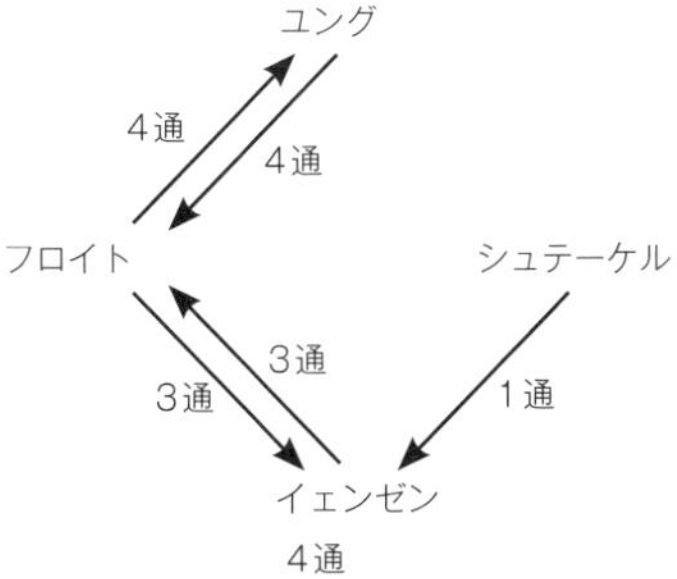

これら一人の小説家と三人の精神分析家というキャスティングから期待されるのは、なんと言っても、フロイトたちが『グラディーヴァ』とその作者にいかなる関心を寄せていたか知ることのできる、いわば肉声を聴けることだ。それも私信ゆえに、いわゆる非公式な考えさえ聞こえてくる可能性もある。『妄想と夢』や一九一二年に書かれたその『補遺』などは公表されることが前提の文章なので、ある考えが想定されていても慎重を期して明言を避けたというようなことは起こりうる。だが私信であればそのようなテーマでも自制が弱まって、より直接的により明確に語られるのではないかと、期待できるのである。

実際、そのような期待は裏切られないと思う。その点で特記すべきは、本書で初公開されるフロイトのイェンゼン宛ての三通の手紙である。

一九〇七年五月二一日、五月二六日、十二月十六日付けでフロイトがイェンゼンに宛てた手紙はこれまで未公開であり、イェンゼンの遺族のもとに保管されていた。その三通とも心理療法家でありヴィルヘルム・イェンゼンの研究者でもあるクラウス・シュラークマンに託され、二〇一二年に彼のグラディーヴァ論の中で公表された。[1] それと同時に日本での初訳は筆者がおこなうことを、シュラークマンは了承してくれたのである。

ところで、フロイトが『妄想と夢』をイェンゼンに献呈した時に同封したと考えられていた手紙（フロイトは五月二六日にユングに宛てた手紙で、イェンゼンに送った五月二一日の手紙を「二番目の手紙」と呼んでいる。注9参照）は遺族の手もとにはなかった。この事実や、『妄想と夢』の他の献呈先であるブロイラーやユングのもとにも、同封されたと思われる手紙が存在していないこと等々から、シュラークマンはフロイトが私信なしで彼の論文を送ったのだろうと推測している。

はじめて日本語で紹介されるフロイトの手紙は、ある意味で期待どおり、彼の関心の方向性を、つまり作品分析から出発して創作心理学へ向かおうとしている方向性を、はっきりと示してくれる資料である。

その一方で同時に、以前から知られていたイェンゼンのフロイトに宛てた手紙の内容が、これではじめて明確な文脈の中で読めるようになった。そのためにもここで紹介する書簡は、時間の流れに沿った順番になっている。

イェンゼンの手紙はそれだけで、フロイトの精神分析的『グラディーヴァ』論を作者自身がどう見ていたかを知るための貴重な資料である。しかしそれは会話に似たやりとりの中で発せられた言葉である。対話の相手であるフロイトの話が聞こえないこれまでの状況では、イェンゼンの話を聞いても、内容の理解は歪んでしまいかねない。

特に信奉者の多い大家とされる人物が当事者であるこの会話では、彼らが応援団になってなにかと声援を送るので、大家の立場はただでさえ好意的に見られ、反対に相手の言葉は過小に評価されたりする。大家が生存していない今では、よろこんで代理役を買って出て、弟子としての忠誠を世に示そうとする人も多い。フロイトの三通の手紙が公表されて、われわれはようやくこれら外野を排除し、彼がイェンゼンと交わした対話の全貌を目の当たりにできるようになったのである。

さて、最初に紹介する手紙は、シュテーケルが一九〇三年三月二十日[2]にイェンゼンに宛てたもので、十五通の中でもっとも早くに出された手紙である。日付からわかるように、この手紙はフロイトの『妄想と夢』の四年前に書かれている。すでにこの時点で、シュテーケルをはじめフロイトの周りに集まった精神分析家たちが、イェンゼンの『グラディーヴァ』に注目していたことがわかる。

シュテーケル↓イェンゼン
一九〇三年三月二十日

崇敬する作家殿。貴殿の見事な短編『グラディーヴァ』に私どもは魅せられました。私どもと申しますのは、有名な神経科医であるフロイト教授のもとで、毎週集会している小さな心理学研究会のことです。そこでは毎回討論がおこなわれますが、先週私どもが議論しましたのは『グラディーヴァ』についてでした。私ども全員が、この短編は第一級の傑作小説であるという評価で一致いたしました。ところが医学的および心理学的な立場からしますと、貴殿は物語に真実をふんだんに込めましたので、私ども全員が、この文学はまさしく学問そのものであると認めざるをえませんでした。するとある秀才がイェンゼンはフロイト教授の夢の本（『夢』、ドイティケ書店、一九〇〇年）を徹底的に研究したのだと言いだし、異論には異論が応じるという状態でした。私どもはお互い真っ向からぶつかったのです。そこで、貴殿に争いごとの調停をしていただきたいのです。夢に関するフロイトの著作をお読みになっていましたか、それとも文学者というものは、醒めた学問などより真実に近づけるものだということを、このたびもまた私どもに例示されたのでしょうか。ご回答を願うあまり、性急になりましたことをご容赦ください。

敬具

シュテーケル

フロイト周辺の人物で最初に『グラディーヴァ』に言及しているのが、この手紙を書いたヴィルヘルム・シュテーケルである。そしておそらくシュテーケルがフロイトに、『グラディーヴァ』の中の夢を分析してみるよう誘ったのだった。

フロイトは『妄想と夢』の冒頭の四頁目に、彼の夢の解釈に興味を持った男たちが集まる会合で、ある人物が今述べたような提案をしたと書いている。そのある人物とは多くのフロイト関連の書物で、のちに紹介する手紙を根拠にC・G・ユングだと思われてきたが、イエンゼンの遺族が保管していたシュテーケルの書いた手紙からあきらかなように、いまでは彼こそその人物であるとされている。

彼の手紙からはいくつかのことがわかる。日付に関する脚注にも書いたとおり、シュテーケルは単行本が出版される一年前、ノイエ・フライエ・プレッセ紙に掲載された連載小説の『グラディーヴァ』を読んで、手紙では単に心理学研究会と呼んだフロイト主宰の「心理学水曜会」で話題にした。手紙には出席者の全員がこの小説を「第一級の傑作」と高く評価したと書かれているから、そのとおりだとすればフロイトも同じように評価していたことになる。

しかし一九一二年の『妄想と夢』の第二版の補遺では、フロイトはやや見下し気味に、イェンゼンを「素朴な創作の歓びにひたって空想のおもむくままに身を任せる」種類の作家だときめつけ、新しい科学を理解する器量もなく、精神分析の試みに「手を貸すことによい返事をしなかった」と書いている。[3]

『妄想と夢』の一年後の一九〇八年に書かれた『文人と空想すること』を参考にすると、フロイトは伝承された素材を脚色して新しい作品に作り上げられた古代の叙事詩や悲劇と区別して、いわゆる小説の特徴を、空想によって「素材を自由に作り出しているように見える」[4]点であるとした。その上でフロイトはさらに小説を二分類し、幅広い読者層に恵まれる大衆小説と、厳しい批評家の目からも高い評価を受ける純文学とに分け、前者の特徴を「主人公の不可侵性」[5]であるとする。つまり主人公の自己中心的な願望がどんな妨害にも侵されることなく、最後には見事に成就するのが大衆小説の特徴、つまり素朴な空想が大衆小説の母胎であるというのである。ちなみに純文学では、作者は素朴な願望に心を委ねるのではなく、心のさまざまな要素が独立して作用する様を描くので利己的願望は隠蔽される、というのが『文人と空想すること』の結論である。

フロイトはここで、その一年前に取り上げたイェンゼンの名前を出してはいないが、『グラディーヴァ』の展開が不可侵性にあてはまることからすると、この小説をこの時点では大衆小説とみなしていたと考えられる。「第一級の傑作」という当初の評価からは、明らかに後退していると言わざるを得ない。

『グラディーヴァ』が公表された頃のフロイトの評価がどうであったかはともかく、五年後に『妄想と夢』を書いたときのフロイトは、イェンゼンに対しどことなく好意的でない印象を受ける。このように想像できるのは、フロイトが『妄想と夢』の最後のところでシュテーケルのイェンゼン宛ての手紙について触れ、返信したイェンゼンは「否定的な回答をしたばかりか、いささかつっけんどんでさえあった」と書いているからである。[6] フロイトが書いていることは事実に反すると思われるのである。

シュテーケルが一九一二年に発表した『詩人の夢』の中に、上記の手紙に対するイェンゼンの回答の内容を紹介していると思われる文章がある。そこでシュテーケルはフロイトの『妄想と夢』にふれ、イェンゼンが創作した『グラディーヴァ』中の夢が、精神分析によりあきらかになった夢の法則に完璧に沿っていることを示したと紹介したあと、次のように書いているのである。[7]

「イェンゼンにフロイトの夢判断を知っているか問い合わせたところ、親切な返信をいただいた。そこで言われていたのは、夢判断なるものは皆目知らないし、物語は虚構の産物だということだった」

イェンゼンの手紙の受取人であるシュテーケル本人が「親切な返信」と書いているのに、フロイトが「つっけんどん」と言うのはずいぶん対照的である。シュテーケルの表現がまったくのお世辞でなければ、一六〇頁で紹介するフロイト宛の手紙に、イェンゼンが無愛想にふるまった覚えがないと書いているのは理解できる。

次のC・G・ユングのフロイトに宛てた手紙からは、『妄想と夢』が焦点となる。フロイトは幾人かにこの論文を送っているが、それに素早く反応したのは、当時のフロイトの高弟ユングと、『グラディーヴァ』の作者だった。両者とも一九〇七年五月十三日に『妄想と夢』を受けとった旨の返信を出しているが、ユングはまだ読んでおらず、フロイトのグラディーヴァ論の内容に反応しているわけではない。手紙にはユングの早発性痴呆症の研究や患者にかかわる内容がかなり詳細に述べられていて、『妄想と夢』については、ついでに献呈の礼が述べられているにすぎない。

ユング→フロイト

ブルクヘルツリ＝チューリヒ、一九〇七年五月十三日

……

小生もちょうど先生の「グラディーヴァ論」を落手いたしました。心より感謝申し上げます。興味津々、すぐにも読み始めたいと思います。

ユングがこのように書いたので、フロイトは彼の批評が近いうちに届くだろうと楽しみにしていたようだ。ところが期待ははずれてしまった。五月二三日のフロイトのユングに宛てた手紙からは、弟子から待ちぼうけを食ってすねて見せている師匠の姿がある。

一方、イェンゼンはユングの手紙と同じ五月十三日付けで返信をした時点で、すでに『妄想と夢』を読んでいた。そして自分の小説に対し、思ってみなかった方面からなされた論評に、好意的な態度で返礼している。しかしそれでも、『妄想と夢』から感じた不満を隠すこともしなかった。

イェンゼン→フロイト

一九〇七年五月十三日バイエルン、キーム湖畔プリーン

拝啓

先ほどミュンヘン経由で当地の別荘にて落手し、貴殿が著された私の『グラディーヴァ』に関する論考を早速拝読いたしました。そこでの評価は、当然ながらことのほか興味深く、また恐悦した次第で、送付いただいたことに心より感謝いたします。とは申しましても、あの小編は精神医学的見地から判断され、評価を受けようとして「夢想された」ものではありません。またところどころで貴殿はあの小編に、事実、作者が少なくとも意識して想い描いたのではないことを二、三こじつけておられます。しかし全体的には、つまりすべての主要な点においては、貴殿の論述は小書が目指したことどもを、余すところなく究明され正当に評価されていると、何の留保もなしに申し上げることができます。心理的な情景の展開とそれに由来する物語の筋の描写に関しましては、文学的直観に起因するとみなすのが、おそらくもっとも賢明ではなかろうかと存じます。もっとも、それには私が最初に学んだ医学が、何がしか寄与していたかも知れませんが。それにしても一度いただいたお問い合わせに、私が「少しつっけんどんですらあった」返事で答えたということですが、まったく記憶から抜け落ちてしまっております。事実そうでありましたならば、そのことは悔やまれますし、問い合わせをされた方には私が「罪を犯してしまいました《ペッカーヴィ》」と言っていたとお伝えください。

今、同じ出版社に応用心理研究論集の第一巻を、もう数冊注文したところです。後続の論集からも学ばない手はないでしょう。

まずは御礼まで。

敬具

ヴィルヘルム・イェンゼン

イェンゼンは「すべての主要な点においては、貴殿の論述は小書が目指したことどもを、余すところなく究明され正当に評価されていると、何の留保もなしに」言えると返事しているのだから、フロイトの分析をおおかた肯定的に見ているととれるのだが、相手が『グラディーヴァ』に関心をよせてくれたみずしらずの大学教授であることを考慮すれば、当然、引用した言葉には外交辞令が入っていると見るべきだろう。

実際、イェンゼンがかすかな不満であるかのように書いている事柄は、それほど些細なこととは思われない。もちろんそれは、フロイトがいくつかのことを「こじつけ」ていると書かれている個所である。イェンゼンにとっては、執筆中にまったく意識していなかったことを作品から読み取り、その見解を作品自体によって裏づけようとするフロイトの姿勢が、少なからずこじつけに思えたということだろう。

この不満はイェンゼンにとってもフロイトにとっても、いたしかたない不満であったとしか言いようがない。なぜならばフロイトにしてみれば、意識の下に潜んでいるものの発見こそが探し求めているものだからである。他方イェンゼンにとっては、そして誰にとっても、意識されないものは存在しないと同然と思えるであろう。それにもかかわらず無意識の存在を認めさせるには、意識にとって十分自明な事柄から導かれる論証が不可欠だが、イェンゼンにはフロイトの手法も納得いくものではなかったかもしれない。イェンゼンとフロイトの往復書簡は、この点で両者がすれ違うばかりであることをよく示している。

『妄想と夢』の送付に対するイェンゼンの返礼に対して、フロイトは八日後にさっそく返信を書いている。この手紙が新たに公表された三通のうちの最初の手紙である。

その最初のところでフロイトは、イェンゼンが物語の主人公の夢や妄想を、さらには妄想からの帰還を描いたとき、想像力にたよったにすぎないと前の手紙で書いていたことに触れ、彼も同意見であると言っている。その想像力と言われるものがどのようなものなのかを、フロイトは作家との交流という願ってもない機会を利用して探ろうとするのである。

このときフロイトはすでに、ある意味で『妄想と夢』の続編が頭にあった。のちの『文人と空想すること』に続くテーマに興味が向いていた。つまり作品分析を通してほの見えてくる主人公＝作者の無意識の願望は、作者自身のどのような体験から生まれてきたのかという作家心理学と、その願望からどのように物語が作られてゆくかという創作心理学の問題である。

フロイト↓イェンゼン（新発見の書簡1）

一九〇七年五月二一日、ヴィーンIXベルクガッセ19

拝啓

貴殿からたいへんご厚情のこもった書簡をいただきましたので、思いきってお尋ねします。思い切りがよすぎないかと心配ではありますが。ともあれ、回答するか否かはまったく貴殿の判断に委ねられております。こうした新たな侵入行為《アグレッシオーン》に反応なされなくても、ふんだんに刺激と勇気づけをいただきグラディーヴァの作者に対し感謝の念こそあれ、気を悪くするなどということはないとお約束いたします。

申し上げられますことは、今すでにもう、小生と親交のある同僚専門家のあいだで、ささやかなグラディーヴァの分析に対し、常とは異なる関心が聞こえてきていることです。たとえばチューリヒのブロイラーは作家と精神分析家の見解の一致に非常に驚き、そのような直観はありえない、あるのは「そのような体験だけ」であると主張しています。小生は彼と見解を異にしており、貴殿の同意を喜んでおります。

とはいえ、まだほかの情報が手に入りませんと、分析は不完全なのです。作家が創作する際、推理により察知される無意識の諸力と結び合わせて、どのような個人的契機を作動させるのか、わからないかぎりは。ですので、このことに関する手がかりをくださるのにやぶさかでないと言ってくださり、ほかに言いようがないのですが、恩恵にあずからせていただけませんでしょうか。ご希望であれば守秘の義務は厳守いたします。小生は職業上いろいろな秘密を守る立場にあります。刺激と作品との関連を作家個人において捉えられる機会はそうそうございませんし、このようなお願いをせずにおくにはまことに貴重な機会なのです。

たとえ小生の願いが叶わなかったとしても、それもちろんわかります。

若干の質問を取り上げさせていただきますが、貴殿からご教示いただけるものはどんなことでもお聞かせくだされればありがたいかぎりです。あの物語のモチーフはどこから入手されたのでしょうか。何かのレリーフから記憶がよみがえったのでしょうか。いま生きている女性と古代の像との完全な類似という、ファンタスティックな仮定を気にされていないのはどうしてなのでしょうか。[8] 性的禁欲に陥った学者のモデル役になった人物としては、貴殿にとってどなたか特にいらっしゃいますか。最後ですが、貴殿自身はどこに潜んでおられるのでしょうか。そして物語の素材は貴殿の人生のどれほど過去にさかのぼれるのでしょうか。

貴殿の近辺にいて信頼していただく幸運にあずかれますならば、小生にはまだいろいろとお尋ねしたいことがあるとご承知ください。

冊子をお送りした時点まで、貴殿は小生という人間をご存知ないと推察いたしますので、自己紹介しますことをお許しください。年齢は五一歳、職業は神経科医、精神科医です。これまでの十五年間、今こうして貴殿へと小生を導いた諸問題を追いかけております。加えてこうした関心が生じてからというもの、奇妙であるとはいえ、貴殿には十分ご理解いただけると思いますが、「埋没」と「抑圧」の類似にとりつかれたかのように考古学の研究が好きになりました。小生の学説は承認されていると言うにはほど遠く、今まさに専門家たちのあいだで激しい論争の的となっています。

敬具

Dr. フロイト

フロイトがイェンゼンに問うたことは、以下のようにまとめることができる。（1）レリーフの女像の生き返りと思った女性が、幼なじみだったというモチーフのソースは何か、（2）レリーフの女性と幼なじみが瓜二つという非現実的な想定はどこからくるのか、（3）主人公にモデルはいるか、（4）どこかに作者自身の体験が反映しているか。これらの問にイェンゼンは次の返信で答えている。

イェンゼンに宛てた最初の手紙のあとすぐ、五月二三日にフロイトはユングにグラディーヴァ論の評を求める手紙を書いている。あたかもそんな師匠の気持ちを察知したかのように、ユングは翌日の二四日に『妄想と夢』の読後感をフロイトに送っている。二十世紀の初め頃、ヴィーンから国境を越えてチューリヒまで一日で手紙が届いたのならば、ユングは間髪入れず師匠を喜ばせる手紙を書いたことになるが、そうでなければ彼らの手紙は行き違いになったのだろう。

フロイト→ユング
一九〇七年五月二三日

拝啓
「グラディーヴァ論」への反応がなかなか届かないところを見ますと、おそらく早発性痴呆症の研究に没頭されているのでしょう。わたしの方は貴兄のお問い合わせに対し、返答をこれ以上お待たせいたしません。
（以下省略）

ユング→フロイト
一九〇七年五月二四日、ブルクヘルツリ＝チューリヒ

謹啓
先生の「グラディーヴァ論」はお見事です。ごく最近一気に読み通しました。先生の論述の明解さは魅惑的で、私が思いますに、これでもまだ目が明かない連中がいるようなら、神々によって未来永劫にわたり目をつぶされているに違いないのです。とはいえ、正真正

銘の精神科医や心理学者たちは何でもかんでも辻褄合わせをするものです。この機にまたしても大学人の側から、先生に対し繰り出されてきたお定まりの低能な文句が再度出そろうとしても、私は驚かないでしょう。先生に対し繰り出されてきた反対の論拠を追体験するには、私自身の心理学的思考の宗教改革と言える時期以前に身を置いてみるしかないので、それを何度も試みますが、彼らの論拠を理解するのはもうとうに出来なくなってしまいました。私の当時の思考は、今の私には理性に照らしても間違っているし不完全であるばかりか、今では自分自身に対しはなはだ不誠実であったように思われ、したがって本来的に道徳的観点からも価値劣等であるように見えます。つまり先生が反対者の抵抗の源泉を情動に、特に性愛的情動に求められるのは、まったく正当ではないでしょうか。その性愛的コンプレクスを発現させて、読者が、その点ではあきらかに正面切っての論述ではない先生の「グラディーヴァ論」にどんなことを言ってくるか、今から興味津々です。好意的に批評されでもしたら、私はこの上ない侮辱だと思いそうです。イェンゼン自身はそれについてどう言っているのでしょうか。文学界がどう評価しているかお聞き及びでしたら、何かの折にお話を聞かせてくださるようお願いいたします。先生が不問に付されていて、批評者がとりあげるのではないかと思われる問題は以下のことだと思います。なぜハーノルトの場合コンプレクスは抑圧されているのか。なぜ彼はカナリアの鳴き声やそれ以外の様々な知覚によって、単純に正しい記憶の軌跡に導かれなかったのか。
鳥の役割も同じく愉快ですが、先生はいずれにしてもわかりやすさという理由からこの象徴の行方を追ってはおられません。シュタインタールの鳥の神話に関する著作をご存じですか。

（以下省略）

右のユングの手紙からは、当時フロイトの精神分析が既存の学問の世界から冷遇されていた様子がうかがえる。その上で精神分析的解釈に文学界がどう反応するか、興味を示している。フロイトは弟子の言葉に答えるように、それ以降イェンゼンや文学界がフロイトの読み方にどう反応したか、こまめに報せている。

フロイトの分析そのものに関するユングの問は、二つのことに向けられている。第一点は主人公が性愛を抑圧する原因は何か、第二点は主人公が空想へと誘われるばかりで、幼なじみのツォエーを思い出す手がかり足がかりがここそこにあるにもかかわらず、回想にブレーキがかかる理由は何かという問である。

この問はフロイトにより回答されることはないが、それも仕方あるまい。小説から主人公の生活が何もかもわかるわけではないし、実際の治療の場面とは違い、だれも主人公にいろいろたずねることができないのだから。

もう一点は、もはや問ではない。フロイトとユングの関心の持ち方が、根底的なところで相違していることを暗示している指摘が、手紙の最後に書かれている。

そこでユングは『グラディーヴァ』における鳥の象徴的な意味に言及している。確かに鳥はこの小説で、思わせぶりに登場する。前半の籠の中のカナリアも暗示的だが、後半の嗤うような鳴き声の鳥や、それを反映していると考えられる第四の夢のトカゲをくわえた鳥などは、神話的な場景へとつながっているように見えなくもない。

鳥以外にも『グラディーヴァ』では蝶やトカゲや蝿とか、またツルボランやバラなどの花が、やはり象徴的でかつまた神話的な雰囲気をかもしだしている。実際、主人公のノルベルト・ハーノルトの妄想自体がずいぶんと神話的なのだから、それも当然と言える。

こうした象徴と神話との関連をフロイトはほとんど取り上げなかったが、この手紙の五年後、大著『象徴の変容』を著すユングにとっては、象徴的な物はすでに素通りできないテーマだったのかもしれない。そしてこの点をめぐり、ユングは決定的にフロイトと袂を分かつことになるのである。

次の手紙は、五月二一日付けのフロイトからの手紙に対するイェンゼンの返信である。

イェンゼンはフロイトの質問にとても丁寧に回答している。この手紙一つとっても、フロイトの「作家は協力を拒んだ」という公言は事実を反映していると思えない。

イェンゼン→フロイト

一九〇七年五月二五日バイエルン、キーム湖畔プリーン

拝啓

書状にご返信いただき、たいへんうれしく思いました。しかし残念ながら、ご質問にお望みの情報でお答えすることができません。私が言いうることは端的に以下の事柄に限定されます。

小品の『空想物語』のアイデアは私が格別詩的な印象を受けた昔のレリーフから生まれました。その像を私はミュンヘンのナンニー製の優れたレプリカで複数持っております（それであのようなタイトル写真となったのです）。しかしオリジナルはナポリの国立博物館にあるものと思って長年探しましたが無駄骨で、実際見つかりませんでした。わかったことと言えばローマの収蔵品の中にあるということだけでした。おそらく如何ほどかの「固定観念」なるものが、その像はナポリにあるに違いないと、そしてさらに拡大して、それが表しているのはポンペイの女性であると、根拠もなしに思い込んだ先入見の中にひそんでいたと

言ってよいかと思います。そのようなわけで私は精神の裡で、この女性がポンペイの踏み石を渡って通りすがる様子を目に映していたのです。そのポンペイには何度も数日かけて滞在しており、その残墟の隅から隅まで熟知しております。一番好きだったのは、他の訪問客がみなホテルの食卓に追いやられ静まりかえる真昼時をそこで過ごすことで、暑い日ざしの中に一人いますと、覚醒した視覚が思い込みに幻惑された視覚に移行する境界線上に、どんどん引き込まれていきました。こんなこともあるのだと私が感じたこうした状態から、後日ノルベルト・ハーノルトは創作されたのです。

そのほかのことは創作的な主題形成に帰するもので、主人公の妄想がグロテスクなまでに、そうです、まったく理に反するまでにふくれあがることで可能となった前提条件に、依存しなければならなかったのです。主人公が醒めた人間であるのは外面だけで、実際にはきわめて刺激されやすく、はなはだ奔放な空想に操られてしまう人間なのです。同じく彼が女性の美を心底軽蔑しているわけでないのは、浮き彫りの女性像が彼に歓びをもたらすことからも仄《ほの》見えます。まさにそれゆえに、「アウグストとグレーテ」に彼は嫌気がさすのです。というのも彼は、女性の「理想」（より適切な表現の不足のため）への潜在的な欲求を内にかかえているからなのです。しかし心内で起こることすべてについて彼は何もわかっておらず、ただだいたるところで何かが足りないし欠けていると感じるばかりなので、「蠅」に不機嫌になるのです。叙述が目指したのは、主人公を今述べたような、自分に満足しておらず、自分自身のことを勘違いしており、いつも思い込みに囚われている一個人を描き出し、それらしく作り上げることでした。

文学というものは必然的に、浮き彫り像と生き返った女性とのあいだに、現実が生み出す連関を要求しますし、外見上の類似性を強制してきます。その類似性は当たり前のことながら、完璧なものが想定されているわけではなく、容貌や姿形、衣服においてもそうで、似かよりがあるという類似性なのです。どことなく古典的なスタイルの、軽やかで明るい色合いで襞がたくさんある夏用生地の服も、現実との関連に矛盾するものではありません。日ざしを浴びて熱く揺らめく大気、まぶしさ、多彩な光の戯れなどが、似かよりを応援しています。しかし主人公はこの両者を完全に一致するものに作りあげるのですが、それは彼の願望によってそう吹き込まれるからなのです。その際識閾《しきいき》下で、幼なじみの女の子の想い出が活発化してともに作用しているかというと、はっきりと肯定することはできないのですが、いずれにしても、グラディーヴァの歩き方が彼に影響を及ぼしているということでは肯定できます。これこそが全体の内で肝心かなめの点なのです。というのも、主人公は子供の時にこの歩き方を、それと感情的に何かが結びつくことのないまま、心の中に吸収したのです。長じて一人前の男となり、彼女がまた現れたことで、漠然としたエロチックな憧れが目覚めます。それは時間の経過の中で強くなるにしたがい、頭の中の理性の支配を切り崩しはじめ、取って代わって夢想的な願望なり熱望なりが優勢になるのです。

　心理的展開の基本的考えは以上のようなものです。心理的展開が高揚していく場の枠組みとなっている様々な絡み合い、ならびにノルベルトの「気が狂った」状態について、ある種の仕方で自分なりに説明をつけてそれを理解する生きたグラディーヴァの振る舞いについては、詳細を語る必要はありますまい。この小さな物語は、ある突然の心的刺激《インプルス》を受けて生まれたものです。その刺激からわかったことですが、それを書かせようとする衝動が実際私の中に作用していたに違いありません。なぜなら私は大がかりな仕事に没頭している最中にそれを一時中断し、急いで、それもちょっと目には何の前準備もないまま、話の冒頭部分をさっと書きつけ、そして大して日数もかけずに脱稿したからです。執筆中、筆が滞ったことは一度もありませんでしたし、ちょっと目には熟慮を要することもありませんでした。いつでもすっかりできあがった状態で目の前にあったのです。物語全体は通常の意味での個人的体験とは、まったく関係がありません。題名に書いたとおり、完全な空想物語なのです。どんな時も夢遊病者がどうにかすり抜けてゆくほどの、狭い馬の背を渡って行くようなものです。こうしたことは、文芸であれば本来どの領域でもおこなわれ、ただそれがどの程度気づかれるかの違いがあるだけで、それによって『グラディーヴァ』の評価もくだされてきました。幾人かの人は『グラディーヴァ』をまったくの子供じみた愚作と評しましたし、別の人たちは私が書いた物で最良の部類の物だとしたのです。がしかし、誰ひとりとして自分の理解を超えるということはないのです。

貴殿からお尋ねいただいた問いにこれ以上お答えすることは、私にはできません。ただ、この夏中にこちらの方においでになることがあり、上のスケッチに見られるプリーン駅から20分のところの小生の別荘に立ち寄られる機会がありますなら、妻ともども非常にうれしく思うということを書き添えておきます。

敬具

ウィルヘルム・イェンゼン

この手紙でイェンゼンは、フロイトが期待するものとはやや異なるかもしれないがと断りながら、真摯に答えている。小説のモチーフに関する質問については、像の実物を知らないまま、気に入って買い求めたコピーが起点になっていると答えている。

さらに、その実物はナポリにあるという思い込みが原因で、彼自身主人公と同じように、その女性は郊外のポンペイの生まれではないかと想像したし、それゆえにこの遺跡の町が小説の舞台となったと述べている。しかし手紙を書いた時点では、イェンゼンは当のレリーフがローマにあることを知っている。ヴィーンの考古学者フリードリヒ・ハウザーが、グラディーヴァ断片の復元を世に問うたのが一九〇三年だから、イェンゼンはそれによりグラディーヴァの居場所を知ったのかも知れない。

主人公の妄想癖という想定も、イェンゼン自身がポンペイで体験した幻視に基づくのだが、現実的な素材はここまでで、そのほかは物語を作り上げる際の創作に過ぎないと書かれている。イェンゼンはこう告白することで、物語の素材についてと同時に、主人公にモデルはいるのか、作者自身の体験の反映はどの部分かというフロイトの問にも答えている。

フロイトのもう一つの質問、石像の女性と幼なじみのツォエーが瓜二つという、現実にはあり得ないことを想定できたのはどうしてかという質問については、イェンゼンの答えはとても常識的だった。両者に似かよったところが多少でもあればそれで十分であり、恋する人間は思い込みによって現実のズレを修正し、理想のモデルと同一化してしまうというのがその答えで、これにはフロイトも次の手紙で納得せざるを得なかった。

主人公の憧れの対象となったグラディーヴァ像に、ツォエーの想い出が反映していると想定したかについては、イェンゼンは「はっきりと肯定することはできない」と書いていて、そうした意識がなかったことをうかがわせる。つまり意識のレベルでは、イェンゼンはグラディーヴァをツォエーの残像と見ていなかったのである。

しかし歩き方だけは、両者に共通する特徴であることをイェンゼンは認めている。そればかりか、この歩き方は子どもの頃にノルベルトの記憶するところとなったとも書いているのだが、注意すべきは、ツォエーが子ども時代も同じ歩き方であったとは書かれてはいないことである。

つまりこの手紙でイェンゼンは、フロイトの重要な想定を、少なくとも作者の意識レベルではという但し書きをつけてではあるが、否定している。それがもっとも鮮明に現れているのが、イェンゼンが主人公の女性観をどう想定したか述べている部分である。

フロイトがノルベルトを女嫌い、性愛の拒絶者ととったのに対し、つまり彼の行為を性愛の抑圧という精神分析のキーワードを使って解釈したのに対し、作者は主人公を理想の女性の追求者であると言っている。筆者の解説がこのイェンゼンの見解を追認し、フロイトの解釈に疑問符をつけることになるのはまもなく見るとおりである。

そして最後にイェンゼンは、おそらくはフロイトが創作活動の材料に注目することに本質的な疑問を感じ、インスピレーションという言葉こそ使っていないが、それに類した心的な力に突き動かされて、言い換えれば想像力のおもむくままに、空想物語を一気に書き上げたと証言している。

イェンゼンの手紙の主要部分が、フロイトが期待していたのとは違う内容であることはあきらかである。なぜなら、くり返しになるが、フロイトは作家のインスピレーションとか想像力と言われるものを、その神秘的な姿のままにしておくことに満足せず、精神分析的な言語で書き換え、現実的に説明可能な現象として提示したいと考えていたからである。それに対しイェンゼンは、丁寧に質問に答えてはいる。けれども、そこにはフロイトの願望を満足させてくれそうな情報や考えは皆無だったのである。

フロイト自身そのズレを感じていたことは、次のユング宛の手紙でも直截に述べられている。また十一月二四日の手紙ではイェンゼンの反応を「鈍重」と表現している。協力を拒まれたという発言も、このあたりの印象から出てきたのではないだろうか。

フロイト→ユング
一九〇七年五月二六日

拝復
「グラディーヴァ論」をお褒めいただき心より感謝いたします。そうした態度をわずかでも表明する人がいかに少ないか、信じられますかどうか。グラディーヴァ論について温かい言葉を耳にするのは、ほとんどこれが最初です。（いえ、それでは貴兄の従兄弟（でしたでしょうか）であるリクリン君に不当になるので、そうは言えないのですが）この小論が称賛に値するものだということは、今回はわかっていました。それは日ざしに恵まれた日々に書かれた物で、私自身大いに楽しさを味わいました。それは私たちにすれば何ら新しいものをもたらしはしませんが、私たちが手に入れた財産が喜んでよい物だと言ってくれているように思います。それで頑なな反対陣営の目を開かせるという期待は、少しも持っておりません。ずっと以前から、あちら側で上がる声に耳を傾けることはやめてしまいました。同じ分野の専門家たちの宗旨替えが望めるとは思えないので、ご明察のとおり、私も貴兄の検流計による諸実験には興味半分の関心しか向けませんでした。それに対しては貴兄の叱責を受けてしまいました。ところで、私にとっては貴兄がなされたような言明の方が、学会における全会一致の賛意よりも貴重なのです。と言いますのも、ちなみに、貴兄の言明は将来おこなわれる諸大会で、賛意が表せられるであろうことを保証しているからであります。

グラディーヴァ論についてのその後のことに興味がおありなら、たえず情報をお流しいたしましょう。今のところヴィーンのある日刊紙に論評が載っただけです。称賛はしていますが、貴兄の認知症患者がするように、その書きぶりは事柄を理解する気もなければ情緒的でもありません。抽象的な資産を熱心に強調することの意味があきらかに理解できないでいるジャーナリストにとっては、たとえば「数学者の言うところでは、2×2はたいていは4である」とか、「2×2が通常5でないことはたしかである」、と書くことぐらい何でもないのです。

イェンゼン自身が私の小論について何と言っているかというお尋ねですが、その言葉はとても好意的でした。最初の手紙では喜んでいるという旨が縷々述べられていて、分析は本質的な点では余すところなく、小品の意図するところを見抜いたというようなことが述べられていました。イェンゼンの念頭にあったのは、もちろん我々の理論ではありません。この紳士の年齢からして、自分の文学的な志向と異なる志向に思いを馳せることができるとは、とうてい思えないようにみえるからです。彼の言い分では、文学と精神分析の理論の一致は、おそらく創作的直観に帰せられなければならないし、ひょっとしたらそれに加え、はるか昔に学んだ医学が寄与するところがあるにちがいない、ということなのです。二番目の手紙で私は無遠慮になり文学的仕事における主観的なものについて、素材は何に由来するのかとか、どこに彼自身は隠れているのかなどの情報を求めました。それで彼から知ったことは、例の古代のレリーフが実在するということ、彼がミュンヘンのナンニー社のコピーを所有しているということ、しかしながら現物は一度も見たことがないということとなどでした。あの像がポンペイの女性の像であると空想をたくましくしたのも、またポンペイの真昼の暑気の中で夢想する歓びに浸り、実際に幻覚に近い状態に陥ったのも彼自身だということです。素材の由来に関して知っていることはこれ以外なにもなく、他の作品に取りかかっている最中に出だしの部分が突然思いつかれて、他のことは全部中断し執筆に取りかかると、まったく書きよどむこともなく、いつも一部始終ができあがった状態で目の前にあって一気に書き上げてしまった、ということでした。それはつまり、分析の継続は彼の幼年期を経て、彼自身の最内奥のエロチシズム《インティームステ》にいたるであろう、ということを意味しています。したがって全体はまたしても、自己中心的な空想だということになります。（以下省略）

やっと届いたユングの『妄想と夢』の読後感に礼を述べつつ、フロイトはこの弟子や一部の仲間を除き、精神分析が文学の解釈という新領域でも無視され続けていることを、覚めた口調で短く報告している。それとは反対に、イェンゼンがこれまでの二通の手紙でどのように反応したかについては、ユングの求めもあり、半分以上の紙幅を使って紹介している。しかし「こじつけ」があるというイェンゼンの言葉は黙殺している。

最後のところでフロイトは、『グラディーヴァ』は霊感に打たれたかのように一気に書かれたようだと、イェンゼンの手紙の内容を紹介したあと、やや唐突に、だからこの作者を動かしたのは「彼自身の最内奥のエロチシズム」であると断定している。この言葉でフロイトが言おうとしていることは想像がつく。作家が文学的な想像力といった言葉で示唆する心的な力は、大人になる過程で忘れ去られはしても、しかしなお潜在的に活動力を保っている幼児性愛にほかならない、とその言葉は言い換えることができるだろう。

原初的で最内奥に位置づけられるということは、作家本人にとってその正体が隠されていることを意味するが、フロイトによればそれでも何らかの症候的な行為に手がかりは暗示される。たとえば特殊な歩き方への主人公の偏愛等がその例であるとされる。そうした手がかりをフロイトはイェンゼンに期待したのだが、それは失敗に終わった。そしてのちに再度失敗に終わる。

この失敗をフロイトはイェンゼンの年齢ゆえの固陋《ころう》さに帰しているが、筆者の分析が正しければそればかりとは言えない。というのも、精神分析に必要な手がかりは被分析者が分析の基本ルールを守ることから得られるように、イェンゼンの協力を得るには『妄想と夢』の分析手法の基本を認めさせる必要があった。そうでなければフロイトの突っ込んだ質問は、偏狭な考えの持ち主の無礼な詮索程度にしか思われない危険がある。実際、最後の往復書簡のイェンゼンは、フロイトの態度にやや辟易した様子が見受けられる。

ユングに宛てて書いたのと同じ日に、フロイトはイェンゼンに協力を感謝する手紙を送っている。次の手紙がそれである。イェンゼンの手紙の日付が五月二五日となっているから、その翌日にフロイトが返事を出しているのは少なからず驚きだ。一九〇七年にはミュンヘンからヴィーンまで郵便は一日で届いたのだ。

この手紙の冒頭で、フロイトはまるでイェンゼンがどう理解するかなど気にかけていないかのように、ユング宛の手紙に書いたのと同じ「最内奥のエロチシズム」という言葉をくり返している。フロイトはイェンゼンの先の手紙を読んで、自分の推理の正当性に自信を深めたのだろう。イェンゼンがこのフロイトの言葉にどう反応したかは知ることができない。フロイトとイェンゼンの往復書簡はこのフロイトの手紙で一端途切れるからである。そして同年の十二月に一度だけ再開される。

フロイトは手紙の最後に、『妄想と夢』がイェンゼンの生誕七十年を記念する著作として計画されていたこと、ところがそのフロイトの意図が反古にされてしまったことを明かしている。この告白はフロイトなりにイェンゼンと、友好的な関係を保ちたいと願って書かれた言葉なのかも知れない。

フロイト↓イェンゼン（新発見の書簡２）

一九〇七年五月二六日、ヴィーンⅨベルクガッセ19

拝啓

いろいろご教示いただき大変感謝しております。本当に多くのことをお聞かせくださいました。今では、分析の進展は貴殿の青年時代を経て最内奥のエロチシズムにいたるであろうと思っております。

貴殿と奥様からのご親切な招待状が精霊降臨祭前の土曜日より以前、ミュンヘンに向かう途上、プリーン駅を通る時すでに届いていればと、残念でなりません。かわいらしい別荘近くをいつ通る機会を得て訪問客としてお邪魔できるものか、知るよしもありません。

ツォエーとグラディーヴァの類似が容易でないことを、不当にも増幅してしまいましたのは、まったく貴殿のおっしゃるとおりです。グラディーヴァの浮き彫りが実在すると知ったのは心なごむ驚きでした。それを手に入れて、小生も部屋を飾ろうと思っています。

小生の小論ですが、貴殿の七十歳の誕生日に敬意を表するものとして計画されたものだということをご承知おきください。出版社の不手際でその意図が台無しになってしまいました。

敬具

Dr. フロイト

右のイェンゼン宛の手紙について、もう一点だけコメントを加えておく。フロイトはこの手紙で、グラディーヴァが実在することをはじめて知ったと告白したあと、コピーを手に入れたいと書いている。事実フロイトはそうしており、ヴィーンのベルクガッセ19番にある診療室で患者が横になる寝椅子の横に、アングルのオイディプスの絵と並べて壁に飾ったのだった。ただしその石膏コピーはイェンゼンのもっている物と同じではなく、左右と上辺が波形模様で縁取りされていた。

ユングがフロイトに宛てた次の短い手紙は、五月二六日のフロイトの手紙に対する返信である。フロイトの質問の意図を理解しないイェンゼンを笑いつつ、ユング周辺の精神分析の理解者を引き合いに出して、「世の中、無理解ばかりではありません」と師匠の味方をしている。

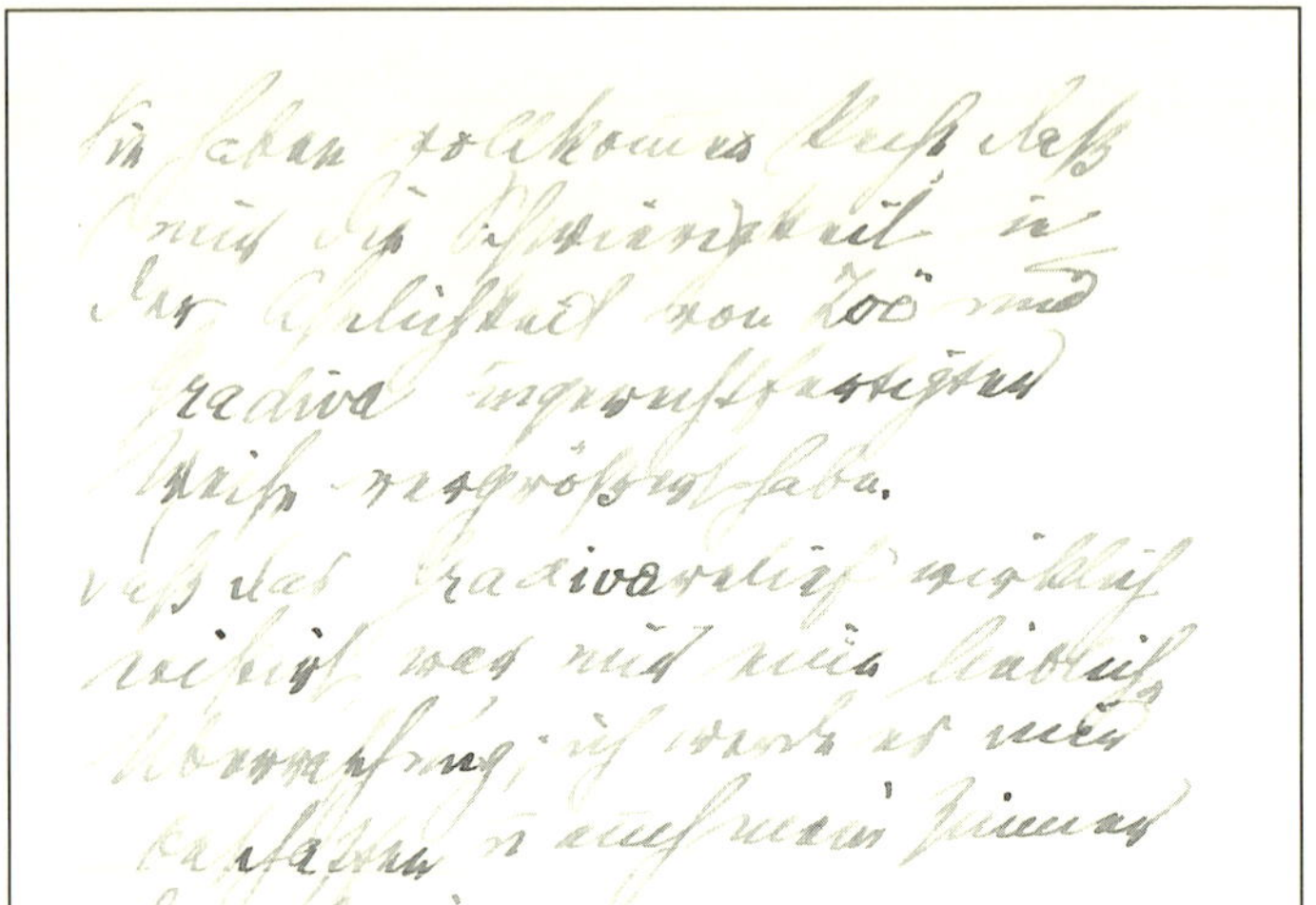

Sie haben vollkommen Recht daß auch die Schwierigkeit in der Ähnlichkeit von Zoë und Gradiva ungewöhnlichen Reiz vergrößert habe.
Daß das Gradivarelief wirklich existirt war mir eine köstliche Überraschung; ich werde es mir beschaffen u. auch meine Zimmer damit zieren.
Erfahren Sie noch, daß die kleine Arbeit als Huldigung zu Ihrem 70ten Geburtstage geplant war; das Ungeschick des Verlegers hat mir diese Absicht gestört. Ihr in Verehrung ergebener
Dr Freud

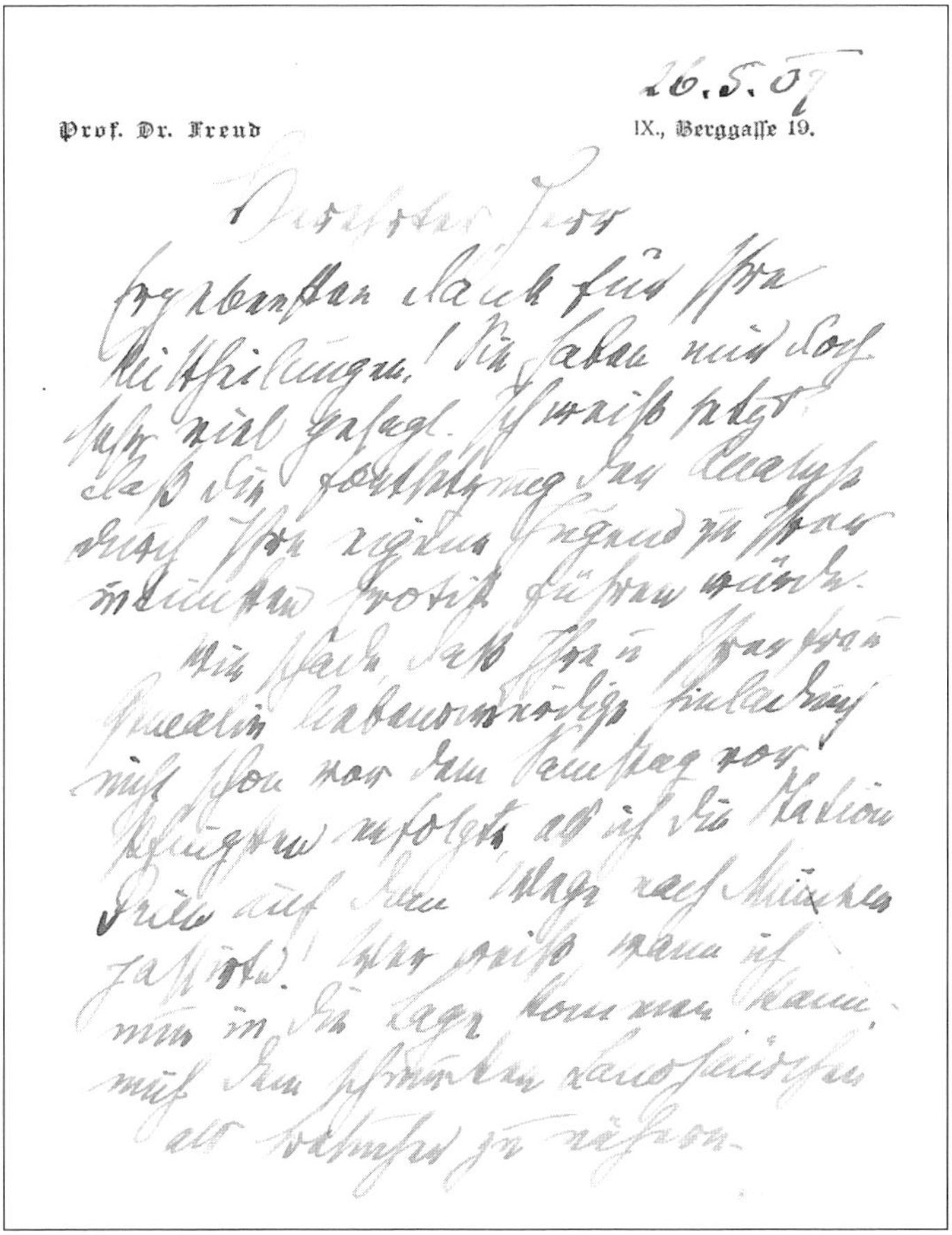

26.5.07

Prof. Dr. Freud

IX., Berggasse 19.

フロイト自筆の手紙

ユング→フロイト

一九〇七年五月三十日、ブルクヘルツリ＝チューリヒ

謹啓

のべつ幕なしに、ありとあらゆる病院の仕事に追われておりますので、今日は残念ですが先生からのとても友誼に満ちた書信に簡略に返信することしかできません。

何はさておき、イェンゼンについてのニュースに心から感謝いたします。おおかた予想どおりといったところでしょうか。それも彼が学んだ医学まで持ち出して、そのせいでしょうと言うのですから大したものですし、すでに動脈硬化も危険な状態です。私の仲間内では、「グラディーヴァ論」はワクワクしながら読まれています。先生の言葉を理解するのに断然抜きんでているのは女性たちで、ふつう即座に理解します。「心理学」の教育を受けた人たちだけが偏狭な考えでいるのです。（以下省略）

この手紙では、ユングはただ師匠に愛想を振りまいているだけのように見える。しかしその半年後の手紙からは、彼がフロイトのグラディーヴァ分析に刺激を受けていたことが明らかになる。その間、これまでの往復書簡の主人公たちが『グラディーヴァ』と『妄想

と夢』について口をつぐんでいたあいだ、ユングはイェンゼンの他の小説にあたってフロイトの分析を検証しようとしていたのである。

そしてユングが引きだした結論は、イェンゼンの「最内奥のエロチシズム」を形成し、『グラディーヴァ』をはじめとする彼の小説の母胎となっているのは、エディプス・コンプレクスの一変形の兄妹愛である、であった。つまり『夢判断』で、エディプス・コンプレクスから多くの偉大な文芸が生まれてくるとしたフロイトの考えを、ユングはイェンゼンでも再確認する。その上でユングは、兄妹愛からグラディーヴァがどう誕生したのでしょうと、フロイトにある意味で謎かけをしてさらなる推論を鼓舞している。

ユング→フロイト

一九〇七年十一月二日、ブルクヘルツリ＝チューリヒ

（省略）イェンゼンの幼児期の問題は今では明確ですとお伝えしても、それで何か新規なことを先生にお知らせしているのかわかりません。問題の解ははっきりと『紅傘』と『ゴチック様式の館』という短編にあります。両作品とも見事なほどに、部分的には細かな点にいたるまで、『グラディーヴァ』と並行しています。特に『紅傘』がそうです。問題と

なっているのは兄妹愛です。イェンゼンには姉妹がいるのでしょうか。詳細をここで事細かに書くことはいたしません。そんなことをすれば、認識の魅力を台無しにしてしまうことになるでしょうから。（以下省略）

このユングの指摘にフロイトがすぐ反応せず、二十日以上時間をおいて返信を書いているのは、その間に、ユングがあげていたイェンゼンの小説に目を通していたからである。

フロイト↓ユング
一九〇七年十一月二四日、ヴィーンIXベルクガッセ19

（省略）おっしゃるとおりです。実際に若死にした姉妹が取り上げられているのか、あるいはイェンゼンに姉妹はいたことがなく、幼なじみの女の子を憧れ続けた姉妹に昇格させたのかは、まだはっきりと断定したくありません。一番良いのは作者にたずねることでしょうが、先回の彼の返信の反応が鈍重だったので決心がつきかねています。二冊の本はたしかにとても興味深いものでした。『紅傘』には『グラディーヴァ』にあった大道具小道具のすべてが、つまり正午の雰囲気、墓地の花、蝶々、忘れ物、廃墟すらもが見られます。そうです、現実と空想の中の物との出来すぎなほどの一致といった有り得なさも同じで、森の中の野原は、場所が別なところなのに記憶の中にあるとおりの森の中の野原ですし、新しい恋人は以前の恋人と同じ紅い傘をさしている、といった具合です。『グラディーヴァ』で見られたディテールが何かもっと意味深い物の残滓であることは、この短編からわかります。ですから付属的な、単に対比的な目的で展開される『グラディーヴァ』の蠅による禍は、『紅傘』のマルハナ蜂が源泉となっています。そのマルハナ蜂は死んだ昔の恋人の使者となり主人公を煩わせることで、彼を死から救うのです。この短編は不快なほど生硬な筆致で書かれていますが、その意味するところはとても良い物です。ひとりの人間の愛の対象がシリーズをなして続いてゆき、ある愛は別の愛の回帰であって(ヴィルブラントの『パルミューラのマイスター』)、かつどのシリーズも無意識の幼児期の愛が復活した愛です。ただ、そのことは無意識のままであり続けるしかないのです。幼児期の愛が意識されると、その愛がリビドをとらえてしまい、先に進ませません。こうして新しい愛は不可能な愛となってしまうというわけです。

最初の短編『紅傘』は、翻訳すればこうでしょう。私は彼女を失った。彼女を忘れられない。だから私は他の女性をちゃんと愛することがもう出来ない。第二の短編の『ゴチック様式の館』が表明しているのは単純に次のような想念です。たとえ彼女が命をとりとめたとしても、私は彼女を別の男に嫁入りさせるのだから（ということはおそらく姉妹でしかありません）、彼女を失うしかないだろう。こうしてようやく第三のわれわれの『グラディーヴァ』になって、以上のような苦痛は完全に克服されるのですが、それはこの短編が次のような保証をしてくれるからです。私は彼女をまた見つけ出すだろう。年をとった男なら死の予感やキリスト教的な彼岸に慰められるしかない物が、まったく反対の素材を用いて描かれるのです。

先の二つの短編には『グラディーヴァ』の「歩き方」を示唆するような形跡は見つかりません。このことに関しては、あのレリーフを偶然目にしたことで、死んだ恋人の想い出が新たに呼び覚まされたに違いありません。以下のような思いきった組み立てをどう思われますか。妹は以前から病気がちで尖足のため足をひきずっており、のちに結核にかかって死んだ。このような病的契機は、美化を目的とする空想によって閉め出されなければならなかった。がしかしある日、悼む男は遭遇したレリーフを見て、尖足という病気の特徴もある種の魅力や利点に変更できることに気づく。このようにして、願望を充足する空想の新たな勝利である『グラディーヴァ』は完成した。

敬具

Dr.フロイト

フロイトはユングの兄妹愛説を素直に受け入れている。妹は仲のよかった幼なじみの女の子であってもいいと若干幅を持たせながらではあるが、ユングの説がイェンゼンの他の小説にも通底していることを認めている。そして躊躇しながらも十二月十六日のイェンゼン宛の最後の手紙では、作家自身にこの推測が正しいかどうか確かめている。

確かめるにあたって、フロイトにはすでに前出の手紙で「思いきった組み立て」と形容した想像があった。その少女は尖足であったというのである。尖足というのは、百科事典によると足関節が底側に屈曲、拘縮して背側にそることができなくなった足のことで、このような障害から踵をついて歩くことが困難な状態をいうらしい。原因は様々で、先天性の尖足もあれば、病気に起因する後天性の場合もある。

仲のよかった妹なり女友だちなりが死んでのち、この病的な特徴は逆に美化され、爪先立ちになる優雅な歩き方が魅力として強く意識されるようになり、グラディーヴァと同一視された、というのがフロイトの想像した筋書であった。

次の最後の手紙で、フロイトはほぼこの筋書に沿って、妹か親戚の、あるいは幼なじみの女の子で、足に特徴のある子がいなかったかイェンゼンにたずねている。

フロイト↓イェンゼン（新発見の書簡3）

一九〇七年十二月十六日、ヴィーンIXベルクガッセ19

拝啓

「グラディーヴァ」が小生を放っておいてくれませんので、それに関することで再度貴殿を煩わせますこと、なにとぞご容赦ください。作家の創作活動のプロセスを、わたくしどもの知っている心的諸過程と結びつけられる可能性に、たいへん惹かれております。それに免じて新たな質問で唐突に一筆申し上げることをお許しください。

探求を再開しましたきっかけは、ある博識の友人が、貴殿が『彼岸の力《ユーバーメヒテ》』というタイトルで一篇に編まれました短編中の二篇に、小生の注意を向けさせてくれたことでした。そのうちの最初の一篇『紅傘』は、グラディーヴァにもある特徴の多くを顕著に示しておりますし、もう一つの『ゴチック様式の館』も、最初の小説を媒介にしてみればグラディーヴァと結びつくようにみえます。

小生の質問ですが、病気で早くに亡くなった幼友達の女の子、最も想像しやすいのは妹、もしくは、妹であったらと願った親戚の女の子がいらっしゃいませんでしたか。もしそのとおりであれば、その子はどんな病気で何時亡くなったのでしょうか。その女の子の歩き方はどんなでしたか。その歩き方は病気に誘引するものではありませんでしたか。

小生を質問へと駆るのは暇人の物見高さではありませんので、お許しいただきたいと思います。

敬具

Dr. フロイト

フロイトが『グラディーヴァ』の分析を通じ、その後、創作心理学と作家心理学に舵を切ったことはすでに述べた。特に右の手紙では前者のことが、つまり作家のどのような幼児期の心的経験から、どのようなメカニズムによって、『グラディーヴァ』やそれと類似すると思われる作品群が生まれるのかという疑問について、フロイトが精神分析的に回答可能だと推測していることが書かれている。そのための協力を、フロイトはユングから示唆された問題一点に絞ってイェンゼンに依頼している。

しかしこの質問にイェンゼンが快く応じてくれるか、フロイトが心配している様子はこの手紙からも見て取れる。実際、それへの回答であるイェンゼンの手紙を読むと、この心配は必ずしも的はずれではなかったと言えそうだ。クリスマス直前の忙しい時期であることを考慮したとしても、文面は事務的で断定的な色合いが濃い。

イェンゼン↓フロイト
一九〇七年十二月十九日

拝啓
とんでもなく時間にせかされております。ことに沢山の子どもや孫たちと、一家団欒を過ごすことになっているクリスマスを迎えなおさらですので、貴殿の書信に手短にお答えすることしかできませんことをご容赦ください。
否、です。姉妹がいたことはありませんし、血縁者はひとりとしておりませんでした。ではありますが、『紅傘』は小生自身の生涯の想い出を源泉として話を紡いだもので、小生と一緒に育った親しい仲の幼なじみで、十八才の時に肺結核で死んだ初恋の人と、それから何年も後のことですが、小生と親しい関係にあったうら若い女性で、やはり突然の死により奪われた人の人となりの両方が、あわさってその源泉となっております。紅傘は二人目の女性に由来します。小生の感覚では、この二人の姿は作品の中で一人の姿に溶け合わさっています。主に詩において表現される神秘的なものの起源は、同じく二人目の女性です。短編の『青春の夢』(作品集『静かなる時から』第三巻所収)も根は同じですが、最初の女性に限定した短編です。

『ゴチック様式の館』はまったく事実とは無縁の創作です。

敬具

ヴィルヘルム・イェンゼン

好きだった妹がいるかという問に、イェンゼンはひと言、否《ナイン》と答えている。『グラディーヴァ』とフロイト」中の略伝に書いたように、イェンゼンは庶子であり、養母に預けられた。実の父母とはいっさいコンタクトがなかったようなので、妹はいないし親戚もいないと答えるのは当然であった。その意味ではフロイトの妹説は完全にくつがえされた。しかし妹に昇格されそうな幼なじみは確かにいた。別のところでK・シュラークマンの研究成果として紹介するクララ・ヴィットヘフト嬢がその少女である。

同時に、イェンゼンはもう一人の女性の死について触れているが、シュラークマンによるとこの女性とは、おそらくイェンゼンが三十歳半ばの頃に知りあったゾフィー・アレクサンドリーネ・シュタムマンである。[10] 彼女はイェンゼンが三九歳のとき三八歳で死んでいる。そうであれば、もちろん幼なじみとは言えない。

イェンゼンが愛した二人の女性の死が小説の素材になっていることを、彼ははっきりと認めている。しかしフロイトがたずねた足の病気については、イェンゼンはまったく言及していない。肯定もしなければ否定もしていない。それに触れることを避けたのだろうか、それとも触れるまでもないと軽くいなしたのだろうか。判断することはできない。

しかし最後に、イェンゼンは『ゴチック様式の館』に言及しながら、またしてもフロイトの推測を否定して、死んだ幼なじみの記憶も三十代の女友達の想い出も、この小説の背景には存在しないと言いきっている。

このイェンゼンの手紙の基調は、どうもフロイトの推論の否定にあるように思われる。もう固定観念のもとにこじつけるのはお止めになったらいかがですかと、多少辟易した気分で、フロイトに間接的に告げていると感じるのは、わたしだけだろうか。少なくとも、イェンゼンとフロイトのそれぞれが相手に伝えたかったことは、とうとう最後までかみ合わずじまいだった。

二人がこれ以降手紙のやり取りをした形跡はない。フロイトはグラディーヴァ像を診療室に飾っても、彼にとってイェンゼンは『妄想と夢』の一年後の一九〇八年から一九一二年の段階で、「ナイーヴな」作家というランク付けになった。イェンゼンもこれ以降フロイトについて何も語っていない。ただ、まだ世間にあまり名の知れていない野心的な心理学者から届いた手紙を、彼は大事にとっておいた。そのおかげでわたしたちは『妄想と夢』と手紙を参照することができ、フロイトのグラディーヴァ解釈と創作心理学がどのようにおこなわれ、どのような方向に向いていたか、かなりはっきりとしたイメージを持つことができるのである。

『グラディーヴァ』をめぐる書簡上のやりとりは、ユング宛の以下のフロイトの手紙をもって終了する。この一九〇七年のクリスマス直前の手紙で、フロイトはイェンゼンから届いたばかりの手紙の文面を、些細な書き違いをのぞき一字一句変えることなく丁寧に書き写して、ユングに知らせている。フロイトの問い合わせに答えているその部分の全体は、一九六頁にもどれば読めるので、最初の一語と最後の文以外を省略して、イェンゼンの回答をフロイトがどう読んだかが述べられている前半だけを紹介する。

フロイト→ユング

一九〇七年十二月二一日、ヴィーンⅨベルクガッセ19

……

わたしの問い合わせに、イェンゼンから以下のような返事を受け取りました。それを見ますと、彼にはこうした研究を支援する気がほとんどないことがわかりますが、もう一方で、彼をとりまく事情は単純な図式で描くには複雑すぎることも容易に想像できます。原イメージの人物たちの歩き方に、どこか病的な要素がなかったかという大事な問に、イェンゼンはまったく回答してくれませんでした。彼からの返信をルーペなしで読むのは難渋しますので、転記してお示しします。わたしの問い合わせへの回答を「手短に」片づけることに容赦を願う枕詞のあと、彼は次のように言っています。「否、です。……。『ゴチック様式の館』はまったく事実とは無縁の創作です。（！）」

イェンゼンが非協力的で精神分析的探求に理解がないというフロイトの判断は、やや性急すぎるように思われなくもない。実際のところはわからないとしか、言いようがないだろう。いずれにしても、フロイトがイェンゼンの手紙をこのように読んだ時、両者の短期間の交流は終わりを迎えたのである。

しかしそのことによりフロイトは、『ゴチック様式の館』は『紅傘』とは違って初恋の少女をモデルにしておらず、まったくの創作であると作家自身が書いても、自分の推測が否定されたと考えずにすんだと言えるかも知れない。

実際、フロイトが創作の素材に作者の秘められた幼児期の性愛体験を想定し続けていることは、『ゴチック様式の館』は事実に依拠しない創作であると言うイェンゼンの言葉に付された感嘆符が、暗示しているように思われる。すなわちそれは、だからこそこの小説は心の奥底に秘匿されている素材が脚色されたものなのだと、語ろうとしていると理解できるのである。

回脚注（Endnotes）

1 Klaus Schlagmann: Gradiva Wahrhafte Dichtung und wahnhafte Deutung, Verlag Der Stammbaum und die 7 Zweige. S.39 ff. その他、シュテーケルがイェンゼンに宛てた手紙も同書を参照した。（Siehe S.33）しかし同時に、以下の本のベルント・ウルバーンによる解説で紹介されている同じ手紙も参照した。Sigmund Freud Der Wahn und die Träume in W. Jensens 〈Gradiva〉 mit der Erzählung von Wilhelm Jensen, Fischer Taschenbuch Verlag, 1995, S. 17. フロイトとユングの往復書簡では以下の本を原典とした。Sigmund Freud/C. G. Jung Briefwechsel, S. Fischer Verlag 1974.

2 この手紙の日付については疑問が残る。シュテーケルの手紙のヘッドの日付は、月と日、年の一桁の数字が手書きで、それ以外は印刷されている。手書き部分に下線を引いてそれを再現すれば以下のようになる。20/Ⅲ 1902 すなわち一九〇二年三月二十日となる。しかし多くの研究者が指摘しているように、最後の年数の2は書き間違いであると考えられる。手紙で言及されている「心理学水曜会」は一九〇二年十月もしくは十一月に発足したといわれているので、この年の3月にはまだ存在していない。また、一九〇二年の六月以降に新聞に連載される『グラディーヴァ』の発表前でもある。したがって一般に考えられているように、ここでも日付の年を一九〇三年と修正した。しかしこの時点ではまだ『グラディーヴァ』の単行本は出ていないので、シュテーケルは連載小説の『グラディーヴァ』を読んでイェンゼンに手紙を書いたのであろう。

3 Freud: Wahn und Träume in W. Jensens <Gradiva>, GW. Bd. 7, S. 123.

4 Freud: Der Dichter und das Phantasieren, GW. Bd. 7, S. 219.

5 Freud: Der Dichter und das Phantasieren, ibid., S. 220.

6 Freud: Wahn und Träume, ibid., S. 120.

7 Wilhelm Stekel: Die Träume der Dichter, S. 14, Verlag von J. F. Bergmann 1912

8 この文章の原文は現代ドイツ語からすると、動詞の用法が異例である。そのため原文を紹介しておく。Wie setzen Sie sich über die phantastische Annahme der vollen Ähnlichkeit zwischen der Lebenden und dem antiken Bild hinaus? 訳文はK・シュラークマン氏の助言を得て決定した。

9「二番目の手紙」とあるが、最初の手紙にあたるものはイェンゼンへの『幻想と夢』の献呈であろう。そこには、この手紙の文末でフロイトが自己紹介していることからすると、個人的な書簡は添えられていなかったと考えられる。したがって現実にはこれが最初の手紙ということになる。

10 Klaus Schlagmann: Gradiva Wahrhafte Dichtung und wahnhafte Deutung, ibid. S.99 ff.

『グラディーヴァ』とフロイト

山本淳 著

1 フロイトのグラディーヴァ論とその影響

ヴィルヘルム・イェンゼンの『グラディーヴァ』と言えば、かならずジクムント・フロイトの『妄想と夢』が引き合いに出される。『妄想と夢』、正確には『W・イェンゼンの〈グラディーヴァ〉における妄想と夢』をフロイトが書いたからこそ、この小説は有名になったと言っても過言ではないからである。

フロイトの『妄想と夢』は、精神分析的手法による最初の大がかりな文学作品解釈である。そこでフロイトは『グラディーヴァ』を知らない読者のために、冒頭でかなり詳細に、この小説の概略を述べている。その個所でも他のところでもフロイトは分析の的確さの証拠にしようと、イェンゼンの『グラディーヴァ』から多くの引用をおこなっており、その都度引用個所の頁番号を附した。それはもちろん『妄想と夢』の読者が、同時にイェンゼンの『グラディーヴァ』の頁をめくる便宜を考えてのことである。

本書の訳文中に原典の『グラディーヴァ』初版本の頁番号を記載したのも、もちろんフロイトの有名なグラディーヴァ論を読む際の便を考えたからである。これにより本書の読者は、フロイトが『妄想と夢』を書いた時に使った『グラディーヴァ』の初版本の翻訳を手にすることになり、両方を容易に比べることができるはずである。

ところでこのような配慮は、訳者自身がフロイトを強く意識している証でもある。十九世紀後半から二十世紀初頭にかけ、生国ドイツで多くの作品を書いたヴィルヘルム・イェンゼンは、今では『グラディーヴァ』の作者としてのみ有名である。しかしその名誉も、作者にとっては残念なことに、この小説自体によるというよりフロイトに負っているというのが、イェンゼンをめぐる現状であろう。

フロイトは一九〇七年春の天気の良い日に書いた[1]『妄想と夢』で、彼が作り上げた精神分析の手法を用いて、かなり詳細な文学の分析をはじめて世に問うた。このフロイトの著作は五年のうちに再版されており、それと同年の一九一二年にロシア語にも翻訳された。それから十年のうちにアメリカやロンドンで、またイタリアやスペインで翻訳されている。日本でも一九二九年に翻訳されたとフロイト全集の書誌注記にあるから[2]、紹介されたのはかなり早い方である。ちなみに、その訳者は安田徳太郎であった。安田は戦後一九六〇年に、息子の洋治とともにイェンゼンの『グラディーヴァ』を初訳し、両翻訳をあわせて『文学と精神分析』にまとめ、角川書店から出している。

このようにフロイトの『妄想と夢』が広く読まれるようになったことで、その分析対象となったイェンゼンの『グラディーヴァ』も、付随的に有名になったようだ。しかしフロイトが『妄想と夢』でおこなった要約ではなく、イェンゼンの『グラディーヴァ』自体が本当に読まれるようになったかどうかは、私には判断できない。

いずれにせよ『グラディーヴァ』が有名になったことは確かである。それを証言する好例が、シュールリアリストと呼ばれる芸術家たちによるグラディーヴァ礼賛である。シュールリアリズムの牙城フランスでは、フロイトの『妄想と夢』は彼の弟子のマリー・ボナパルトによる一九三一年の仏訳を待たなければならなかったので、広く読まれるようになるのが他の国々より少し遅かった。だがしかし、グラディーヴァのインパクトは逆にもっと強烈だったと言えるかも知れない。

シュールリアリストの間のグラディーヴァ熱に大きく貢献したのは、アンドレ・ブルトンだろう。彼は医学を学び、第一次世界大戦の戦闘で精神を病んだ兵士を収容した病棟勤めも経験し、この頃からフロイトの著作も知っていて一九二一年に彼をヴィーンに訪ねている。一九三七年には彼が主宰するギャレリーを、「グラディーヴァ」と命名しオープンすることになる。アンドレ・マッソンが「グラディーヴァの変貌」を描いたのはその二年後の一九三九年だった。

彼らよりも早くに、そしてもっと徹底的にグラディーヴァ色に染まったのは、スペイン人のサルヴァドール・ダリだった。ダリは一九二三年にフロイトの『夢判断』を読み、それ以降精神分析の創始者を敬愛するようになる。さらに一九二九年には、のちに妻となるガラ・エリュアールと知り合い、彼女をグラディーヴァと呼んだりもしている。ダリにとって精神分析は、心の病気を直してくれる療法であり理論であっただけでなく、ある意味で受肉して恋人にもなったわけだ。

ダリは一九三一年の「人間の形をした廃墟を再発見するグラディーヴァ」をはじめとするグラディーヴァ連作も描いている。また一九三八年にはロンドンにフロイトを訪ねている。この辺のことは『グラディーヴァ』の先行訳である種村季弘の本の解説に、比較的詳しく紹介されている。

日本ではどうだったか。すでに書いたように、日本でも他の国と違わず『グラディーヴァ』という題名とその内容は、フロイトの『妄想と夢』によって知られるようになった。しかし小説自体は、一九六〇年に出版された安田親子による最初の翻訳を待たなければならなかった。次の種村季弘訳のイェンゼンの『グラディーヴァ』は一九九六年に刊行されている。どちらの訳書もフロイトの『妄想と夢』と組みあわせて一冊としているので、おそらくフランスの場合と同じようにフロイトに対する関心が先行し、それに付随してイェンゼンの小説が注目されたと考えられる。

2 ポンペイ物としての『グラディーヴァ』

訳者の『グラディーヴァ』への関心も、フロイトの『妄想と夢』が発端であった。しかしフロイトの文学解釈に疑問をいだいてから、フロイトを一度忘れてイェンゼンの『グラディーヴァ』を読みはじめると、これまでとは違う読む楽しみが味わえた。フロイトの磁場から抜けられないでいた間は、主人公の心の動きにばかり注意が向いてしまって、この小説の一側面、すなわち古代ローマ帝国時代そのままに発掘されたポンペイが舞台になっていることを、忘れかけていたようだ。この物語では、ポンペイという絶好の背景の中で、現代と古代が交叉するのである。

『グラディーヴァ』の読者は、主人公とともにきらめく陽光の中で、いっさいが鮮明な色彩を帯びる南イタリアへと誘われる。そして主人公の空想さえありそうに思えてきて、想像を駆りたてずにはおかない古代都市の広場、通りや路地をともに歩き回り、かつての商店や邸宅の中に入って往時の生活に思いを馳せる。古代のポンペイにタイムスリップしたような心持ちになるのは、空想癖のあるこの主人公一人ではないし、またスタンダールやディケンズのような文人の特技でもないはずである。晩にはヴェスヴィオ山の麓のオステリアで、カプレーゼを肴にラクリーマ・クリスティの馥郁《ふくいく》としたブドウの粋に酔い痴れる悦楽を、目の前に想い描くこともできる。こんな読み方も、作者の意図に含まれていたに違いない。

つまり、イエンゼンの『グラディーヴァ』はブルワー=リットンの『ポンペイ最後の日』(一八三四年)や、テオフィル・ゴーティエの『ポンペイ夜話』(一八五二年)など、ポンペイの本格的な発掘が開始され、一方でグランドツアーの全盛期を迎えた十九世紀の「ポンペイ物」に繋がっていて、旅心をくすぐる小説でもあると言いたいのである。ちなみに最近ではロバート・ハリスの『ポンペイの四日間』(二〇〇三年)が、緊迫感あふれるポンペイ物になっている。

さらにポンペイへの旅は、『グラディーヴァ』の主人公が考古学者とされたことで、時間を遡る旅にもなっている。それも単にポンペイ滅亡の時、紀元七九年八月二四日正午のヴェスヴィオ山噴火から、翌朝の火砕流による埋没までの破滅の二日間にタイムスリップするだけではない。主人公は恋い焦がれたヘレニズム時代のレリーフの少女を、ポンペイに住むギリシア系の貴族だと思うようになる。それよって時間の旅はポンペイの破滅の時より遙か昔、ギリシア人が夕べの国へスペリアを目指し、地中海を渡ってたどり着いた地に都市を建設し、神殿に彼らの神話の神々を祀った時代にまで遡るのである。

筆者自身が味わうことのできた、こうした時空を旅する楽しみを読者にも共有してもらえたら、イエンゼンの『グラディーヴァ』はフロイトという名に縛られずに読まれるようになるかも知れない。そもそも一九〇三年にフロイトが主宰する「心理学水曜会」で、はじめてこの小説を話題に上らせたヴィルヘルム・シュテーケルも、フロイト自身が伝えるところによれば、精神分析的な興味だけで『グラディーヴァ』に魅了されたわけではなかった。[3]『妄想と夢』の最初の所では次のように書かれている。

「その人は次のように告白した。その小さな作品の題材と舞台が、満足感の発生におそらく主としてかかわりがあったのだろう。というのも、物語はポンペイの地で演じられ、ひとりの若い考古学者のことを扱っているからだ[4]」

いや、それはシュテーケルひとりではなかった。おそらくフロイト自身も、彼がイェンゼンに宛てた最初の手紙を参照すれば、まったく同じ理由で『グラディーヴァ』を楽しんだだろうと想像できる。

フロイトは一八九五年から一九〇七年まで、一八九九年と一九〇六年をのぞけば、毎年のようにイタリアに旅行している。一九〇一年九月二日には、とうとうそれまで行き渋っていたローマまで足をのばし、滞在中の十日間、「手紙を書く時間もない」[5]ほど夢中で市中を歩き回っている。翌一九〇二年の同じ時期には、ナポリ、ソレントに滞在しながら、九月五日にポンペイを、十日にはギリシアの遺跡の残るパエストゥムを探訪している。『妄想と夢』を書いた一九〇七年にローマを再訪したときには、ヴァチカンでグラディーヴァと出会った歓びに浸っている。[6]

フロイトはこれら遺跡の残る町や場所を訪れる際には、入念に事前研究をおこなっていた。[7]友人に宛てた一八九七年四月のある手紙には、フロイトがポンペイの街路を勉強している由が書かれている。[8]はじめてポンペイを訪れる五年も前のことである。フロイト自身いろいろなところで何度も述べているように、彼と考古学との関係は、この学問と精神分析との類似性の枠をこえ、考古学オタクと呼べるたぐいのものだった。フロイトのイタリア好きと考古学趣味を勘案すれば、先に引用したシュテーケルについての彼の言葉は、そのままフロイト自身にも当てはまると思われるのである。

日本からイタリアまでの距離は、イェンゼンが晩年住んでいたミュンヘンや、フロイトの診療所のあったヴィーンからの距離の十数倍になる。この空間的隔たりは今も百年前も変わりようがないが、しかし現代ではその気になれば極東の孤島に生きるわたしたちも、彼らが移動にかけた日数の四分の一程度の時間でポンペイを訪れることができる。実際、毎年多くの日本人が、ポンペイを訪れているに違いない。その人たちの多くは旅行の前にか後にか、ポンペイが舞台となっている小説を読んでみようという気になるかも知れない。あるいはその映画化を見るかも知れない。そのような楽しみを、これからはこの『グラディーヴァ』でも味わってもらえれば、翻訳の甲斐があったというものだ。

3 空想物語『グラディーヴァ』

ポンペイ物であることが、『グラディーヴァ』が人を惹きつける一つの魅力だとすれば、次の魅力は「ポンペイ空想物語」という副題の一方をなす空想であろう。

「空想物語」とは、二つの意味にとれるかも知れない。『グラディーヴァ』は作者の空想が生んだポンペイを舞台とする物語であるという意味と、登場人物の空想が物語の主題をなすという意味と。

文学は多かれ少なかれ作者の空想が生むものであるとする立場からすれば、第一の意味は言わずもがなだが、とりあえず解釈の可能性の一つとしては許されるだろう。しかしいまはこう言うにとどめ、二番目の意味だけに注目しよう。

『グラディーヴァ』の魅力の特徴は、読者が主人公の紡ぐ空想の世界へと誘われ、しばらくのあいだ現実との狭間に漂うところにある。まずは、主人公の空想の発端となる、ある出来事に注目しなければならない。それは主人公のノルベルト・ハーノルトがイタリアで、ある古代の浮き彫りの女像にことのほか魅されるという事件である。ファシネーションが事の始まりなのである。とくに魅力的に感じられたのは、彼女の一心不乱に歩く姿であり、また軽いサンダルを履いた足が、後ろでほぼ垂直になる独特の歩き方であった。それもその魅力は持続的で、今でいえば少年少女がアイドルの写真を飾るように、主人公は複製を手に入れ壁に掛け、歩む女を意味するグラディーヴァという名前をつけて、朝な夕なに眺めて過ごすのである。

主人公の魅され様はここから空想の世界へと移行していくが、その第一段階は空想というより想像というべきかもしれない。レリーフの女性はローマの貴族の娘だったに違いない、一族はケレス神を祀る神官役を担っていたのではないか、ポンペイに住んでいたのかもしれない、きっとギリシア移民の子孫だ等々、主人公は考古学者らしい想像をたくましくする。このように主人公がいろいろな想像をめぐらすところから、古代が目覚めはじめ、空想は醸成されていくのである。

このような想像が空想の前兆をなすのだが、その媒介となるのが広い意味の空想と類似する夢である。主人公のノルベルト・ハーノルトは、ドイツを発つ前日から物語の最後の日までの六日間に、四回夢を見る。特にヴェスヴィオ山の噴火によるポンペイ没落の瞬間にグラディーヴァと居あわせ、彼女の死を目撃する最初の夢は、目が覚めても彼の考えや行動を決定づけるほどに、鮮烈な印象を残す。この最初の夢を契機に、これまで想像だったことが知的に検証されることもなく確信に変わり、レリーフはグラディーヴァの墓碑に違いないと思われるようになるのである。

「空想物語」を空想物語たらしめている第三の要素は、主人公の空想そのものである。舞台がドイツの大学町からポンペイに移って大道具が整うと、いよいよ、古代ローマ帝国時代に生きていたと主人公が信じるグラディーヴァが、二千年の時を越えて現代に黄泉がえるからである。正確には、古代人が現代に黄泉がえったと主人公が信じこむのである。

空想も夢も、人はふつう目覚めているとき、意識がとらえる現実と取り違えられることはない。しかし『グラディーヴァ』の主人公の空想癖はなかなか激しくて、批判的思考能力が十分あるにもかかわらず、ポンペイで出会ったドイツ人女性を、紀元七八年のヴェスヴィオ火山の噴火で死んだグラディーヴァの生き返りだと、思い込んでしまう。このように空想と現実との境界が消えてしまうゆえに、フロイトは主人公の空想を「妄想」と呼んだのだと思われるが、作者自身は一度もその語を使っていない。しかしその特徴ゆえに、わたしもこのような空想をフロイト同様、妄想と呼ぶことにする。

一度古人が生き返ると、主人公の妄想はひたすら幻想的な世界へと下ってゆく。そして読者も、主人公に先導されて黄泉の国へと誘われているような気分を味わうかも知れない。しかし実際には、読者は主人公の妄想に完全にはまりこむことはないだろう。なぜならこのような展開が主人公の思い込みにすぎないことを、作者は物語の最初から、いろいろな形でほのめかしているからである。主人公さえも自分の妄想を疑うことができる手がかりを、あたえられているのである。

例えば主人公はポンペイへと旅立つ前に、あるドイツの大学町の自宅の窓から街路の雑踏の中に、チラッとグラディーヴァを見かけている。後にポンペイで出会うことになるグラディーヴァを、彼はこの女性なのではないかと疑うこともできたのである。またポンペイで遭遇する彼女は、ギリシア語でもラテン語でもなくドイツ語を話し、足には古代ローマ風のサンダルではなくしっかりした現代風の革靴を履いている、等々といった具合である。

この点で『グラディーヴァ』は、妻を冥界に迎えに行く伊邪那岐命《いざなぎのみこと》やオルフェウスの物語を模倣したような、夢幻的な内容の話とは違う。主人公が古代の女性の生き返りだと思い込んでいる女性は、何のことはない、女像とそっくりの幼なじみのツォエーであったという設定なのである。

だが作者はツォエーを妄想のヴェールにつつんで見ている主人公が、自力で幻視の世界から現実の世界に帰れるようしむけない。彼の妄想の中に漂っている現実の面影をすくい上げさせ、それを手がかりに現実の輪郭がふたたび鮮明になってゆくように、ツォエーに彼を誘導させるのである。小説の前半は、主人公が読者を夢幻的な世界へと誘う先導役だとすれば、後半はツォエーが先導役となって、ゆっくりと空想の世界にいる者を現実へと引き戻すのである。

4 精神分析的空想

精神分析に精通した小説家であれば、ツォエーが果たすこの役割を、分析家が納得する仕方で描いたとしても不思議ではない。しかし『グラディーヴァ』の作者は、まだ生まれて間もない精神分析のことについて、なんの知識も持っていなかった。[9] にもかかわらずツォエーのノルベルト・ハーノルトに対する接し方は、フロイトをして精神分析の手法と「本質的な点で完全な一致[10]」をみていると、驚嘆させる種類のものであった。

フロイトは早くから、文学は精神分析が追究した心の中の出来事に関するかぎり、「われわれ俗人の遙か先を行く」と羨んでいるが、『グラディーヴァ』でも「詩人は有力な同士[11]」であると強く印象づけられたようだ。そこからは、詩人と呼ばれる人々はどのようにして、フロイトが苦労してたどり着いた認識にいたったのだろうという疑問が、当然のように湧いてくる。この疑問に何らかの回答を出すのに、フロイトには『グラディーヴァ』は最適と思われたに違いない。なぜなら上に述べたように、この小説は夢や妄想に事欠かないばかりか、分析家はだしのツォエーという人物も登場しているからである。

実際フロイトは、作家により創作された小説中の夢と妄想を分析して、それらがあたかも生身の人間の心的産物であるかのように、精神分析により確認された諸条件を充たしており、法則性にしたがって描かれていると確信したのである。しかしこの確信は再検討が必要である。筆者は後にフロイトの根拠がどれほど疑わしいものかを、明らかにしたいと思っている。

精神分析との一致が確信されるやいなや、フロイトや彼の仲間にとって『グラディーヴァ』の副題の「空想物語」の意味は、先ほど確認したような二重の意味を帯びてくる。主人公が空想の世界に沈み込んでゆくという意味に加え、精神分析を待って学問的に認識されるようになった人間の現実が、作者の想像力によって創作されたという意味がそれである。[12]

もちろんフロイトは、創作された夢や妄想がどんなに精巧にできていたとしても、実例の分析より価値のある認識が期待できるとは考えていない。[13]しかし夢や妄想の研究にとって新たな知見がもたらされないとしても、創作物と現実の類似性からして、「文学的創作活動の本性」の研究のよすがになるかも知れない、[14]とは考えられた。つまり精神分析が精神的病者の治療法と、そのための心の理論というこれまでの作用範囲を超えて、人間の心的活動の広範な領域でも価値を発揮し、新しい学問として社会的に認知されるという飛躍が期待されたのである。

『妄想と夢』の冒頭に書かれていることからすると、[15]『夢判断』の著者であるフロイトを分析へと誘ったのは、とりあえず『グラディーヴァ』の主人公の夢だけだったようだ。そのとおりだとすれば、最初の目論見はささやかだったと言える。ところがフロイトの分析は、ほとんど必然的に最初の想定を越え、「物語全体を分解し、ふたりの主要人物の心の成り行きを吟味する」[16]ところまで拡大してゆく。すなわち作品全体の分析にまで拡大するのである。なぜなら夢の意味は、覚醒時に抱く思いや行動を知らずには理解できないからであり、したがってこの小説の主要部である主人公の空想、思い込み、妄想、そしてそこからの帰還の論理も、理解される必要があるからである。

フロイトの夢読みの方法は、夢の内容から夢の素材となる願望を見つけ出し、その願望の幻覚的な充足に向かう過程でいかなる作業が行われるかを、推測するところまで進む。実際の夢と、空想の産物である作家の作品とは、本質的に同根であるとフロイトは考え、それゆえ空想の完成品である作品を分析することで、その素材を、さらには夢の作業過程に対応する創作の作業過程を、言い換えれば素材が加工される過程を、明るみに出せるだろうと推測することができたのである。[17] すなわち、創作心理学の可能性が視界に入ってきたのである。

創作心理学が、作品の素材である作者の原空想を問題にする以上、フロイトの関心は作者個人の心理の入り口に立っている。特に作者の幼年期の諸経験は注目されることになる。本書ではじめて紹介される新たに発見されたフロイトのイェンゼン宛ての手紙や、同じ時期のユングとの往復書簡は、フロイトの目がそのような方向に向いていることをはっきりと示している。フロイトは『グラディーヴァ』のほか、同じ作家の『紅傘』や『ゴチック様式の館』を手がかりにして、イェンゼンの幼児期の兄妹関係について想像をめぐらせている。創作心理学はいわば作家心理学へと必然的に広がっていく。

文学との関係でフロイトの精神分析がどのような広がりを持つかについては、とりあえず以上述べた作品分析、創作心理学、作家心理学の三つの領域があると確認するにとどめておいて、[18] 次に『妄想と夢』の主題である『グラディーヴァ』の作品分析がどのようなものかを、その問題点と合わせて概説する。

5 フロイトのグラディーヴァ分析における抑圧と残響

ここでは『妄想と夢』におけるフロイトの『グラディーヴァ』分析を、精神分析の中核的な概念である幼児性愛とその抑圧という概念に的を絞って検証する。

『グラディーヴァ』は、主人公がある古代のレリーフの女性像に魅了され、され続ける物語である。その状態を一言で表すとすれば、漢字の魅という字をあてるのがよいと思われるが、ここではファシネーションというラテン語起源の語も借りることにする。魅と共通した「魔法にかかる」という意味のほかに、もともとファシネーションには「結びつける」、「縛りつける」という意味があるので、主人公の状況を表すにはもってこいの語なのである。[19]

実際、主人公は魔法をかけられたように、美しい歩き方をする石の女性のとりこになり、学究生活で培われた理知的な判断力さえ縛られ、奔放な想像に翻弄されてしまうのである。

物語の発端となるファシネーションを、フロイトはかなり意図的にだろうが、「フェティシズム」、すなわち足フェティシズムと表現した。[20] しかしこの呼び方は誤解を受けやすい。正確には、主人公は石像の女性の足にではなく歩き方に魅されるのである。その原因はフロイトによれば、それが彼の幼なじみツォエーの歩き方だったからである。

彼の彼女に対する恋慕は、時を経て唯一彼女の独特の歩き方に収斂し、それ以外の記憶は学問に打ち込むうちに忘れ去られてしまった。そのためその歩き方が、ツォエーの歩き方であることを思い出せない。何かの機会に街中で会うことがあっても、彼女は赤の他人同然に無視されてしまう。ポンペイで偶然出会ったときには、彼はグラディーヴァが生き返ったと、思い込んでしまう始末なのである。と言うより主人公はフロイトにとって、「生きている女性にはなんの興味もない[21]」人物に見えたのである。

というわけでフロイトは『妄想と夢』で、主人公が心奪われるグラディーヴァの魅力を、彼が幼年時代にツォエーに対していだいていた性愛感情の「残響」だとした。[22]それは精神分析において、一般的に「代理形成物」と表現されているもののことである。

しかしフロイトの残響説は、ツォエーの歩き方が子供の頃から変わることなく、グラディーヴァ・ウォークだったことを前提としなければならない。実際フロイトは、「少女はきっとすでに子供のとき、歩く際にほとんど垂直につま先立ちになる美しい歩き方をする癖を見せていた[23]」、と理解したのである。そのとおりなら、フロイトの残響説はすんなりと受け入れられる。

確かにフロイトのこの推理を支持するある発見が、小説の終盤でおこなわれる。それは主人公のノルベルト・ハーノルト自身が、グラディーヴァすなわち「進み行く女」という意味の名前の由来を謎解きする場面である。そこで主人公は、グラディーヴァという名前はツォエーの姓のベルトガングを、すなわち「歩みつ輝く女」という意味のゲルマン語系の名前を、ラテン訳したものだということに思いいたる。つまりグラディーヴァはベルトガングの娘という意味だったのである。

ここで後の分析のために断っておくが、グラディーヴァは女性名詞でもベルトガングは女性形というわけではないので、歩みつ輝く男と解釈されてもかまわない。主人公はツォエー＝グラディーヴァが女だから、そうは言わなかっただけである。

この主人公の謎解きに沿うように、フロイトは彼の空想や夢の中に、かつての幼児性愛の代理形成物を見つけたと考えた。例えばノルベルトはグラディーヴァを、ケレス神を祀る神官貴族の娘であると想像するが、古代の神官に照応するのは現代なら大学教授であろうから、彼の空想はツォエーの父親の社会的地位を古代的なものに置き換えて表象しているということになる。彼女の一族をギリシア系であると想像したのは、学識を大事にする家柄の反映であろう、等々。

さらに、グラディーヴァはヴェスヴィオ山の大噴火の火山灰に埋もれて、ポンペイで死んだのだという埋没空想は、ツォエーに対する主人公の愛の抑圧と「秀逸な類似性[24]」

を示しているとされる。心理現象を考古学的表現で語るのはフロイトの好みだが、抑圧のメタファとしての埋没については一九〇七年五月二一日付けのイェンゼン宛書簡でも繰り返していることからすると、この解釈に自信があったのだろう。

見てきたように、フロイトにとってはグラディーヴァが幼い主人公の愛したツォエーの残響であることは、疑いようがないものであった。

6　フロイトの失敗

上に述べたフロイトの解釈は、一点を除けばかなり説得力があるように思われる。問題の一点とは、ファシネーションの中心をなす歩き方の解釈である。その失敗は、説得力があるように見える他の解釈をも、危うくしてしまう種類の失敗である。

すでに見たように、フロイトは主人公が感じる古代のレリーフの魅力を、独特の美しい歩き方の幼なじみツォエー・ベルトガングの残響であるととった。ツォエーは子供のときから、グラディーヴァ・ウォークだったとされたのであるが、もちろんこれはフロイトの推測にすぎない。

推測はさらに先を行き、「歩みつ輝く女」という意味の「ベルトガングという名前は、この家族の女性たちがその昔、特徴的なあの美しい歩き方によって目立っていたということを示唆しているのかも知れない」[25]とし、ツォエーの歩き方が生来のものであり、一族の遺伝的な特徴なのだろうと想像した。もちろん、こうした推測がなされたのは、残響論を強固にしたいがためであった。

ところが物語の終盤で、主人公のノルベルトとツォエーが子どもの頃を思い出している場面でも、ファシネーションの焦点であった彼女の歩き方のことは、ひと言も話題に上らない。そればかりか、グラディーヴァ・ウォークをベルトガング家の女性たちに共通する特徴とした推測には、大きな欠陥がある。

ツォエーの亡母は、彼女の父リヒャルトを婿として迎えたのだろうか。そうではなくベルトガング家に嫁したのであれば、グラディーヴァ・ウォークがこの家の女の特徴であるとは言えない。グラディーヴァ・ウォークのツォエーは、ベルトガング家に残るのだろうか。それとも二十世紀西ヨーロッパの標準的な婚姻形態がそうであるように、ノルベルト

ならないからである。

こう問いたくなるのは、フロイトの言っていることが意味をなすには、女が代々ベルトガング家の家督を継ぎ、男は入り婿でなければならないからである。

上の疑問に明確に回答できる情報を、『グラディーヴァ』の中にさがしても見つからない。しかしそれでも、『グラディーヴァ』では当時の標準的な婚姻形態が想定されているようだと、間接的ながら推測することはできる。主人公のノルベルト・ハーノルトは天涯孤独だが、家族の伝統を少々窮屈に感じながらも継承して、みずからを律し考古学の道に進んだ。家意識はそれなりに強い。ツォエー・ベルトガングはこの小説の最後、主人公たちが結婚の話をするところで、女の役目は家の男の裏方役ですと語っている。そして父について話している内容からすると、ベルトガング家を出てノルベルト・ハーノルトに嫁ぐつもりのようだ。つまり主人公たちは家父長的な家族関係を生きていると思えるのである。

残響論が成立するためには、ツォエーが子供の頃からグラディーヴァ・ウォークである必要があったが、この前提はいま見てきたように非常に怪しい。彼女の歩き方は遺伝的なものではなく、後天的に習得した歩き方であると考えるべきだろう。

ところで、ツォエー＝グラディーヴァの歩き方がどういう歩き方なのか、あらためて問うてみよう。主人公は古代のレリーフに示されている歩き方の女性を、現実に見つけられるかどうか、それともそれは彫刻家の想像の産物でしかないのか、確かめようと街に出て苦労して観察したが、一度だけ見かけたように思えたことを除けば無駄だった。

しかし私たちは主人公ともその産みの親のイェンゼンとも、またフロイトとも違って、グラディーヴァ・ウォークが見られる領域を二つの手がかりから絞り込むことができる。一つはグラディーヴァと名づけられたレリーフの実物から、もう一つはバレーやダンスの練習スタジオから。

主人公はグラディーヴァの複製を部屋に飾っている。作者のイェンゼンはフロイト宛の二番目の一九〇七年五月二五日

ヴァチカンのコレクションより。目録1284。先頭を歩く女性が「グラディーヴァ」

の書簡で、グラディーヴァの複製を持ってはいるが、実物はナポリにあると思っていてローマにあることを知らなかったので、見たことがないと書いている。しかし物語の主人公はオリジナルを見たことになっているから、ヴァチカン博物館のキアラモンティで、いまではグラディーヴァという名で有名になった目録番号1284の群像レリーフに感銘を受けたわけである。

その像は左向きに歩いている3人の女性で、その先頭がグラディーヴァである。後につづく二人はわずかな断片が残っているだけで、脚は欠損している。一九〇三年にオーストリアの考古学者フリードリヒ・ハウザーはこのレリーフの復元を試みて、それを三人ひと組のアグラウロス姉妹であると結論づけた。[26] アグラウロスは夜露の女神であり、それを象徴するように最後の女性が水差しから水を地面に注いでいる。その復元図を見ると、三人のうちの最後尾の女性の足も、グラディーヴァ同様、後ろの足が爪先立ちになっている。

さらにハウザーは、ホーラーだとされるヴァチカンの女性像の頭部断片をフィレンツェのレリーフの欠損部分と断定し、全体を復元した。それは右向きに歩む三人の娘たちであり、アグラウロス姉妹と同じように後ろの足が極端に爪先立ちになっていて、図像的にも板の大きさからも、両者は対をなしているとされた。ホーラーは一般に輪舞像として描かれることから、対をなすアグラウロス姉妹も輪舞していると考えられる。つまり舞踏の図である。グラディーヴァの歩き方はダンスウォークなのである。

このことは友人である舞踏家の小西美智子さんが、次のように保証してくれた。彼女にグラディーヴァ一人の写真を見せ、このような歩き方は現実にあり得るかとたずねたところ、即座に「これはダンスをしている人の歩き方です」という答えが返ってきた。[27]彼女は丁寧に、どのような訓練をするとこのように歩けるようになるかも教えてくれた。そもそもグラディーヴァの基をなすラテン語の動詞 gradior は、単に「行く」「歩く」を意味する vado より、歩みのリズミカルな側面を表している。もはやグラディーヴァ・ウォークは、生来の独特な歩き方と考える必要はないのである。

ツォエー＝グラディーヴァの歩き方はダンスウォークであり、すなわち習得された歩き方であると考えてみよう。そうすれば子供の頃のツォエーの歩き方が、当時を思い出している彼女とノルベルトの間で話題に上らなかった理由もわかる。

以上のことから、ノルベルト・ハーノルトはグラディーヴァに、ツォエーの残響を見たのではないと推測できる。単純にダンスウォークの女性に魅了されたのだ。いや、ノルベルトでなくてもダンスウォークの女性を街中で見かければ、視線は自然とその軽快で優雅な歩き方に吸い寄せられてしまうのではないだろうか。

そうは言うものの、フロイトの残響論はグラディーヴァという名前の由来によって、強力に補強されているように思われる。ところがそこにも、フロイトが見逃している『グラディーヴァ』中の記述があるのである。

主人公がグラディーヴァという名前を思いついたとき、それを彼はローマの神名で、進軍する軍神マルスという意味のマルス・グラディーウスから借りてきたと、作者は書いている。これを、独特の歩き方で前に進む少女像を見て、まずグラディーウスという男の名が思いつかれたと理解するならば、主人公にはツォエーではなくもう一人のベルトガング、すなわちツォエーの父リヒャルトがかすかに思い出されていたと考えられるのである。その場合グラディーヴァはグラディーウスの娘という意味にとれると思うが、もちろん、結論づけるのはまだ早い。

フロイトの念頭になかったこのような推測の根拠を、いくつか確認しよう。主人公はツォエーのことをずっとグラディーヴァの生き返りと思いこんでいて、彼女が名乗り出るまでまったく幼なじみとわからなかった。彼女はすっかり忘れられていたのである。

それとは対照的に彼女の父のリヒャルトは、トカゲとりの現場で誰とも知らず偶然出くわしたとき、ぼんやりとだが、前に会ったことがあるように思われた。この紳士を、主人公はホテルの宿泊客の一人だろうと考えるのだが、作者の記述はそれがありそうにないことを臭わしている。なぜなら老トカゲとりは、彼に親しそうに話しかけているし、あとでわかるように、ベルトガング父娘はノルベルトのホテルから離れた一軒宿「太陽荘」に投宿しているのだ。この動物学者はもっと前から、主人公の記憶の片隅に居続けていたのである。

『グラディーヴァ』では、ツォエーの父はまったくの脇役にすぎない。主人公との接点もこの出会いの場面だけである。だがそれにもかかわらず、見過ごせない側面がある。ツォエーの父は大学教授で、ノルベルトの亡父と同業である。主人公がグラディーヴァを貴族の娘と想像したりするのは、彼女がリヒャルト・ベルトガングの娘だからだと、フロイトも書いていた。それを裏づけるかのように、ツォエーがノルベルトに自分が誰なのかを告げるとき、リヒャルトの娘だと名乗るのである。ある意味で彼女のありようは、父によって規定されている。

さらに、ノルベルトとツォエーが幼なじみで、道路を挟んで向かい合って住んでいることからすると、両家は家族ぐるみの付き合いがあったのではと想像できるし、実際、ツォエーの父はノルベルトと出会ってそのような反応をしている。それなのに、あるいはそのために、主人公は二、三言葉を交わしたあと、相手がトカゲとりに夢中になっているのにかこつけて、どことなく逃げるかのように、その場をこっそりと立ち去っている。

ノルベルトがツォエーに愛を告白した後の展開も、注目するに値する。彼女が父親と一緒に三人で食事してほしいと言うと、彼は結婚の承諾が得られるか心配になる。もちろんそれは、彼が父娘の関係の中に割ってはいる格好になるからであるが、トカゲとりの場面と合わせて考えると、ツォエーの父リヒャルトは、父のいないノルベルトにとって父親的な存在のようでもあることが、不安の一因ではないかと思われてくる。つまり父に対する恐れが、姿を変えて現れているようにとれるのだ。ちなみに、グラディーウスを添え名とするマルス軍神は、恐ろしい神でもある。

さらに、ノルベルトの愛を知った直後のツォエーの言葉を聞くと、彼女は娘であると同時に、亡き母の代役も務めていたことがわかる。その意味では、ノルベルトはリヒャルト・ベルトガングから、妻役の女性を奪う役回りなのだ。つまりノルベルトは、フロイトにとってなじみのエディプス的状況に置かれているようにさえ見える。これはフロイトこそ指摘しそうなことなのだが、彼はツォエーの父とノルベルトの関係について、どういうわけかまったく言及していない。視界に入っていないと言ってよい。おそらくは、それよりももっと直接的に現れているように見える兄妹的関係に、気をとられていたのだろう。

もしフロイトが前述のことに気づいたならば、彼はイェンゼンに宛てた手紙やユングとの往復書簡で、作家の兄妹関係についていろいろ詮索するだけでなく、父子関係の方にこそ興味を抱いたであろう。そしてそれは事実、イェンゼンの伝記などから十分わかるように、庶子として生まれた作家自身にとって一大テーマだったのである。

ここで大いに想像をたくましくして、フロイトの残響論とは違う道筋で、主人公がどのようにグラディーヴァという名前を思いついたと考えられるか、構築してみようと思う。

ハーノルト家とベルトガング家は住まいが向かい側同士、同じ大学教授の一家で付き合いがあった。ノルベルト・ハーノルトは子供のときに両親を亡くしたが、幼なじみのツォエー・ベルトガングも母を亡くし、そんなことからも年齢の近い二人は仲がとてもよかった。母のいない娘を持つリヒャルト・ベルトガングは、一人残されたノルベルトのことも気にとめて、この幼い主人公に対して少なからず父的役割を果たした。

長じてノルベルトはいっさいの後見の目から自由になる。ベルトガング家とも疎遠になるが、美しい歩き方の古代のレリーフとイタリアでまみえたとき、その女像が醸し出す知的で静かな雰囲気の作用もあって、それと知らずベルトガングの名前が脳裏をよぎる。そこからベルトガング＝グラディーウスは女性形のグラディーヴァに変形され、魅力的な女性像の名前となる。

ツォエーは大人になるにつれ家事を切り盛りするようになるが、その一方で令嬢らしく小さい時からバレーを習っている。ノルベルトは考古学にのめり込み、彼女の現在の様子はまったく知らない。しかし彼女は知らぬ間に、古代のレリーフに似た歩き方の女性になっていたのである。

以上の構築は、こういうこともあり得るという想像にすぎない。しかしフロイトのとは違う解釈の可能性は示せたと思う。それも、それはフロイトの解釈の重要な一つの前提である残響説を採用しないで成立する解釈である。

残響論が揺らいだことで、幼児性愛の抑圧というフロイトの仮定は、深刻な事態に陥ることになる。と言うより、精神分析理論の概念ネットワークの一部に、それも重要な部分にダメージが加わると、ネットワークの結び目の一つ一つが、多かれ少なかれほつれてくることは否めない。その一つの例を、フロイトがまったく見過ごしてしまったグラディーヴァの魅力の一側面と、最初の夢の解釈で例示することにしよう。

7 フロイトの不安夢解釈の危うさ

幼なじみのツォエーに対する思慕の抑圧という仮説が崩れると、フロイトの解釈のいろいろなところに破綻が生じる。その一例を主人公が見た最も印象的な第一の夢の解釈に見ることにしよう。

その夢でノルベルトは約二千年前のポンペイ埋没の現場に居合わせ、グラディーヴァの死を目撃する。ポンペイの町のすぐ背後にそびえるヴェスヴィオ山の大爆発、降り注ぐ火の玉や火山礫、地鳴りや崩れる建造物の破壊音、ティレニア海から響く津波と思しき波の轟音、パニックになって逃げ惑う市民たちの悲鳴。このような地獄絵図を夢みて、主人公は「怖さに不安になった」（原典11頁）のだが、この作者の言葉は読者にとってほとんど蛇足と思えなくもない。

フロイトもこの夢を不安夢と呼んでいる。しかしフロイトの夢の理論からすると、怖い夢というのは、見た夢が、それをフロイトは顕在夢もしくは夢の「顕在内容」と呼ぶのだが、内容的に恐ろしいから怖く感じるのではない。怖い内容でありながらまったく不安を感じない夢があるように、怖さの淵源は別のところに、フロイトによれば顕在夢のタネ本的な夢の「潜在思想」、もしくは潜在夢にあるのである。

フロイトは不安のタネを、抑圧された性愛と考えている。『グラディーヴァ』の主人公の場合、言うまでもなくそれは幼なじみのツォエーに対する性愛であり、その気持ちが意に反して活性化したため、不安として意識されたというわけである。補足しておけば、ここで「意に反して」というのは主人公がツォエーのことをとっくに忘れているからであり、「活性化」も抑圧された恋心が本来の姿からほど遠い回り道を経て、学問的関心という形をとって起動するからである。

さらにフロイトは、不安の源泉である抑圧された性愛は、顕在夢の中に「それとわかる何らかの残滓をどこかに」[28]残すものだと述べ、グラディーヴァがアポロ神殿の入り口階段で、身を横たえるシーンがそれであるとした。その死姿は、実際主人公が、彼女はこのように死んでいったに違いないと、目が覚めたあとでも思い続けるほど脳裏に強くはっきりと焼きつくのである。

その様子をイェンゼンは次のように描写した。グラディーヴァは町全体が地獄絵図と化しているにもかかわらず、「彼女に特有な周囲に目もくれない様子で」（原典12頁）アポロ神殿へと急いでいる。目指す場所に行き着くと、彼女は「眠るように幅広の段に身体を伸ばし」、横たわって息絶えてしまう。彼女の顔は「美しい石像の顔でしかなかった。その表情には不安や苦悶といったものはちっとも表れておらず、変えようのない出来事に静かに身を委ねようとする、ある種の奇妙な落ち着きがのぞいていた」（原典14頁）。

主人公がこの夢に強烈な印象を受けたのは、恐怖のインパクトゆえだけではない。不安はポンペイ滅亡という内容なのだから、当然と言えば当然だと思われるが、それとはまったく対照的なグラディーヴァの落ち着きにも、ノルベルトは強く心を打たれるのである。

この場面に直接的な性的内容は確認できない。それにもかかわらずフロイトは、夢のこの場面に性的な含意を読み取ることができると考えた。『グラディーヴァ』の中ほどのあるシーン（原典70頁）が、その証拠だと言うのである。[29]

その場面で主人公は、ツォエー＝グラディーヴァとメレアグロスの家ではじめて対面し、唐突に、夢の中でのように階段で横になってほしいとたのむ。それに対する彼女の返答は沈黙であり、非難を込めたまなざしであり、その場からすぐ立ち去る行為であった。フロイトは彼女のこの反応こそ、男の言葉に性的な願望を嗅ぎとった証拠だとしたのである。

ここでフロイトは少し性急になっている。彼の解釈の当否については、そのとおりかも知れないし、そうでないかも知れない、といった程度のことしか言えそうにない。ツォエーは、ただ石や砂だらけの野外で横になってほしいと言った彼の言葉にあきれて、怒ったということもあり得るではないか。

それに、一方の反応で他方の隠れた願望を推測するのも、前者が誤解しうることを思えば問題である。事実彼女は翌日、ノルベルトが夢のまねをしてほしいと言ったのにすぎないことを知り、完全に怒りをおさめるのである。つまり、仮に当初彼女が主人公の言葉に性的な臭いをかいだように思ったとしても、翌日にはノルベルトの意思が、自分の推測とは異なっていることを認識するのである。ノルベルトはグラディーヴァの静かな死姿に心を動かされていたために、横になってほしいと言ったのだった。

先ほどはグラディーヴァの魅力が、その歩き方に収斂した幼児性愛の残響でないことを確認したが、第一の夢の解釈に関しても、抑圧された性愛の活性化を不安夢の原因とするフロイトの見解は、十分疑問視してよいのである。

このようにフロイトの解釈を退けるならば、当然、ではこの夢の不安は何に原因するのかと問いたくなる。ここではそれを詳細に検討する余裕はないが、ごく簡単に筆者の考えを述べておきたい。[30]結論を言えば、主人公はグラディーヴァのような魅力的な女性が、生身の姿で彼の前に立ち現れることなど期待できないのではないかと、恐れているのである。つまり願望の非成就の不安である。

グラディーヴァの死は、願望充足の実現の困難さを表象していると解釈できる。主人公にとって理想の女性は、ギリシアやヘレニズムの石像なりブロンズ像であり、その中でもっとも魅力的な女性像がグラディーヴァであった。彼と同時代の女性の中には、グラディーヴァに匹敵する女性は見いだせなかったのである。肉体のそなわったグラディーヴァを見つけたいという願望ゆえに、見つからないのではないかという不安におびえるのである。

そのためもう一方ではその不安から逃れようと、グラディーヴァの死は不帰の死ではなく、ある種の眠りと夢想されるのである。眠りならいつか覚めるからだ。火山の大爆発というカタストロフとは対照的に、グラディーヴァがおだやかな面差しで灰に埋もれてゆく夢の場面はそれを暗示しているし、さらに決定的な証拠は、のちにノルベルトがポンペイではじめてツォエー＝グラディーヴァに出会ったときの彼女を怒らせた言葉である。彼は夢の場面を、死んだ時とは言わず、「眠りにつこうとした時」（原典70頁）と言うのである。

死は大災害の犠牲という悲惨さが消え、眠りを暗示するまで穏やかなものとなって、生き返りの可能性が暗示される。グラディーヴァの白雪姫化である。古代にいた理想の女性が現代に黄泉がえりますように、という願望がそこには作動していると考えられる。すなわちここでおこなった解釈は、この夢を性的願望の抑圧ゆえの不安夢ととらえたフロイトの解釈を否定するものではあっても、夢は願望の幻覚的な充足であるとした彼の夢理論の根幹を、問に附すものではないということも言えるのである。

8 フロイトの解釈から欠落したもの

フロイトが抑圧された性愛の活性化を示す場面だとした、夢の一シーンは大惨事の場面であるが、グラディーヴァのおだやかな面差しと静かに眠るような死は、夢を見ている主人公に不安を忘れさせている。このおだやかさ、この静けさは、明らかに主人公がグラディーヴァと名づけた石像の女性に対して抱き続けてきた感情の一つを、そのまま夢に引き継いで表現したものだと思われる。

グラディーヴァ像を前にして主人公が感じたファシネーションは、その歩く姿の動的な側面によって生じただけではなかった。「左足は前に出ており、右足はいましもその後を追おうと、かすかに爪先で地面に触れ、足裏と踵がほぼ垂直になるほど持ち上がっていた。こうした動きがこの歩み出す娘の何とも軽やかな敏捷さと、それと同時に自分を見失わない落ち着きとが混じる二重の感情を呼び起こしたのである」(原典3頁)、と作者は主人公が受けた印象を表現している。

「二重の感情」の一方の軽やかさと敏捷さは、ダンスウォークそのものの形容と言ってよい感覚だろう。これがグラディーヴァの動的側面を反映しているのに対し、もう一方の感情は、ひとことで言えば落ち着きである。主人公はグラディーヴァの静的な側面にも惹かれているのである。さらに、その裏には「聡明さと繊細な知性」(原典8頁)が隠れている、とも作者は書いている。しかしこの静的な側面は、かならずしもグラディーヴァの動作から直接的に感得されるものではないであろうから、主人公の直感的できわめて主観的なイメージであると考えられる。

主人公を魅了するグラディーヴァの知的な落ち着きという側面の意味については、次のような言葉が手がかりとなる。「端正な容姿には周囲で起こっていることに対するある種の恬淡な無関心が顔をのぞかせていて、穏やかに前を見やる目は何ものにも曇らされることのない本物の眼力と、泰然と内にこもった思念とを語っていた」(原典2頁)。ここで語られているある種の無関心、泰然自若は、そのまま主人公の第一の夢の中に取り込まれている。

主人公がこの夢に強烈な印象を受けるのは、恐怖のインパクトからだけでなく、それとはまったく対照的な大惨事のさなかのグラディーヴァの落ち着きにもよっていた。襲いかかる死を前にしてのグラディーヴァの落ち着きは、彼女の歩く姿から感じられる落ち着きと同根の感覚と見てよいであろう。とすればこの夢は不安夢であると同時に、落ち着きゆえのグラディーヴァ礼賛の夢でもあると言えるはずである。

このことを考慮すると、夢の解釈はフロイトのそれと違うものにならざるを得ない。フロイトはこの夢を、不安夢としか見なかった。さらにフロイトは夢の中のグラディーヴァの落ち着きだけでなく、歩く姿が醸し出す落ち着いた雰囲気の魅力にもまったく関心を寄せなかった。グラディーヴァの静的な魅力は見過ごされ、抑圧された性愛に原因する動的な魅力にしか、フロイトの注意は向かわなかったのである。

主人公がグラディーヴァに魅されたのは、一方ではそのダンスウォークに優雅さと敏捷さを感じ取ったからであり、他方では知的な落ち着きに心打たれたからだった。主人公は古代のレリーフに見つけた魅力的な女性を、同時代の女性の中に探したが、歩き方に関しては一度だけ町の雑踏の中で垣間見たように思ったことがあるだけだった。

知的で落ち着いた雰囲気を湛える女性を求めても、イタリアへと向かう車中の新婚カップルにつぶさに観察できたのは、グラディーヴァとは似ても似つかない、猥雑で騒々しい交尾期を迎えた鳥のような現代女性ばかりだった。「外見上の好ましい体つきゆえに目をひいたり、あるいは内面の精神的情緒的な中味を示唆する顔つきは皆無だった」（原典27頁）のである。ましてやそれを両方そなえているような女性は、現代には実在しないのではないかと主人公には思えたことだろう。

主人公はこのような、鳥獣的なカップルを嫌悪する。それをフロイトは主人公の「性の拒否」[31]ととった。ノルベルト・ハーノルトは女嫌いで、「女にはなんの興味もない」としたのである。しかし『グラディーヴァ』の読み直しから見えてくる主人公の女性観は、フロイトの解釈とは少々違うように思われる。女性の魅力の判断基準が古代の女性像である主人公は、魅力を感じる女性を現代に見つけられないでいたのだ。

フロイトが性の拒否とみなした主人公の態度は、正確には鳥獣的な性に対する嫌悪であって、大人の性をなにもかも忌避しているのではない。主人公が鳥獣的だとして嫌う性の様態が、世間では一般的であるために、彼は性の拒絶者のように見えてしまうのである。

しかしそうでないことは、主人公が『グラディーヴァ』の後半で、兄妹の関係のようなカップルを見かけたときにはっきりする。彼らの密かな睦み合いを偶然物陰から見かけても、ノルベルト・ハーノルトは列車の中やローマの時とは違い、まったく嫌悪を感じなかった。むしろ好感さえ覚えるのだ。グラディーヴァの黄泉がえりだと信じた女性に、幼なじみのツォエーを見いだして恋に落ちたとき、ノルベルト自身がそれまで馬鹿にしていた新婚カップルに、少なからず似てきてしまうのである。

フロイトはこのようなハッピーエンドを、主人公の心の病気の克服ととった。色情狂的な足フェチで、極端な女嫌いでパラノイア的妄想症。病者ノルベルト・ハーノルトは、精神分析家にひけをとらないツォエーの分析力のおかげで、彼女に対する性愛の無意識的な抑圧を解消できた。その結果彼は、もはや石の女性ではなく、生身の女性を成人男性として愛せるようになったのだと、つまり快癒したのだと、フロイトは確信していた。

しかし抑圧された性愛、それによる石の女性像への異常な偏愛と妄想、女嫌い、性に対する嫌悪感等々、フロイトが主人公に想定した解釈のための前提の多くに疑問符がつけられる以上、『グラディーヴァ』を精神分析的な意味での「まったく正確な精神病学的な研究」[32]とみなすことは、難しいと言わざるを得ない。むしろ、主人公が少々病的に見えるとしても、それは、古代のレリーフに描かれていながら、現代社会では見つけられない容姿と雰囲気の女性に魅了されるからで、そのために妄想的な空想が、現実に覆いかぶさるためであると言うべきなのである。

9

『オイディプス王』解釈に見る共通点

フロイトの解釈の問題点をまとめれば、やはり、精神分析の解釈の型を文学作品に当てはめることで根拠の不十分な推測が入り込んでしまうという点、もう一つは、型にはまらない要素が解釈からはじき出されてしまうという難点があげられる。これは精神分析的解釈の性格からして、もちろん、フロイトのグラディーヴァ分析だけに特徴的なことではない。

フロイトは文学に造詣が深く、その力にいつも驚嘆を感じていた。そのため精神分析が療法と理論として成立した後に、E・T・A・ホフマンやドストエフスキーの小説など、いくつかの文学作品を単独で取り上げ、その美的力の謎に迫ろうとしている。『妄想と夢』はそのような試みの最初で、かなり詳細におこなわれた例である。

文学以外にもレオナルド・ダ・ヴィンチの手記から彼の幼児体験を探ろうとしたり、ローマのピエトロ・イン・ヴィンコリ教会に置かれたミケランジェロのモーゼ像の解釈を試みたりしている。そのほか神話やメルヘンのテーマを取りあげることもした。そしてそれらへと結実する物語作者のファンタジーは何から生まれ、どのように作用するのかといった問題に取り組んでいる。文学者や芸術家との交流も多かった。

しかしフロイトの文学との関わりは、精神分析が理論としていちおうの完成を見た後に始まるわけではない。むしろフロイトの文学の読み方は、精神分析が誕生する過程で、すでに基本的にできあがっている。それをよく示すのが、精神分析の黎明期、フロイトがノイローゼのメカニズムを理解しようと苦闘していたとき、葛藤する心の中核に、子の父と母に対する愛憎関係の遍在を発見したと、そしてそれはギリシア悲劇の主人公オイディプス王の運命と比べられると書いたフリース宛の手紙である。[33]よく知られているように、その後この中核的葛藤はオイディプスの名をかぶせて、エディプス・コンプレクス[34]とよばれることになる。

それと同時にフロイトは、人間の中核的葛藤とされた関係から、現代でも変わらないこのギリシア悲劇の圧倒的な魅力の謎を理解できると考えたのである。すなわちソフォクレスの『オイディプス王』の魅力は、家族の中に生を授かる人間の原心象風景が、わずかな脚色を加えて劇化されている点にあると解釈したのである。

フロイトによる『オイディプス王』への言及はこの手紙が最初で、それ以降、非常に多くの著作でくり返しおこなわれている。だがフロイトはイエンゼンの『グラディーヴァ』のように、単独の詳細な分析を敢行することはなかった。解釈はエピソード的、あるいは断片的な規模を越えることはなかった。それでも、大著『夢判断』や『精神分析入門講義』では数頁を割いて、このギリシア悲劇の魅力の秘密が解説されている。それらを参照すればフロイトのオイディプス王解釈の特徴を抽出できるわけだが、そこにすでに彼のグラディーヴァ分析と同じ問題が確認されるのである。

たとえばフロイトは、エディプス的夢が『オイディプス王』の素材である証拠として、母との結婚という予言を思い出しておびえるオイディプスを、イオカステが鎮めようとする次の台詞を引用している。「といいますのも多くの人が夢の中でも、これまでに母と交わる自分を見ていいます。でもこのようなことはいっさい空疎なことととる人が、人生の重荷を楽に担うのです」[35]。強調はフロイト自身によるもので、この言葉こそ、物語の母胎を追究する彼の創作心理学的な主張の「誤解の余地のない示唆」であるとされた。

おそらくフロイトには、イオカステの言葉は唐突に発せられ、それが彼の主張を裏付けているように思えたのである。悲劇作家の秘密が思わず筆先からほころび出たと。それはともかく、フロイトの創作心理学的確信の真偽については判断を保留するとしても、それと『オイディプス王』をエディプス・コンプレクス劇であるとするフロイトの作品分析とが、密接に関係していることは否定しようがない。そう解釈することで、この悲劇が、神意とその発現である予言により人間が圧倒され破滅するという古風な内容であるにもかかわらず、なぜそのようなことを信じなくなった現代人にも強烈な印象を残すのかという疑問が、解けるとフロイトは考えたのであった[36]。

この時フロイトはイオカステの言葉がどのような連関で発せられたのか、ほとんど考慮していないように思われる。引用文の後半の「夢など気にしなくてよい」[37]という意味にとれる言葉を、エディプス的願望に対する「抵抗」の表出であるとしたのは、そのためだろう。つまりフロイトは、オイディプスと対話するイオカステの言葉の意図や機能を、無視しているのである。

もちろんイオカステはここで、忘れていた予言の内容を思い出して、それが現実となってしまうのではないかとおびえているオイディプスを落ち着かせようとしているのである。だがよく見ると、イオカステのやり方はオイディプスの不安からややずれていて、ちょっと奇妙なのだ。なぜなら近親相姦を内容とする夢を、そして夢にたとえられた予言を、空疎なことと言っているのではなく、空疎なこととみなしなさいと勧めているからである。深読みすれば、母子相姦が現実にも起こりうることを想定しているとも考えられる話しぶりなのだ。ひょっとしたら現実に起こるかも知れないけれど、そんなことは気にしないようにしましょうと。

夢ではそんなことが起こっても現実にはあり得ないと言うのなら、この否定はオイディプス自身の強烈な抵抗を代理する言葉と考えられなくもない。ところが現実における近親相姦の可能性を、暗々裏に認めているととれなくもない言い方からしても、そして母子相姦に目をつぶり、何も気にせず呑気に生きましょうと勧めていることからしても、恐ろしい観念からオイディプスの気を逸らすことこそが、彼女の意図だと考えられるはずである。これと同じ、オイディプスを予言という観念から遠ざけようとする行動を、イオカステはすでにこれより一幕前の一場面で、かなりいびつな形で見せている。

オイディプスはイオカステから、先王ライオスが旅の途上で殺された時の状況を伝えた、唯一の生き残りの証言内容を聞いて青ざめる。語られた殺害現場の情景が、かつて彼が単独で犯した殺人の状況と、犯人の人数を除けばぴったり一致するのである。予言者テイレシアスによるオイディプスに対する弾劾の一つ、先王ライオスの殺害犯はあなただという非難が、根も葉もない誣告《ぶこく》などではないと思えてきて、オイディプスは不安になる。

その時イオカステは、次のように彼を宥めるのである。「かりにあの者が前の話とは異なったことを申しても、王よ、ラーイオスの死が予言のとおりであったとは、示そうにも示せないでしょう」(851行目)。「あの者」とは先王殺害事件の唯一の生き証人のことである。当時このライオス王の従者は、盗賊たちが王一行を襲い殺したと証言したのだった。

この男が前言を翻して、犯人は大勢ではなく一人だったと、新たな証言をするという仮定は何を意味するだろうか。それはオイディプスに向かい、仮に犯人があなたでも、と言うのに等しい。これでは、殺人犯は自分ではないかと不安になっているオイディプスを慰めるどころか、逆に絶望の淵に追いやってしまう。つまりイオカステはそこまでしてでも、何がなんでも、彼に予言を意識してほしくないのである。

オイディプスはこの場面では、古い予言の内容をまだほとんど気にしていない。それにもかかわらずイオカステは、ライオス王が息子によって殺されるという古い予言は間違いだった、だから予言というもの自体信じるに値しないと主張するのである。

ちなみに、イオカステが語るライオスに下された予言の内容は上記の一点だけで、父王を殺す息子が彼女を妻とするということについては、予言があったのかなかったのか、彼女が知っていながら黙っているだけなのか、探る手がかりはない。それに対しオイディプスに下ったデルフィの神託には、父殺しと母子相姦の両方が含まれていた。

ここで注目したイオカステの言葉に注意深く耳を傾けると、どちらもとても意識的な発言であることに気づかされる。それは近親相姦に対する心理的な抵抗というようなものではなく、明確な意図をもっているように思われる。つまり、ライオス殺しについても母子相姦についても、イオカステはオイディプスが決して予言を避けられないと思うことのないように、誘導しようとしているのである。それも、それはあえてかなりの無理までしてなされている。それ以外にも、これ以上詳細に立ち入ることはしないが、イオカステの行動はいたるところで疑惑を感じさせるものなのである。

ここではフロイトのオイディプス王解釈に対し、具体的な疑問を提示できれば十分だと思う。その疑問がなにを意味しているかは、拙著『オイディプスのいる町』（松柏社）に詳しく書いたので、それを参照していただきたい。そこで筆者は、ソフォクレスの『オイディプス王』が呼び覚ます恐怖の魅力は何かを、明らかにしようと試みた。『オイディプスのいる町』は、フロイトの解釈の批判を主題にしてはいない。しかしそこでフロイトの解釈の問題点がはっきり見えてきたのであり、同じ欠陥が彼のグラディーヴァ論でもくり返されているに違いないと、筆者は考えるようになったのである。

10
『グラディーヴァ』の翻訳と新事実

筆者のフロイトへの疑問は、特に個人心理学が応用領域で興味深い見解を展開している場面において強かった。その中でも、『妄想と夢』がその一例である文学や芸術の解釈では、ところどころ非常に驚かされる卓見に出会う反面、本質的な部分で疑問を感じていた。それは筆者の場合、『オイディプス王』の解釈においてはじめて具体的な形の不満となったのである。

フロイトの文学理解の問題点を自分なりに見つけたと思うようになって以来、当然、筆者は彼の『グラディーヴァ』解釈も同じ欠陥を含んでいるに違いないと考えるようになった。では、それを検証するためには、何をすべきなのか。何をおいてもまずは、このイェンゼンの小説を丁寧に、つまりディテールに細心の注意を払って読むことからはじめなければならない。

フロイト自身『妄想と夢』では、『グラディーヴァ』のディテールを検証している。『グラディーヴァ』を一、二度読んだくらいでは、目にもとまらず気にもならないようなディテールが取り上げられ、それらの相互連関が解き明かされ、隠れていた意味が提示されると、なるほどと思わず唸りたくなるほどだ。

フロイトの『グラディーヴァ』分析がかなり詳細であるだけに、それでもなお、あるディテールが見落とされていたり、取り上げられてはいても、その仕方に無理や偏向があったりすれば、それは徴候的とみなされてもよいであろう。すなわちそれは彼の『オイディプス王』解釈の失敗と、彼の文学解釈そのものの疑問点とに繋がる問題だと考えられる。言い換えれば、フロイトの『グラディーヴァ』の解釈がどんなに詳細でもっともらしくても、彼の読みは不十分な、というよりも的はずれの読みであると言うことになるし、精神分析的な芸術論の問題点をさらけ出すことになるのではないかと思われる。

こうした判断を下すためには、ディテールに十分に気を配った読みが必要なわけだが、そのための有効な方法の一つが翻訳であった。翻訳するには必然的に個々の言葉や表現、ニュアンスなどに敏感になり、非常な注意を払わざるを得ない。とりわけ、この小説のいたるところに散りばめられている言葉の両義性や暗示的な表現などは、看過されてしまえば小説が語ろうとしていることを決定的に見誤る原因となる。

というわけで、当初、翻訳はあくまでもテクストを詳細に読むという、個人的な目的の翻訳であった。当然、読者を想定したものではなかったし、全文を訳すつもりもなかった。しかし気になる部分の翻訳をしているあいだに、心変わりしてしまった。その間、もちろん先行訳を少なからず参考したわけだが、先訳者たちの努力の賜物から恩恵を受けたと同時に不満を覚えたところもあって、全訳しないと筆者自身の目的にも役立たないと考えるようになった。これで本格的な翻訳の意思は固まった。

このような気持ちで翻訳をしながら気づかされたことがある。『グラディーヴァ』の文章は、筆者の技量不足もあるが、かなりの難物だと言うことだ。それともう一つ、正直に個人的な印象を言えば、『グラディーヴァ』には意味の不安定な文章がわずかながらある。そのような場合には、心理療法家でありヴィルヘルム・イエンゼンの研究者でもあるクラウス・シュラークマン氏と議論し、最も妥当と思われる意味にとった。それにより『グラディーヴァ』の先行訳やフロイトの『妄想と夢』の中の引用文訳に見うけられた不安定な部分も、かなり修正されたのではないかと思っている。

本書に収められたイエンゼン作の『グラディーヴァ　ポンペイ空想物語』は、一九〇三年にカール・ライスナー社から出版された Gradiva Ein pompejanisches Phantasiestück の訳である。翻訳にあたってはフロイトも参照した初版を原典として使用した。

Neue Freie Presse.

4 kr. Noch nie dagewesen! 4 kr.
Milchkaffee fertig!
Eine Tablette 4 kr. — Ueberall erhältlich.

6 1/2

ERSTE und EINZIGE FABRIK in OESTERREICH-UNGARN.
TRIESTER
Linoleum
(KORKTEPPICH)
MAN VERLANGE NUR TRIESTER LINOLEUM!

EXSICCATOR.

TURBINEN
Präcisions-Regulatoren.
J. M. Voith, Maschinenfabrik, Heidenheim

Carl Schranz.
Locomobilen

Gradiva.

ノイエ・フライエ・プレッセ誌1902年6月1日号33頁目。下半分から連載が開始された『グラディーヴァ』が掲載されている。

この翻訳の原典が一九〇三年刊行の単行本であると断ったのは、この中編小説がすでにそれより一年前の一九〇二年の夏に、『グラディーヴァ』というタイトルのみで、ヴィーンの日刊紙ノイエ・フライエ・プレッセの日曜版に連載されていたからである。[38]（挿図参照）この事実は、ヴィルヘルム・イェンゼンのひ孫のハルトムート・ハイクによりごく最近つきとめられるまで、知られていなかった。

この新事実により一つの謎が解けた。「『グラディーヴァ』をめぐる書簡」で紹介したイェンゼンに宛てたシュテーケルの手紙では、フロイトたちは一九〇三年三月二十日の時点で『グラディーヴァ』を知っていたことになるが、単行本の『グラディーヴァ』はまだ出版されていない。シュテーケルもフロイトも最初は新聞で読んだのだろう。[39]

連載小説の『グラディーヴァ』と単行本の『グラディーヴァ』には語句の異同がかなりの数ある。たとえば本書で「硫黄のガス」と訳した語は、紙上でSchwefeldämpfe、単行本でSchwefeldünsteとなっている。しかしこの例から推察されるように、そこにはニュアンスの違いが多少あるにしても、基本的に大きな意味上の変化をもたらす異同はない。そのほか多々見受けられる軽微な表記上の相違は、翻訳にあたりニュアンスに配慮を要するような問題ではない。

11 ヴィルヘルム・イェンゼンの略歴

すでに書いてきたように、小説家ヴィルヘルム・イェンゼンは『グラディーヴァ』がフロイトにより取り上げられたことで有名になった。イェンゼンの生国ドイツでは、最近になって他の著作も顧みられるようになったが、日本では『グラディーヴァ』以外の翻訳はおそらく存在しない。

そのようなこともあってイェンゼンの略歴は、特に我が国では、ほとんど知られていない。こうした状況の改善にわずかなりとも寄与できるかも知れないと考え、グスタフ・アドルフ・エルトマンが著した『ヴィルヘルム・イェンゼン　生涯と作品』[40]に依りながら、『グラディーヴァ』と関係する範囲のごく簡単な略伝を記しておきたい。エルトマンの『生涯と作品』はフロイトの『妄想と夢』と同じように、イェンゼンの七十歳の誕生年を記念して一九〇七年に出版されたので、フロイトが参照することはできなかっただろう。それでも、フロイトが一九一二年に『妄想と夢』の補遺を書いた時点ではそれが可能だったが、その形跡はほとんどない。そこまでの労をとっていれば、もっと実証的な事実に依拠した『妄想と夢』の改訂版が世にでたかも知れない。

エルトマンのほかに、イェンゼンの略歴と作品について、知られていなかった事実の発見や従来の定説に訂正を加える成果をあげたのは、心理療法家でありイェンゼン研究家であるクラウス・シュラークマンである。彼の最近の著書『グラディーヴァ　真正なる文学と迷妄なる解釈』[41]に収められたイェンゼンの略歴や、『意識されていた想い出　イェンゼンの生涯における三人の女性』などには、エルトマンの伝記を書き換える事実が多く記されている。そしてまた、これまでその存在が確認されていなかったフロイトのイェンゼン宛の手紙三通も、同じ本に収められている。

ヴィルヘルム・イェンゼンは一八三七年二月十五日に、東ホルシュタインの小都市ハイリゲンハーフェンで生まれた。父はキール市の市長であったスヴェン・ハンス・イェンゼン、母は下女のエンゲル・ドロテア・バール。ヴィルヘルムは庶子であった。三歳のときヴィルヘルムは、キール大学の植物学教授の娘で未婚のパウリーネ・モルデンハーヴェルに預けられ、二十歳まで「パウリーネおばさん」のもとで暮らした。彼女の家は緑に囲まれていたようで、植物への興味はそこで植えつけられたようだ。

父の配慮であったと思われるが、市政府大臣に少年の後見役を果たした人物がいたようだ。そのほかにも昆虫学者フリードリヒ・ボイエとその家族は、幼いイェンゼンにとって家族代わりであったらしく、彼はこの一族の昆虫や爬虫類嗜好に染まっている。植物趣味と言い虫好きと言い、こうしたイェンゼンの傾向は『グラディーヴァ』でも随所に現れている。

幼年期のことで想い出されるのは、七歳の夏の記憶である。パウリーネおばさんに連れられて、ヴィルヘルム少年ははじめて長期間バルト海沿岸を旅している。その途上、牧師のエルンスト・クラウディウス家で過ごした日々は、特に強く印象に残ったようだ。

この牧師は、のちに文芸欄で高く評価されるようになった新聞、「ワンツベッカー・ボーテ」紙を最初に主宰したマティアス・クラウディウスの息子で、イェンゼンは彼のもとで文学に触れたらしい。牧師のクラウディウスには九人の子どもがいて、彼らとの束の間の共同生活は突然兄弟姉妹に恵まれたように思えたらしい。また少年時代には、のちに著名な歴史家となる、グスタフ・ドロイゼンが遊び仲間にいた。

こうした伝記的報告は、イェンゼンの少年時代の境遇から想像される暗さをかなり和らげている。しかしその一方で、両親および両親の家族はイェンゼンと何ら接触を持とうとしなかったようで、作家の記憶には血縁者が一人もいない。フロイトへの手紙でもそう書いている。『グラディーヴァ』の主人公ノルベルト・ハーノルトが早くに両親を亡くしているように、イェンゼンの小説の主人公は多くが天涯孤独である。会ったことのない亡き父の想い出をドイツ最北端のズュルト島に探しにゆき、法務局で自分宛の父の手紙を発見する初期の物語『名のない人々』（一八七二年）の主人公のように、寄る辺なさはイェンゼンの物語の大きなテーマとなっている。

こうした境遇のほかに、『グラディーヴァ』やそのほかの小説に色濃く影を落としていると考えられるのが、イェンゼンの不幸な恋愛経験である。フロイトに宛てた最後の手紙で、イェンゼンは死に別れた二人の女性のことに触れている。シュラークマンの調査によれば最初の女性は十八歳、もう一人は三八歳で突然の死を迎えた。イェンゼンが二十歳と三九歳の時であった。

とくにイェンゼンが医学生だった時の幼なじみとの悲恋は、遺族が大事に保管していた「おじいちゃんの初恋」の少女クララ・ヴィットヘフトの一枚の写真とともに、イェンゼン家では周知の事実だった。このことをつきとめたシュラークマンによれば、さらに、十八歳で他界するヒロインという設定は『紅い傘』（一八九二年）のほか、イェンゼンのいくつかの小説でくり返されている。『青春の夢』（一八八四年）ではヒロインの命日はヴィットヘフトと同じ五月二日になっているなど、彼女を意識していると思われる例は非常に多い。

愛する人の死に遭遇した時、生き残った人は逝った人を、不可能だとわかっていても、どこか遠いところでいいから生きていてほしい、また生き返ってほしいと願ったりする。また人間であれば現実には皆無とは言いがたい弱点や短所を記憶の片隅に追いやって、死者を理想化したり美化したりもする。『グラディーヴァ』の素材がその辺にあったであろうことは、容易に想像できるのではないだろうか。

学生時代、イェンゼンの関心は医学のほかに自然科学にもおよび、もう一方では歴史や文学に魅了され、進むべき道に思い悩んだようだ。初恋の人の死の数年後、イェンゼンは最終的に医学をあきらめ、いよいよ文学の世界に足を踏み入れる。それを支援したのは同郷の著名な先輩詩人エマヌエル・ガイベルで、彼がいたミュンヘンへ居を移すとイェンゼンはしばらくして処女作『座礁』を書きあげ、文壇デビューを果たすのである。一八六三年であった。

北ドイツから南ドイツの中心地への移住はイェンゼンの流転の始まりだったが、そこで彼は生涯連れ添うことになる妻マリーと知り合い、一八六五年に二八歳で結婚している。ところが落ち着く間もなく、シュヴェービッシェ・フォルクスツァイトゥング紙の編集を引き受けるために、年内にシュトゥットガルトに転居している。そこで六歳年上のヴィルヘルム・ラーベと知り合い、二人の小説家はイェンゼンより一年早いラーベの死まで、住む場所が離れても親しい友人でありつづけた。

一八六九年にシュトゥットガルトを去ってのち、イェンゼンは幼年時代を過ごした北ドイツのフレンスブルクとキールで七年過ごしている。一八七六年にはまた南ドイツに戻ってフライブルクに移り住み、もう一人の親友となる画家のエミール・ルーゴと出会っている。

ドイツ国内での流浪は一八八八年に終わる。イェンゼンはミュンヘンに移り住んで定住したが、夏の住処はその近郊のプリーンであった。一九〇七年五月二六日のフロイトのイェンゼン宛の手紙からすると、この年はすでにこの時、イェンゼンはプリーンにいたことになる。

ミュンヘンに定住してのち一八九二年から一九〇一年までに計四回、イェンゼン夫妻と画家のルーゴは一緒にイタリアに旅行している。その想い出から『グラディーヴァ』をはじめ、数点のイタリア物が生まれている。イェンゼンは一九一一年十一月二四日にミュンヘンで没するまでの約五十年間に、小説のほか戯曲、詩なども含め、百五十点を数える作品を著した多作家であった。

補論　トカゲとりの夢について

グラディーヴァの死の夢とならんで、フロイトは物語の最後の夢を詳細に分析してみせた。前者が三頁をさいて書かれているのと対照的に、この夢は『グラディーヴァ』の後半、[42]数行で書かれているにすぎない。その内容の特徴から、ここではこの夢をトカゲとりの夢と呼ぶことにする。

グラディーヴァの死の夢の解釈では、フロイトは自分が開発した夢の解釈法の不安夢理論を適用できると考えた。この前提から出発したために、夢の内容のディテールの半分が注目されることなく解釈から抜け落ちてしまい、抑圧されたリビドの活性化の表象ばかりに、注意が集中する結果となった。そのことは筆者の「フロイトの不安夢解釈の危うさ」で見たとおりである。

グラディーヴァの死の夢の時の失敗とは対照的に、トカゲとりの夢の解釈では、フロイトは「夢解釈の正規の手法[43]」を適用し、つまり「夢内容の部分部分を自立するものとして注視」して、小説に記述されている主人公の思いや行動を手がかりに、夢の像を作り出した隠れた思いを、すなわちフロイトの言う夢の潜在思想を、推測するのである。

その解釈は、グラディーヴァの死の夢の解釈より、ディテールの尊重という点で優れているように思われる。ではあるが、それでもやはり、トカゲとりの夢の解釈においても、リビドの抑圧という前提が理由と考えられる問題点が、確認できるように思われる。筆者はそのような疑問点を二点ほどあげ、見逃されたディテールに注目するとどのような解釈が可能になるかも、示してみたいと考えている。

さて、フロイトの解釈の結論は、このトカゲとりの夢は主人公がグラディーヴァ＝ツォエーの求愛を察知した夢であり、それに対する彼の男性的な対抗反応である、というものだった。

フロイトの解釈は、大きく三つに分けられる夢の要素、すなわち夢の前半のグラディーヴァのトカゲとり、第二に、この場面に対する馬鹿げているという主人公の感覚、そして最後にトカゲをくわえて鳥が飛び去る後半の夢、という要素の解釈から成り立っている。まずはフロイトの解釈を概観したいと思う。

前半のトカゲとりの夢は、昼間グラディーヴァが彼の前からトカゲのように、壁の隙間に消えたかのごとくあっという間に姿を隠したことと、午後には以前どこかで会っていると思われるトカゲとりの紳士と遭遇したことの、二つの出来事を原材料としている。

この二つの出来事を簡単に再現してみよう。

主人公のノルベルト・ハーノルトは、グラディーヴァと会えるかどうか心配しながらも、白いツルボランの花をたずさえて前日と同じメレアグロスの家に向かう。彼女はその日は前日と違って友好的で、彼の言動の連関と源泉を探ろうとしているらしく、彼に事の一部始終を話すように仕向けるのである。

そうして彼女は、レリーフのコピーの入手から始まり、彼女をその生き返りと思い込むに到る彼の妄想の経緯を知るのだが、その中で、二千年前にも生きていたのかと質問したり、ドイツでグラディーヴァ・ウォークの女性が確認できていたらたいへんな学問的成果で、ポンペイまでの長旅をする必要もなかったと言って、彼をからかうのである。別れぎわには彼女は彼の妄想の突拍子なさに、もはや可笑しさをこらえきれず、彼の視界の外に出たとたんに声を出して笑ってしまう。その声は彼には、ちょうどそのとき頭上を飛んだ鳥の鳴き声のように聞こえたのである。

その日の午後、主人公がポンペイ郊外を徘徊していると、一人のトカゲとりの紳士に出会う。持ち物などからして動物学者らしいこの人物には、どこか見覚えがある。相手の方もノルベルトのことを知っているらしい話しぶりで、トカゲとりの罠の考案者であるアイマーという名の同僚を褒めそやすのである。トカゲ追いが話を早々に打ち切って捕獲作戦に集中するのを機に、ノルベルトは、人はなんと馬鹿らしい企てのために遠路をやって来るものかと思いながら、その場から去ってゆく。

そこからホテルへの帰路、主人公は道を間違え迷いこんだ太陽荘という名のホテルで、グラディーヴァが身につけていたものだと思い込んで、まがい物のブローチを買いとる。外に出た時ふとふり返ると、ホテルの二階の窓には、彼がその日グラディーヴァにプレゼントしたのと同じ、白いツルボランの花が窓辺に飾ってあった。

この時点で主人公は、グラディーヴァが死者の生き返りなどではなく現代の女性であること、ひいてはすぐ近所に住む幼なじみのツォエーであることを、そしてトカゲとりの紳士は彼女の父親の動物学者リヒャルト・ベルトガングであることを、フロイトが指摘するとおり[44]、うすうす感じていると考えていいだろう。それゆえに、夢でトカゲとりの紳士がグラディーヴァに入れ替わることができたのだと、フロイトは言うのであり、作家のイエンゼン自身、それを読者に小説の中でふんだんに示唆していると言っていい。

太陽荘を出たのち、主人公は手に持ったブローチがきっかけとなって、グラディーヴァは男と一緒に死んでいったのではないかという思いに襲われ、激しい嫉妬を覚えるのだが、これが主人公の性愛への意識であるのはフロイトを待つまでもない。

ツォエーの求愛というフロイトの解釈にとって決定的だったのは、トカゲとりの紳士と同業の名人アイマー君が、夢の中ではグラディーヴァと同性の、しかし名のあかされない同僚に変えられ、さらにアイマー氏が何度もトカゲとりに成功しているのに対し、グラディーヴァの同僚の方は一度の成功に変更されていることである。

名前のあがっていないこの同僚の女性とは、主人公が唯一好感を持てたカップルの女性で、翌日ツォエーの友人だとわかる新婚旅行中のギーツァ・ハルトレーベン以外のほかにはいないと、フロイトは断定している。主人公が晩にホテルで見かけたギーツァは、おそらく新郎から贈られた赤いバラで服を飾っていたのだが、ツォエー＝グラディーヴァも、主人公が贈った白いツルボランの花より赤いバラだったらもっとよかったのに、と言っていたのである。

つまり赤いバラは愛の象徴であり、ギーツァは愛の成功者で、その彼女と同じように成功することをツォエー＝グラディーヴァが望んでいるという考えを、主人公はトカゲを媒介にして夢像化したのである。以上がフロイトによる夢の前半の解釈の概略である。一点を除けば、フロイトの解釈はかなり説得力があるようにみえる。

疑問符がつけられる点とは、フロイトの解釈ではトカゲが主人公のノルベルト・ハーノルトを意味することである。夢の中のグラディーヴァは老トカゲとりが、成功した女の同僚はアイマー君が置き換わったものであり、グラディーヴァの無名の同僚は新婚のギーツァで、成功とは愛の成就のことだという解釈には、それなりの裏付けがあった。

しかし主人公のノルベルトがトカゲに置き換わるための現実的契機は、この物語の中にはまったく存在しない。ただフロイトが求愛夢と解釈したために、トカゲは必然的にノルベルトとされねばならなかっただけである。

この時フロイトは、自身に課した課題、物語の中に書かれていることと、そこから容易に連想できる事柄から推理するという課題を[45]、知らぬうちに怠ってしまった。フロイトの解釈がこのように批判できるとすれば、トカゲの意味するものは解釈の強制からではなく、『グラディーヴァ』の中での描かれ方から、探索されなければならない。それを試みよう。

主人公が見るトカゲは、ポンペイの遺跡で日向ぼっこをしている。夢の中でも陽を浴びた場所にいる。光を反射し瑠璃色に輝くその体色は、北の人間にとっては、すでにかなり強い五月のイタリアの太陽を暗示しているとも言えそうだ。同時に、この爬虫類はノルベルトやグラディーヴァの気配を感じ取ると、かき消すように地上から消え失せ、地中に身を潜める。トカゲはグラディーヴァがそうであるように、明るい地上と地下の世界とを行き来するのである。

ここまでは小説の中で語られていることだが、これから先は自制を心がけつつ、想像することが許されると思われる範囲で、トカゲのイメージを補足してゆこう。

トカゲは切れてもまた生えてくる尻尾ゆえに、古来から再生を象徴する生物である。再生する生き物という側面が、グラディーヴァと直結することは言うまでもない。この観点を想像力を使ってさらに一歩押し進めると、神話上の生き物のサラマンドラもしくはサラマンダーが思い当たる。

サラマンドラにはいろいろな言い伝えがあるが、ここでは火の中に生きる生物で、したがって不死であるという主要な特徴に特に注目すべきであろう。なぜなら、『グラディーヴァ』が神話的な雰囲気を持った小説であるということ以外に、グラディーヴァは火山の熱い灰に埋もれて死ぬが、また生き返るからである。そう主人公に空想されているからである。

このように見てくると、夢の中でグラディーヴァがつかまえようとしたトカゲは、ノルベルト・ハーノルトであるとは想定しにくい。小説の中に描かれ、そこから想像されるトカゲのイメージが推測をうながしている意味は、生の象徴のようなものだと考えられる。だがそう考えると、ギーツァだとされるグラディーヴァの同僚がトカゲとりに成功したというのは、どのような意味だろうか。再生の必要はないのだから、もちろん生き返ったという意味ではあり得ない。

それは生の喜びを手に入れたという意味に解されてよいであろう。なぜなら老トカゲとりにとってトカゲの捕獲は、それも新考案の罠での成功は、うれしいに違いないと考えられるからである。ギーツァが背後に隠れているグラディーヴァの同僚にとって、ギーツァ自身が赤いバラに象徴される愛の成就を喜んでいるように、トカゲは喜びに満ちた生の象徴だと言えよう。しかし主人公にとっては、グラディーヴァは生の喜びを謳歌する前に、まずは生そのものを手に入れなければならない。

したがってグラディーヴァのトカゲとりの夢は、彼女に生とその歓びがあたえられるようにと願う、主人公の気持の幻視的表現だと言える。彼がツォエーの婿取り願望を察知して見た夢だとする、フロイトの解釈との違いは明らかだろう。

トカゲとりの夢で語られるグラディーヴァの生き返りは、グラディーヴァの埋没の夢と本質的に同じモチーフである。違いは、後者ではグラディーヴァが白雪姫化され受動的であるのに対し、前者ではグラディーヴァみずからが罠を仕掛け、トカゲに象徴される生を手に入れようとすることである。前日別れ際に、明日もメレアグロスの家に来てほしいと臭わせるのも、ノルベルトではなくツォエー＝グラディーヴァなのである。

次に、夢の第二の要素に目を向けよう。この夢を主人公は夢の中にいながら、荒唐無稽で馬鹿げていていると感じ、振り払おうとしている。この感覚をフロイトは、グラディーヴァの積極性により馬鹿にされ嘲笑を浴び、からかわれてプライドを傷つけられた夢見者の抵抗であると解釈している。[46] ところが不思議なことに、フロイトはこの夢の要素について考えをめぐらすとき、トカゲとりの紳士と出会った場面で主人公が抱いた類似の感覚について触れていない。

その場面でノルベルトは、なんと馬鹿げたことのためにわざわざポンペイまで長旅をするのだろう、信じがたい、と思いながら、こっそりとその場を去った。夢はこの時の感覚をそのまま再現している、と考えられる。さらに、同じ日の昼にツォエーが言った言葉のアレンジと見なすこともできる。ドイツでグラディーヴァ・ウォークの女性を見つけそこね、彼女の形跡を探そうとポンペイまでやってきたと話す主人公を、ツォエーは、「確認できたらたいへんな学問的意義があったのに。成功していれば、多分ここまでの長旅の必要はなかったかも知れないわ[47]」と、からかっているからである。ここではノルベルトが笑われているのだ。

ノルベルトが馬鹿げた行為と考えて、躍起になって否定しようとしているのは、石の女性が生命を手に入れるという彼自身の妄想である。つまり主人公は、グラディーヴァが実際には現代の女性であるとわかり始めていて、彼女を死者の黄泉がえりであると思い込んだ自分の妄想を、荒唐無稽だと打ち消しているのだ。それと同時に、ポンペイに来なければ、妄想に惑わされる愚かさに気づかなかったかもしれないもう一人の自分を、自嘲していると考えることもできるだろう。

最後に夢のエピローグに目を向けよう。後半は鳥がトカゲを嘴にくわえて飛び去る夢であった。この夢についてフロイトはあまり多くを語っていない。そればかりか、その解説は全体的に明瞭とは言いがたい。それでもフロイトの解釈をまとめるとすれば、だいたい以下のようになるだろう。

この夢は前半の馬鹿げた夢を補完している。夢を馬鹿げているとみなす感覚は、そこにひそんでいる愚弄や嘲笑に対する対抗反応である。主人公が笑い者になっていることが、この夢ではストレートに現れている。それを表すのに前日の光景を、すなわちグラディーヴァが彼に別れを告げて姿を消した時、上空の鳥の鳴き声かと思える笑い声をあげた光景を借りている。三番目に、アポロがヴェヌスを小脇にかかえていく第二の夢と、類似している点がある。以上がフロイトの指摘である。[48]

したがって夢の中の鳥は、フロイトによればツォエーである。グラディーヴァではなくツォエーであると言うのは、昼、ノルベルトの考古的妄想の規模にあきれ、かつ感嘆して笑い声をあげたのがツォエーであり、グラディーヴァではないからだ。彼女はこの時彼の目の届かないところにいて、グラディーヴァの役をかなぐり捨てて笑ったのである。

嘴のトカゲについてはフロイトは何も言っていないが、ここでも前半の夢同様、やはり主人公の代理形象と考えられていると思われる。つまり婿取りの夢の別バージョンである。この解釈は想像にすぎないが、フロイトがトカゲをノルベルト・ハーノルトと考えていることは確かだろう。そうだとすれば、やはりここでも先ほどの疑問、ノルベルトがトカゲで表象される契機はいったい何か、という疑問が再燃するし、それに対しても、その解釈には物語自体に見いだせる根拠がないと、同じ答えをくり返すしかない。

この夢の解釈においてもう一つ、フロイトが別の夢との類似ということ以外に、あまり注意を向けていない点がある。作者が、笑う鳥がトカゲを「運び去った」[49]と、書いていることである。さらに、夢の中でノルベルトは鳥の高笑いにより、グラディーヴァのトカゲとりを気違い沙汰だと感じる状況から抜け出ることができた、とも書かれている。そればかりでなく、そのあと夢のすべてがかき消えたとされているのだ。

主人公が感じている状況の変化は、鳥の高笑いが夢を生み出す刺激をしずめたためと、とれないだろうか。そして夢を生む刺激の減少は、おそらくは、鳥がトカゲを嘴にくわえて「運び去った」ことと無関係ではない。

ところで、「運び去る」はフォルトトラーゲンの訳であるが、この動詞がこの場面で使われていることは、非常に興味深い。なぜなら、自然界で見ることのできるこの種の状景を思い起こせば、この語の使用の特異性は疑問の余地がないからだ。言うまでもなく、鳥がトカゲや虫などを嘴にくわえていれば、それはまずエサをとる捕食行動であるに違いない。鳥がそうだとすると、鳥がトカゲを「つかまえる」というのが一般的な表現であろうから、「運び去る」が使われているにはわけがあると考えるべきだろう。

そこで注目されるのは、「運び去る」が物の捕捉ではなく、物の移動を表現する言葉だということである。この言葉が選ばれたのは、トカゲが移動させられ、元の場所からいなくなることを示唆する意図があるため、と考えられる。

では、トカゲはどこから移動させられたのか。トカゲをとろうとしているグラディーヴァの鼻先から、つまりグラディーヴァがいる世界からであろう。どこへかは、「運び去る」という表現にとってあまり重要ではないが、ここではそれも示すことができるように思われる。もちろん、笑う鳥となって夢に現れたツォエーのところへと移動させられるのである。

筆者が示した解釈では、トカゲは生の象徴であった。それはツォエーにはあっても、石のグラディーヴァにはない。それにもかかわらず、トカゲとりの夢でグラディーヴァは生を手に入れて、黄泉がえりを完成させようとする。主人公は物語の進展とともに、彼女に

「いまでも実在してくれたら、生きていてくれたら」[50]と願うまでになっていて、その気持ちが夢でグラディーヴァに、トカゲとりをさせるのだと考えられる。主人公はグラディーヴァに生が附与され、生身の人間に生き返ってほしいという願望ゆえに、グラディーヴァのトカゲとりの夢を見るのである。

しかしその一方で、グラディーヴァに対するこのような受肉願望には、反対に、喋ることも絵を描くこともできる彼女は、すでに肉体がそなわっているのではないか、生身の人間なのではないかという疑念が生じてきている。現実を承認する気持が間近に迫っていたのである。事実、ノルベルトはグラディーヴァと別れたのち、一日中この問題に頭を悩ませている。

現実が夢想を浸食し始め、目覚めの時が接近してきたことで、ノルベルトはこの夢を、常軌を逸していると感じることができた。と同時に、いまだ妄想から覚めきっていないために、彼は鳥に嘲笑われる。ところで、彼を嘲笑うことのできるのは、彼が半分はまり込んでいる妄想の世界の存在ではなく、現実の世界の存在でなければならない。現実の世界から俯瞰しているから、笑うことができるのである。つまりこの笑う鳥は、主人公にはまだ幼なじみのツォエーだと知られていないツォエーである。彼女は生者であるから、当然のこととして生の象徴のトカゲを石の女のもとから奪い、自分の手もとへと運び去ってゆく。

これまでの鳥をめぐる解釈は、『グラディーヴァ』の中の記述によっても補完されるように思う。物語が始まって間もなく、グラディーヴァの埋没の夢の直後、ノルベルトは自分の住まいの斜め向かいの窓辺に鳥籠があり、カナリアが飼われているのに気づいている。物語の終盤で、このカナリアは再度登場する。ツォエーが自分が誰かを明かすさい最初に言うことは、彼の家の向かい側でカナリアを飼っているということだ。つまりこの小鳥もツォエーの代理表象なのである。さらに作者はすぐそのあと、ツォエーをセキレイにたとえている。だが、それと合わせて注目すべきは、カナリアに主人公の視線が向かう時の情景描写である。

作者はこんな風に語っている。北国の町にも春が訪れると、「大気から流れる予感は五感をくすぐり、陽の光の燦々と降り注ぐ遠くの土地へと、木の葉の緑、花の香り、鳥の歌声を求める気持をよびさます[51]」。町では野の花が物売りの女たちに彩りを添えているし、籠の中のカナリアも心躍らせてさえずり始める。自然の中でじっと冬に耐えていた生命が目を覚まし、いっせいに息を吹き返し始めたのである。

カナリアのさえずりは、その小さな体に宿る生命の息吹を体現している。しかし主人公は、この小鳥の歌に生の歓びを聴き取るだけではない。カナリアは「囚われの身で生まれてきて、閉じ込められている狭い籠のほか何も知らないのに、それでも自分には何かが欠けているという感触を覚え、この未知のものへの思慕を、声を限りにと歌い上げていた」[52]と聞こえもしたのだ。主人公は拘束された生が歌う、自由への渇望も聴き取っていたのである。

『グラディーヴァ』の描写から見るかぎり、カナリアが春の日ざしを浴びる歓びを歌うのも、束縛から解放されて自由に羽ばたきたいと願うのも、ともに生の発現である。カナリアは、すなわち、単にツォエーの指標であるだけでなく、願望に満ちた生を暗示してもいる。ツォエーである夢の中の笑う鳥が、生をグラディーヴァから奪い返して、自分の手元に取り戻すのも納得が行くように思う。しかし、カナリアと最後の夢に現れた鳥とを結びつける手がかりは、どちらも鳥であるということ以外見あたらない。

最後に一つの想像を紹介して、『グラディーヴァ』のトカゲとりの夢の解釈に関するこの補論を、終わりたいと思う。

カナリアとノルベルトの関係は、この鳥のもう一つの象徴性を暗示していると考えられなくもない。なぜなら主人公のノルベルトは、籠の中に閉じ込められたこの鳥に、「家の伝統と代々の決まり事という彼の周囲にめぐらされた柵棒の内側に、囲い込まれていた」[53]自分の姿を映しているからである。

すなわちこの面からすると、カナリアはノルベルト自身を象徴している。ここで思いきって、このようなカナリアの余韻がトカゲとりの夢の時点まで残っていて、夢の中の鳥がカナリアの代理であると仮定してみると、それはツォエーでありながら、同時にノルベルト自身でもあると言うことになる。つまりフロイトの言う、夢の内容における多重決定をここに想定できなくもない。

そうだとすると、ノルベルト鳥がトカゲを運び去るということになるわけだが、それは主人公が古典学的に粉飾された死者の世界の夢想から解放されて、彼とツォエーが生きる二十世紀初頭の現実を謳歌したいという、願望の夢であると解釈できるだろう。なぜならノルベルトは、ツォエーにオウムの剝製や始祖鳥に喩えられてしまう状態から、この夢を機に急速に現実の世界へと回帰するからである。

だがしかしこの仮定は、それを正当化する充分な手がかりが見つからない以上、解釈の域を超えてしまっていると言わざるを得ないのだから、これ以上想像を逞しくするのは控えなければならない。

回脚注（Endnotes）

1 新たに発見されたフロイトのイェンゼンに宛てた三通の手紙の二番目の文末に、『妄想と夢』が『グラディーヴァ』の作家の誕生七十年を祝う意図があったと書かれていることからすると、フロイトは発表のタイミングを探っていたのかも知れない。ヴィルヘルム・シュテーケルがイェンゼンに宛てた手紙から察せられるように、フロイトは『妄想と夢』を執筆する一九〇七年以前に、おそらくは『グラディーヴァ』が発表されてすぐの一九〇二年か〇三年に読んでいる可能性がある。さらには分析の企図もすでにこの頃からあったと考えられなくもない。

2 Sigmund Freud: Gesammelte Werke (GW) Bd. 7, S. 472.

3 Freud: Der Wahn und die Träume in W. Jensens Gradiva (Wahn und Träume), GW. Bd. 7, S. 34. ここでフロイトは「ある人」がイェンゼンの『グラディーヴァ』を水曜会のメンバーに紹介し、そこで語られている夢が夢判断の手法で解釈されることを望んでいるかのように思えたと言ったことが、『妄想と夢』を書くきっかけになったと述べている。その「ある人」とは、一九七三年S・フィッシャー発行の『妄想と夢』の編集者ベルント・ウルバンとヨハネス・クレメーリウスはその解説でC・G・ユングであるとしていた（S・11）。しかし一九九五年の改訂版でそれはシュテーケルであると改めている（S・17）。その根拠になったのが本書でも紹介しているシュテーケルのイェンゼン宛の手紙である。

4 Freud: Wahn und Träume, ibid. S. 34.

5 妻のマルタに宛てた一九〇一年九月四日付のローマからの葉書から。Freud: Unser Herz zeigt nach dem Süden Reisebriefe 1895 - 1923, hrsg. von Christfried Tögel, Aufbau - Verlag Berlin 2002, S. 137.

6 妻マルタに宛てた一九〇七年九月二四日付の手紙を参照。Freud: Unser Herz zeigt nach dem Süden

Reisebriefe 1895 - 1923, ibid., S. 233.

7 Freud: Unser Herz zeigt nach dem Süden Reisebriefe 1895 - 1923, ibid., S. 26ff.

8 友人でありこの時期の唯一の理解者であるヴィルヘルム・フリースに宛てた一八九七年四月二八日付の手紙参照。Freud: Aus den Anfängen der Psychoanalyse 1887 - 1902 Sigmund Freud Briefean Wilhelm Fließ, S. Fischer Verlag 1975, S. 168.

9 イェンゼンに宛てた最初の手紙の発信者であるシュテーケルは、イェンゼンの返信の一部を彼の著書『詩人の夢』（一九一二年）で紹介し、この作家が精神分析を知らなかったことを請け合っている。シュテーケルのイェンゼン宛手紙の解説を参照。

10 Freud: Wahn und Träume, ibid. S. 117.

11 Freud: Wahn und Träume, ibid. S. 33.

12 本書に収められたW・シュテーケルの書簡、およびフロイトの一九〇七年五月二一日付けイェンゼン宛の書簡を参照。前者ではフロイトが主催した心理学グループ「水曜会」の様子が、後者ではチューリヒのブロイラーの見解が紹介されている。

13 Freud: Wahn und Träume, ibid. S. 33. ほかに5月26日付のユング宛の手紙を参照。

14 Freud: Wahn und Träume, ibid. S. 33.

15 Freud: Wahn und Träume, ibid. S. 31.

16 Freud: Wahn und Träume, ibid. S. 67.

17 Freud: Wahn und Träume, ibid. S. 33, u. S. 123. フロイトは一九一二年に書かれた『妄想と夢』の補遺で、このグラディーヴァ論以降精神分析は、文学理解のための応用では創作心理学へと向かうようになったと書いている。創作心理学への関心はフロイトのイェンゼンへの手紙にあきらかであり、翌年の一九〇八年の『文人と空想すること』にまとめられる。しかし出版年を一九〇〇年とした『夢判断』でも、すでにフロイトは創作心理学の間近まで接近している。「類型的な夢」について語っているところで、フロイトはソフォクレスの『オイディプス王』はエディプス・コンプレクスを素材としており、そこに「検閲」と類似の干渉作用と「二次加工」による合理化が働いて作られたと述べている。Die Traumdeutung, ibid., S. 268を参照。

18 詳しくは筆者の以下の論文を参照。「フロイトの『妄想と夢』における文芸の精神分析の目的　テクストを読むことと精神分析」、豊橋技術科学大学人文・社会工学系紀要『雲雀野』三二号、二〇一〇年。

19 山本淳著「フロイトの精神分析による文学解釈再考　W・イェンゼンの〈グラディーヴァ〉における魅されることについて」、豊橋技術科学大学総合教育院紀要『雲雀野』三五号、二〇一三年三月、参照。

20 Freud: Wahn und Träume, ibid. S. 71u. 73. フロイトは最初、「精神科医」ならば主人公の女性の足への関心を「フェティシスティックな色情狂」、「フェティシズム」と呼ぶだろうと書いているが、それより二頁後には同郷の女性たちも彼を「足フェティシスト」とみなすに違いないと書いている。

21 Freud: Wahn und Träume, ibid. S. 72.

22 Freud: Wahn und Träume, ibid. S. 56.

23 Freud: Wahn und Träume, ibid. S. 73.

24 Freud: Wahn und Träume, ibid. S. 77.

25 Freud: Wahn und Träume, ibid. S. 68.

26 Friedrich Hauser: Disiecta menbra neuattischer Reliefs, Jahreshefte des österreichischen archäologischen Instituts, 1903, 6. アグラウロス姉妹はアテナ神に仕える三人の少女たちであり、穀物の成長を助ける「夜露」を意味する。後出するホーラーは花や実をもたらす女神で、やはり三人ひと組とされる。複数形はホーライ。顕著な違いは前者が夜と後者は昼と関係することであり、暗さと明るさは造形的にも表現されている。

27 詳しくは以下の論文を参照。山本淳著「フロイトの精神分析による文学解釈再考」、前掲。そこで筆者は小西美智子氏からのメールの全文を紹介した。

28 Freud: Wahn und Träume, ibid. S. 88.

29 Freud: Wahn und Träume, ibid. S. 89.

30 山本淳著「フロイトの精神分析による文学解釈再考」、前掲、参照。

31 Freud: Wahn und Träume, ibid., S. 95. すぐ後の引用はS.72より。

32 Freud: Wahn und Träume, ibid., S. 69.

33 Sigmund Freud: Aus den Anfängen der Psychoanalyse 1887 - 1902 Briefean Wilhelm Fließ, S. Fischer Verlag 1975. ヴィルヘルム・フリース宛の一八九七年十月十五日付けの手紙を参照。そこでフロイトは自己分析の経過を報告しながら、「私にも母への恋心と父に対する嫉妬があったことを見つけ出した」と書いた後すぐ、これは「早期の幼年期の普遍的な出来事」だと推測している。そしてそれを根拠に、このソフォクレスの『オイディプス王』が「運命を前提にしていることに理性がどれほど異議を唱えようと、それにもかかわらずオイディプス王には強く心を打つ威力がある」と推断することで、作品解釈に踏み込んでいる。

34 エディプスはギリシア語のオイディプスの現代語読み。

35『オイディプス王』981～983行目。引用はフロイトが『夢判断』で引用したドンナーによる独訳を和訳したものである。Freud: Die Traumdeutung, Studienausgabe, S. Fischer Verlag, S. 268. 本文中の次の引用文も同じ個所からとったものである。参考までに、該当する『オイディプス王』からの3行を岡道男訳で紹介する。「これまでに夢の中でも母親と臥床をともにした者はおおぜいおります。でもそのようなことをまったく意に介さない者がだれよりも気楽に人生の荷をになうのです」。

36 Freud: Die Traumdeutung, Studienausgabe, S. Fischer Verlag S. 266.

37 Freud: Vorlesungen zur Einführung in die Psychoanalyse und Neue Folge, Studienausgabe, S. Fischer Verlag S. 325.

38『グラディーヴァ』は長い間信じられていたように一九〇三年に発表されたのではなく、ヴィーンで発刊されている日刊紙「ノイエ・フライエ・プレッセ」の日曜文化欄に一九〇二年に8回にわたり連載された。一年後にテキストに若干の変更が加えられて単行本になったのである。そのことがヴィルヘルム・イエンゼンのひ孫の許に残された蔵書資料の調査から確認されたと、知人のクラウス・シュラークマン氏から二〇一二年秋に知らされた。わたしの調べたところ確かにそのとおりであり、連載は六月一日の日曜版に始まり、毎週掲載され七月二十日の日曜版で完結している。テキストの異同についてはシュラークマンの新著に併載された『グラディーヴァ』で確認できる。

39 フロイトはノイエ・フライエ・プレッセ紙に連載された『グラディーヴァ』を読んでいた可能性が大きい。一九〇一年夏の旅行の途上でこの日刊紙を読んでいるし、〇七年にも同じようなことがローマからの手紙の中に書かれているからである。しかし『妄想と夢』が一九〇三年に出版された『グラディーヴァ』の単行本をテキストとしていることはあきらかだ。この論文で引用された文章の後に付された頁番号は、カール・ライスナー書店が出版した『グラディーヴァ』の初版本と完全に一致しているからである。
40 Gustav Adolf Erdmann: Wilhelm Jensen Sein Leben und Dichten, Leipzig, Verlag von B. Elischer Nachfolger.
41 Klaus Schlagmann: Gradiva Wahrhafte Dichtung und wahnhafte Deutung, Verlag Der Stammbaum und die 7 Zweige, 2012, S. 75 - 86, Biografische Notizen zu Wilhelm Jensen 参照。それ以外に同書所収の Bewusste Erinnerung: Drei Frauen im Leben Wilhelm Jensens, S. 93 - 113 参照。
42 ヴィルヘルム・イェンゼン『グラディーヴァ』：本書105頁。原典：S. 103 f.
43 Freud: Wahn und Träume, ibid., S. 101. 次の行中の引用文も同じ。
44 Freud: Wahn und Träume, ibid., S. 103.
45 Freud: Wahn und Träume, ibid., S. 101.
46 Freud: Wahn und Träume, ibid., S. 110.
47 ヴィルヘルム・イェンゼン『グラディーヴァ』：本書93頁。原典：S. 89.
48 Freud: Wahn und Träume, ibid., S. 111.
49 ヴィルヘルム・イェンゼン『グラディーヴァ』：本書105頁。原典：S. 104.
50 ヴィルヘルム・イェンゼン『グラディーヴァ』：本書87頁。原典：S. 81.
51 ヴィルヘルム・イェンゼン『グラディーヴァ』：本書27頁。原典：S. 16 f.
52 ヴィルヘルム・イェンゼン『グラディーヴァ』：本書32頁。原典：S. 23.
53 ヴィルヘルム・イェンゼン『グラディーヴァ』：本書30頁。原典：S. 20.

あとがき

グラディーヴァを中心に据えたこの本の出版を計画したとき、フロイトの『W・イェンゼンの〈グラディーヴァ〉における妄想と夢』の新訳も、と思わないでもなかった。だが『妄想と夢』には、すでに少なくない邦訳が世に出ている。新たに出版されたフロイト全集を見ると、原典では『グラディーヴァ』からの引用個所などにつけられているこの小説の頁番号も、省かれずにきちんと残してあるので、本書の『グラディーヴァ』とつき合わせて読むことは可能だ。そのため『妄想と夢』の新訳の必要はないと思われたが、理由はそれだけでもなかった。

イェンゼンの『グラディーヴァ　ポンペイ空想物語』はフロイトと対で語られることがほとんどだろう。だがフロイトの『妄想と夢』から離れて読まれてもいいのではないかという気持ちが働いて、そのためには両方を並べるのは逆効果のような気がしたのである。

そのように思った理由はとても個人的なもので、筆者のイタリア好きのせいであると言っておきたい。つまり『グラディーヴァ』は話が二十世紀初頭のことだとはいえ、筆者自身のイタリア体験と重なるところがあり、読んでいて旅をしているかのようなウキウキする気持を覚えたからである。イタリアならではの風景、古代の遺跡が現代の町のかたわらに、あるいは街中にある風景は、異国の旅を異時間への旅にもしてくれ、神話が現実であるかのような心躍るおもいに浸らせてくれる。フロイトなしでも『グラディーヴァ』は愉しめたのである。

もう一つはフロイトへの批判が動機となっている。筆者は、自分の考えはフロイトに負うところが多いと思う一方で、それはフロイトと批判的に向かい合ってきたからだという自負もある。それならフロイトの『妄想と夢』の訳をさらにひとつ増やすより、文学解釈におけるフロイトの問題点を明確にした方がよいのではないか。それができれば、イエンゼンの『グラディーヴァ』も違った目で読まれるようになるかも知れない。フロイトの文学解釈全般の構図を、もっと鮮明にとらえられるようになるかも知れない。そう考えて『妄想と夢』の翻訳版は既存のものにたよることにし、『グラディーヴァ』の訳のほかに「『グラディーヴァ』とフロイト」を本書に載せることにしたのである。

上で述べたような気持ちを強くしたのには、きっかけがあった。筆者が二〇〇八年に『オイディプスのいる町』を出版したことが機縁となって、Ödipus komplex betrachtet の著者であり心理療法家であるクラウス・シュラークマン氏と、ネット上で付き合いをするようになったのである。シュラークマン氏がヴィルヘルム・イェンゼンの研究者でもあることは著書を通じ知っていたが、二〇〇八年にチューリヒでお会いし、いろいろ意見交換をしたとき、彼がフロイトによる『グラディーヴァ』の分析の問題点を、ソフォクレスの『オイディプス王』の解釈と関係づけて力説していたことが印象的だった。こうして筆者は、一度じっくり読み直してみようという気になったのである。

フロイトの『妄想と夢』の問題点は比較的早く確認できたように思う。その一方で、イェンゼンという作家のことをあまりにも知らなすぎるという気持ちが強くなり、二〇〇九年にたまたま順番が回ってきた研究休暇を利用して、真冬の一ヶ月間シュラークマン氏のイェンゼン文庫を使わせてもらうことにした。

そこから生まれた二本の論文が、本書の「『グラディーヴァ』とフロイト」の土台をなしている。しかし考えがある程度まとまったことだけで満足できなかったのは、『グラディーヴァ』を翻訳しようという気持ちが強くなってきたからである。出版できるあてもはっきりしないまま翻訳作業は進み、それがほぼ終わりかけたとき、シュラークマン氏からグラディーヴァ関連の本の出版を計画している、そこにはこれまで公表されていなかったイェンゼンに宛てたフロイトの三通の手紙も、資料として載せるというメールが届いた。

すぐに筆者はプランを変更した。未公表のフロイトの手紙も載せたいと思ったのである。こうして『グラディーヴァ』の邦訳と筆者の解説「『グラディーヴァ』とフロイト」という二本立ての構想に、グラディーヴァをめぐる作者とフロイト、およびその周辺の精神分析家たちの合計十五通の書簡とコメントからなる「『グラディーヴァ』をめぐる書簡」が加わり、本書は三部構成となったのである。

手紙の翻訳は着々と進んだ。ところが肝心のフロイトの手紙がなかなか届かない。手紙の原文は、シュラークマン氏の本がドイツで二〇一一年に出版されるまで待ってくれということだったが、大災害にみまわれたその年はドイツから何も届かぬまま、むなしく年末を迎えてしまった。Gradiva Wahrhafte Dichtung und wahnhafte Deutungというタイトルの本が手元に届いたのは、一年遅れの二〇一二年夏だった。しかしその後、この本が形になるのにそれから一年以上かかったのは、筆者自身の怠慢以外の何物でもない。

ここであらためてクラウス・シュラークマン氏には感謝の意を表したい。彼は原文についての質問にいつも丁寧に答えてくれた。また新しい情報をどんどん流してもくれた。フロイトに対する批判は筆者には刺激になった。フロイトの手紙に関してはその日本語訳を筆者にまかせてくれたし、原文の一部のコピーを本書に載せることも承諾してくれた。

松柏社の森信久氏が筆者の計画に興味を持ってくれなかったなら、この本は流産ということになったに違いない。森氏は、『グラディーヴァ』の新訳からは筆者のイタリアへの思慕を、また「『グラディーヴァ』とフロイト」からは、文学と精神分析というテーマが決して真新しいものではないにもかかわらず、新たな分析と解釈に挑戦する心意気を酌んでくれ、本書の誕生を後押ししてくれたのである。感謝。

装丁を手がけてくれたTUNEの常松靖史氏は、筆者の希望をデザインとして実現してくれた。そのほかこの本が形を整えるまでには、家族や友人、多くの人の助けが必要だった。この場を借りて心よりの謝意を表させていただく。

横浜にて　山本淳

二〇一四年四月二十七日

あとがき

❖訳者紹介

山本淳（YAMAMOTO Jun）

団塊の世代。ドイツ、スイスの大学で文学、政治哲学、宗教哲学を学ぶ。ベルリン自由大学宗教学科クラウス・ハインリヒ教授に師事し、Dr. phil. 豊橋技術科学大学名誉教授。
著書に〈オイディプスのいる町　悲劇『オイディプス王』の分析〉（松柏社）、Literarische Problematisierung der Moderne (Iudicium Verlag 共著)、Die Struktur der Selbstzerstörung (Studienverlag Dr. N. Brock-meyer) 他。訳書にゲルハルト・シェーンベルナー編〈新版　黄色い星〉（共訳、松柏社）、ゲルハルト・シェーンベルナー編〈証言「第三帝国」のユダヤ人迫害〉（共訳、柏書房）、C. G. ユング著「心霊現象の心理と病理」（共訳、法政大学出版局）他。

グラディーヴァ　ポンペイ空想《くうそう》物語《ものがたり》
精神分析的解釈と表象分析の試み

二〇一四年七月一日　初版発行

訳者　山本淳
発行者　森信久
発行所　株式会社松柏社
〒一〇二-〇〇七二
東京都千代田区飯田橋一-六-一
電話［代表］〇三-三二三〇-四八一三
FAX〇三-三二三〇-四八五七
装丁・組版　常松靖史［TUNE］
印刷・製本　倉敷印刷株式会社

ISBN978-4-7754-0206-1 C1097

[各巻税別]

オイディプスのいる町

悲劇『オイディプス王』の分析

山本 淳 著

悲劇『オイディプス王』には、読者の多様な解釈を可能にする仕掛けがちりばめられている。預言者テイレシアスも、母で妻のイオカステも、テーバイ市民たちさえも主人公の素性〈母子相姦と父殺し〉を知っていたという解釈を導き出す。精神分析的手法でその謎を大胆に読み解いた快著。

四六判上製／２４５頁／本体２４００円